福氣小財迷

1

風白秋 著

風文創 755

風文創 755

目錄

自序

風白秋

終於又跟大家見面了，還是如前兩次一般要跟親愛的你們說一聲大家好。

這一次的我依然心中十分忐忑。曾經在某處看到一句話：「當故事被人翻開的一瞬間，它的存在才有了意義。」我很喜歡做一個講故事的人，有幸能遇到翻開這個故事的你們，讓這個故事有了它存在的意義。

曾經有個朋友問過我：「妳寫了這麼多穿越的故事，如果穿越回古代，妳會選擇什麼職業呢？」

我毫不猶豫地回答：「我想做一個說書人。」

朋友十分驚訝。「我還以為妳會想當廚師，做遍天下美食。」

我只朝她笑了笑，其實一把摺扇、一盞清茶、一方木桌，看臺底下圍著一圈聽眾，手裡撚著各種瓜子、點心，津津有味地聽著我講故事……這是多麼美妙的生活。

對我來說，每一個故事的開始都是一個全新的旅程，我希望我們都能懷著最初的熱忱，享受最簡單的愉悅和感動。

因為生活的忙碌，其實已經很久沒有靜下心來了，某日清晨，淅淅瀝瀝的雨聲把我吵醒，來自於大自然最純粹、最原始的聲音像是有一股魔力似的，讓人忍不住長吁一口氣，安靜地躺在床上，側耳傾聽。

生活總是需要安靜的，平時的我們被快節奏的生活驅使著，變得浮躁，就像是一汪暗自湧動的湖水，任何一丁點的風都能掀起漣漪。

但安靜能帶給人很多東西，當你在看這段文字的時候，不妨對自己默唸三遍「靜」，然後閉上眼睛，冥想片刻，睜眼的時候，你會發現整個世界都發生了微妙的變化。

安靜能帶給人的第一個好處就是去思考，去與真正的自己來一場面對面的交流，從靈魂深處去傾聽自己到底想要什麼、想做什麼。

雨聲響起的時候，我聽到的不僅僅是雨聲，還有頭頂上的風扇有規律地轉動的呼啦聲；家人在廚房走動著，發出窸窸窣窣的聲音；樓下傳來自行車駛過的嘩啦聲，還有響鈴聲；鄰居與鄰居交談著，快活地討論著今天的菜價；有人打開了電視，電視裡傳出新聞播放的聲音，渾厚響亮。

眾多的聲音交織在一起，像是彈奏出一首屬於生活的樂曲，安靜的、祥和的，充滿和諧的。

我賴在床上，看著頭頂上的天花板，在極致的靜中，忽然衝動地爬起來，打開電腦敲下第一個字。

這一次，我想寫一個很平凡的故事，可能故事中的女主人公並沒有驚人的美貌，也沒有過分鮮明的個性，但她卻努力地過著平凡人的生活。親情、愛情、友情，她珍惜著自己能得到的一切，她有著平凡的願望，快樂而容易滿足。

她是我，也是你，她是眾多可愛的普通女孩之一。

希望合上這本書的時候，你的臉上能掛上淡淡的微笑，也能體會到久在樊籠裡，復得返自然的快活。

最後還是給大家深深鞠個躬，感謝你拿起這本書，愛你們！

第一章

臘月十八，剛過了辰時，溪水環繞的張家灣就飄下了紛紛揚揚的雪花，片刻工夫，天地間入眼到處一片茫茫。

這雪下得可不尋常，昏天暗地的，村人都拘著頑皮的孩子們不讓出門，生怕一出去就被雪迷了眼，找不著回家的路。

江雨橋躺在炕上，目光呆滯地盯著漏風的屋頂，身上蓋著一條破棉被，絲毫抵禦不了任何風雪。

冷，徹骨的冷。

風捲著雪花從屋頂的破洞落在她的臉上，她忍不住打了個冷顫，把自己往炕頭稍微還有點熱氣的地方縮了縮，閉上眼睛思考自己怎麼又回到了這個所謂的家。

她……不是被夫人下令杖斃了嗎？難不成是沒死成，被拖回來等死？

破舊的木門「砰」的一聲被人用身子撞開，一個身著厚實棉袍的七、八歲男孩手裡端著一碗水，跌跌撞撞地邁過門檻，用後背把門推上，走到炕頭看到江雨橋睜著眼睛，驚喜道：「姊，妳醒了！」

江雨橋看著眼前的孩子，瞇起眼思索半日，小心翼翼地問：「小……小樹？」

江陽樹咧開嘴。「姊，妳不迷糊了？快來喝口水。」說完努力踮起腳半趴到炕上，笨拙地要給她餵水。

飄落在炕上的雪花彷彿都被江陽樹的笑容融化了，江雨橋臉上也帶起一分笑，伸手接過他遞來的水，正要說話，卻突然想到……

小樹？七、八歲的小樹？

她不敢置信地看著眼前笑得溫暖的小胖子，又低頭看了看自己漆黑枯瘦的手，渾身不自覺抖了起來。

江陽樹嚇了一跳，忙伸手接住她手中的碗，若是打碎，怕是姊姊要被娘生吞活剝了。他把碗放在炕頭，再一用力跳上炕，伸出小手摸了摸江雨橋的額頭。「姊，妳好涼！」

江雨橋整個人都是懵的，耳邊像是有人拿著鑼鼓在敲，一下一下震得她心顫。她緩緩伸出手，摸了摸江陽樹的臉，感受到他小臉上的溫度，終於找到自己的聲音。

「小樹……如今……是什麼時候？」

江陽樹疑惑地歪著頭，卻還是乖巧地回答她。「今日是臘月十八呀，姊妳已經睡了兩日，娘都急壞了。」

臘月……十八？十八！

江雨橋驟然變了臉色。「永隆三年臘月十八？」

江陽樹愣了下，沒想到她突然說起年號。他皺著眉，扳著小胖手扒拉一下點點頭。「是永隆三年。」

江雨橋只覺一陣天旋地轉……她竟然回到二十年前，她十三歲那年，那個一輩子噩夢開始的時候！

她的臉色變得太過蒼白，江陽樹真的嚇著了，抿抿唇，下定決心道：「姊，妳先躺著，我去讓娘給妳請大夫。」

江雨橋一把拉住他急忙想爬下炕的小身子，聲音卻透著說不出的陰森。「不用了，她自然會來。」

江陽樹被她話中的冰冷嚇了一跳，轉過頭來，有些瑟縮地看著她。「姊，妳……妳在說什麼？」

話音剛落，那將將掩住的破門「嘎吱」被推開，一個清瘦的婦人邁著小碎步進來，看到坐在炕頭的江雨橋，眼中閃過一絲喜悅，捏著嗓子柔聲問道：「我的乖閨女，妳可算醒了，這兩日娘擔憂得吃不好、睡不香的。」

江雨橋沒有抬頭，低著頭掩藏住眼中要溢出來的嘲諷與怨恨，一言不發。

羅氏嫌惡地皺了皺眉，對著她的頭頂撇撇嘴，嘴上卻越發溫柔。「娘給妳做了新衣裳，快些起來洗洗去換上吧。妳這孩子怎麼突然就染了風寒呢？幸而如今大好了。」

江雨橋搭在炕上的手用力蜷起，指甲深深掐入掌心。

呵，羅氏依然如印象中一般虛偽，然而她已經不是那個任人擺布的小女孩了……

她斂下面上的陰狠，抬起頭來，如同小時候一般，眼神中透露著膽怯，飛快地點頭，驚慌失措地回道：「我……我這就去，娘別生氣。」

羅氏看到她這副受氣包的樣子，就忍不住想給她兩巴掌。天天做出這樣子來給誰看？弄得村裡都有些風言風語了。

她咬著牙壓下翻騰的怒氣，瞪了旁邊的江陽樹一眼。「你是真真把你姊姊放在心上，來得倒勤，快去找你爹讀書去！」

江陽樹看著姊姊瑟瑟發抖的樣子，心裡難過，忍不住反駁了羅氏一句。「娘，您就讓姊姊好好歇一歇吧。」

一句話把羅氏氣得要死。這個討債鬼，怎麼就勾得她兒子的心偏向她了？她狠狠瞪了江陽樹一眼，卻也捨不得罵他，如刀的眼神射向江雨橋。「還不快去！」

江雨橋七手八腳地爬起來，剛剛下炕還沒站穩，就覺得眼前一黑，跌回炕上，羅氏捏了捏手才忍住動手的衝動，臉上卻也維持不住笑，狠狠瞪了她一眼。「熱水已經在鍋裡了，我可就燒這一回，涼了妳就搭著雪洗涼水澡吧！」

說完落下重重的一聲「哼」，也懶得再看瘦弱的江雨橋一眼，一把扯過江陽樹出了屋門。

江雨橋的唇角隱隱掀起。上輩子可沒有羅氏給她燒洗澡水這事，這也算是個好兆頭。

她扶著炕沿慢慢站起來，艱難地一步步挪到門口。方才羅氏出去時可沒那麼好心給她關門，雪花撲簌簌地朝她砸來，她晃了晃身子，在寒風中，臉上那抹笑容卻越發燦爛。

她，回來了。

十三歲的江雨橋怕是幾個月也洗不上一次熱水澡，既然羅氏今日大發慈悲，她也不惦記著替她省柴，自己撐著去柴房撿了厚厚一捆柴，一鍋接一鍋的燒著水，足足洗了一個時辰。

直洗到羅氏差點衝進灶房拿菜刀劈了她，才擦乾身子換了衣裳。這衣裳說是新的，也不過是用羅氏的舊棉衣改過，但好歹比她身上那件塞著蘆葦的保暖多了。

江雨橋長吁一口氣，坐在灶臺邊上慢慢烘著頭髮。屋外的風雪來得急去得也快，如今還不到晌午看著就漸小了。

羅氏板著臉進了灶房，看見江雨橋在烘頭髮，終於忍不住在她後腦上用力一拍。「做出這副風騷樣子給誰看？待會兒家中有貴客，快些做晌飯！」

這一下差點把尚未完全恢復的江雨橋拍得一頭栽進灶洞裡，然而她卻只是低低應了一聲，就沒有再說話。

羅氏心裡感覺有些不對，多看了她好幾眼，見她爬上爬下地拿油、拿菜，也看不出什麼來，懶得在這裡聞油煙味，扭頭出了灶房，又回頭看了一眼，見江雨橋已經開始切菜，便壓下心底那點不對勁，趕緊進了屋。

午時左右，江家的大門就被拍得震天響，羅氏心裡一喜，面上堆起了笑，急忙出去開門，看到來人，笑得越發歡喜，一邊往屋裡讓，一邊諂媚道：「哎喲，李嬤嬤可算來了，我這等了您一頭晌了，都怪這天，早不下晚不下，非得今日下，我這心呀跟著七上八下的，生怕耽擱了您的大事！」

李嬤嬤拍了拍身上的雪，走進燒了炕的屋子，長吁一口氣，喝著羅氏遞來的熱糖水，才覺得自己又活了過來。

「我都出了城了，這雪才下起來，回也不趕趟，來又耽擱時辰，幸好後來不怎麼下了，我緊趕慢趕才趕來。行了，妳家閨女呢？帶來我瞧瞧。」

羅氏臉上激動得泛起紅潤，嗓音也有些壓不住。「她呀，聽著今日李嬤嬤要來，非要露一手，這不在灶房做飯呢。晌午咱們也好好吃一頓，我這就叫她過來。」

聽到「飯」這個字，一早趕路的李嬤嬤肚子忍不住「咕嚕嚕」叫了起來，她捂著胃咂咂嘴。「別說，我還真餓了，讓她先做吧，待會兒吃飯的時候看也一樣。」

羅氏脆聲應了一句，陪坐在李嬤嬤身邊，覷著她的神色，打聽道：「咱家這姑娘做活可真是一把好手，賣……送到哪家都砸不了您的招牌。」

許是想到馬上就要吃上熱騰騰的飯了，李嬤嬤臉上也多了幾分笑模樣，大發慈悲地透露幾句。「咱們縣城裡有個大人物，妳知道的吧？」

大人物？羅氏不過是個一輩子沒出過村子的村婦，哪裡知道十幾里外的縣城有什麼大人物？

她臉上的茫然大大滿足了李嬤嬤的虛榮心，笑得越發高深莫測。「宮中的許公公，妳聽說過嗎？」

這誰人不知、誰人不曉。羅氏瞪大眼睛看著她。「難……難不成是許公公家要買下人？」

真個蠢笨如豬。李嬤嬤也懶得跟她兜圈子，輕蔑地瞥了她一眼。「許公公有個嫡親的姪兒就在縣城住著呢，這可是許家上下的一根獨苗，自然是要多多開枝散葉的，只要八字合適、長得好看的姑娘送去，他們一律都要。妳家女兒雖說歲數小了點，但八字可真是多子多福，早早送去養兩年也不成問題。」

羅氏額頭上的汗都要滴下來了。「李嬤嬤，您當初跟我哥哥說的可是尋丫鬟……難不成是要送去做妾？」

李嬤嬤嗤笑一聲。「做妾？妳以為做妾那麼容易？送去自然是丫鬟，若是她運道好，說不定還能做個通房丫頭，到那時吃香喝辣，還能少得了你們的好處？」

門外的江雨橋眯著眼睛看著眼前這兩個害了她一輩子的人，陰冷的目光讓李嬤嬤都忍不住打了個冷顫，她下意識回頭一看，看到一個乾瘦的姑娘站在門外，細碎的雪珠子模糊了她的眼睛，讓人看不清神色，恍若從地獄中爬出來的惡鬼。

羅氏順著李嬤嬤閃爍的眼神看過去，瞪起眼睛罵了一句。「丟了魂了妳！在那兒站著幹啥，飯做好了嗎？」

江雨橋低下頭，又變成了那個唯唯諾諾的小丫頭，從嗓子裡擠出一句。「嗯……已經好了，要端上來嗎，娘？」

羅氏「哼」了一聲，礙於李嬤嬤的面子，吞下快要噴出口的話，磨磨牙。「一點眼力見兒也沒有！」

江雨橋委屈地回了灶房，李嬤嬤看著她透著可憐的背影，咂咂嘴。「真是個好苗子，這委屈的小模樣，哪個爺們看了不動心？」

羅氏聞言，臉上堆著笑。「還是得靠嬤嬤提攜，我家這閨女啊，就一個字，乖。」

「乖點好，聽話才有你們的好處。」

那意味深長的眼神讓羅氏想入非非。吃香的、喝辣的，這六個字從李嬤嬤的口中說出來，就在她心底留下了烙印。

她咬了咬唇。做妾就做妾，做妾又如何？他日等江家有了錢，哪裡還有人敢在背後念叨他們壞話？

李嬤嬤自然把她變幻的神色看在眼裡，輕蔑一笑。

這種事情她見得多了，什麼只做丫鬟不做妾？只要好處多了，哪個不是上趕著往她那兒送，何況……這還不是親娘呢。

她挑起尖細的眉，臉上刻薄的神情越發懶得隱藏，嗤了一聲問道：「這姑娘的爹怎麼想的？」

羅氏被她一句話驚醒，掩飾不住眼中的慌亂，她吶吶幾句。「她爹……她爹自然是答應讓她去做丫頭。」言下之意就是做妾可沒答應。

李嬤嬤了然地點點頭。「成啊，反正就按丫鬟賣，進了府也就由不得她了。」

羅氏拍拍胸脯放下心來，低低說了一句。「多謝李嬤嬤了，咱們快些吃飯去，應當都擺好了。」

羅氏帶著李嬤嬤去了堂屋，江大年才帶著江陽樹從西屋慢慢走出來。

江雨橋看著這個前生今世存在感都很低的爹，說不出什麼滋味。上輩子她給許遠做了妾後，這個爹還上門要帶她走，可惜被許遠縱著下人們打斷一條腿扔了出去，從此再沒了音訊。而她因著深恨家人，只當自己是個光身的孤兒，從未去打聽過。

如今她回來了，再看到江大年，心裡不知是怨是恨，也許……還摻雜著一點她自己都感受不到的孺慕之情。

江大年看著站在堂屋外的江雨橋，笑了笑。「雨橋，怎麼在外頭淋雪？」

江陽樹也湊到姊姊面前，握住她冰冷的手。「姊，快些跟我進去，妳的手好涼。」

江雨橋被他拽了一下，不自覺晃了晃身子，卻依然站著。

江大年心裡嘆息。自己這個閨女……看不出這麼倔強。

江雨橋「撲通」一聲跪下，不顧膝下的雪沾滿了新棉衣。

羅氏心裡一驚，直覺要發生什麼超出她盤算的事了。她忙鬆開李嬤嬤的手，三兩步上前想要拽起江雨橋，誰料江雨橋一聲啼哭。

「爹……」

這聲「爹」叫得是百轉千迴，聲音中的酸澀如同這漫天的寒風般襲向了江大年。

他愣了一下，眼底不知為何潮意上湧，看著跪倒在地的女兒，僅存的良心中說不出什麼滋味來。

他忍不住上前扶住江雨橋的胳膊往上抬了抬，江雨橋卻一動不動，江大年皺起眉來。「雨橋，起來，地上涼。」

江雨橋雙目含淚，隱隱抽泣起來，滿懷孺慕地抬頭看著江大年，彷彿他是這世上唯一的依靠。

她瑟瑟發抖，深深給他磕了一個頭。「爹，求您，求您別賣了我去做妾。」

做妾?!

江大年被這話震得一個趔趄，一用力拉起她。「什麼做妾？誰說要賣了妳去做妾？」

江雨橋嗚咽得說不出話來，只拚命搖著頭，那哀求的眼神看得江大年心裡一陣慌。

他一手扶著女兒用力拉起她，眼神有幾分疑惑、幾分茫然，看著跌跌撞撞跑過來的羅氏。

「做……妾？」

羅氏忍不住打了個哆嗦，閃避著江大年的眼神。「什麼做妾？咱們不是說好了嗎？

是去做丫鬟，五年之後就把雨橋贖出來。」

江雨橋「嚶嚶」的哭聲讓羅氏越發心慌，她一把上前拉住江雨橋。「喪門星，閉嘴！昨日妳不是同意了，如今李嬤嬤冒著大風雪從縣城過來，妳竟然要反悔不成?!」

瘦弱的江雨橋哪裡是羅氏的對手，她順勢掙脫江大年的手，瞄了一眼地上的臺階，重重往前一撲，摔下臺階，額頭霎時流出血來，滴落在白雪間，像是斑斑點點的紅梅。

羅氏驚呼一聲，看了看自己尚未收回的手。

她……她沒用力啊……

冷眼旁觀的李嬤嬤也被這齣嚇了一跳，忍不住高喊道：「可別摔破了皮相！」

江大年聽到這句話，哪裡還不知道女兒說的是真的，兩眼冒起怒火，瞪著羅氏。

「妳這毒婦，竟然真要賣我女兒去做妾?!」

羅氏不自覺打了個冷顫，卻很快鼓起勇氣，像蝦蟆一樣瞪著眼，死死盯住江大年。

「你可知道家中尚有多少銀錢？」

江大年一愣，看了一眼堂屋中的李嬤嬤，臉上羞赧至極，漲得通紅。「妳說這些做什麼，我只問妳是不是要賣雨橋去做妾！」

羅氏冷笑兩聲，站直身子。「我來告訴你，家中尚有三十三個銅板，原本前日還有一兩餘錢，你非要買那上等徽墨放在家中。三十三個銅板，這年如何過還不知曉。不賣？不賣了你的寶貝女兒，咱們一家子就勒著脖子吊死在這兒得了！」

江大年被她一句一句罵得忍不住後退，直到後背碰到門板才回過神來。他臉色青白交加，透著被戳中的惱羞成怒，大呵一聲。

「過年村中人都來尋我寫春聯，那等次墨怎麼拿得出手？妳這無知婦人，只看得見眼前的蠅頭小利！」

羅氏一股火湧上心頭，三兩步衝到江大年面前。「我只看得到蠅頭小利？明年春日你考不考秀才了？小樹去不去學堂了？一大家子還吃不吃飯、穿不穿衣了？這些銀錢從哪兒來，你說啊！」

趴在地上的江雨橋心底一片冰涼，原來……原來上輩子是如此……那江大年知道他做妾後，又為何去尋她呢？

此時的江大年已經被羅氏氣得快要瘋了，尤其還有李嬤嬤一個外人在，身為一家之主的尊嚴受到極大的挑戰。

他一巴掌狠狠搧在羅氏臉上。「那也不能送她去做妾！妳可知若我有個做妾的女兒在外面，要受多大的非議？把她賣了做丫鬟去，得了銀錢咱們也好度日！」

呵，江雨橋瞇起眼睛，冷冷地看著吵成一團的兩人。

那李嬤嬤聽到江大年的話，清了清嗓子，開口勸道：「江先生多慮了，這買人自然是以丫鬟的名義買進去的，至於之後怎麼樣，也得看她自個兒的造化。」

說著笑了起來，臉上的刻薄樣都緩了幾分。「要說你家這丫頭也真是孝順，怕家中無餘糧，特地託人同我說要自賣自身呢，這不我今日才來你家看看，也是我的一片好心。」

江大年疑惑地看了她一眼，一下子反應過來，臉色緩和了許多。

羅氏也顧不得剛挨了一巴掌，咧開嘴，含含糊糊道：「李嬤嬤說得對，就是這死丫……雨橋託我哥哥問的您，今日您來了我也一臉懵呢。」

三言兩語間，這件事情就這麼被定下了，李嬤嬤看著臉色已經褪去青白的江大年。「江先生今日見我，怕是也感到突然吧。」

江大年慢慢點點頭，臉上也有了幾分笑模樣。「嬤嬤今日辛苦了，快些用飯吧，這天極冷，飯菜都要涼了。」

三人你推我、我推你的，親親熱熱進了堂屋，誰也沒有搭理尚且半趴在地上的江雨橋。

江陽樹一點一點地挪到江雨橋面前，彎下身子用力攙扶她，抬著哭得水汪汪的眼睛看著已經滿頭是血的姊姊，下定決心。「姊，我不會讓妳去做妾的，我這就進去跪著求爹和娘，求他們不要把妳賣掉！」

江雨橋伸出手摸了摸他的頭頂，冷笑一聲。「沒用的，他們已經打定主意。你快些進去吧，莫要著涼了。」

說完輕輕推開江陽樹，一瘸一拐地走到院角的水缸前，看著已經結了冰的水面映出自己狼狽的面容，用力一把扯破身上的棉衣，不知用了多少年的漆黑棉揚了出來，江雨橋又撕扯了幾下，直到身上的棉衣變得襤褸才停下手，回頭看了一眼堂屋厚厚的門簾，對江陽樹一挑眉。「去西屋，不管如何，莫要出來。」

江陽樹尚未反應過來，只見她推開院門，踉踉蹌蹌地跑出門去。

趁著雪已經漸小，村中不少人出來掃掃屋頂、拾掇柴房，莫要讓雪壓垮屋子或弄濕了柴。

江雨橋一路抽泣一路跑，早就引起村民的注意，村中大樹下聚集了幾個習慣在此地互通有無的婦人們，被這大雪堵在家中半日可憋壞了，左右招呼一聲紛紛出來，東家長、西家短地好一通說，這心裡才暢快多了。

滿臉血腥、一身破爛棉衣的江雨橋就這麼闖入這群人眼中，婦人們自她剛露面就盯上了她，嘴裡不停交談著。

「哎，那不是老江家的閨女嗎？這是怎麼了？」

「不知道啊，頭晌雪太大了，我也沒出門。」語氣中的扼腕簡直要化為實質了。眼看著她要跑過去，那帶頭的王二嬸眼疾手快地一把扯住她，激動問道：「雨橋，妳這是怎麼了？」

江雨橋被人一問，哭得上氣不接下氣，半晌沒吐出一個字來，這可把一群婆娘急得不行，這一看就是出大事了！

那家離得最近的張家嫂子眼珠一轉，幾步跑回家倒了一碗水出來，擠過人群，塞進江雨橋手中。

「雨橋，快喝，順順氣！」

一群婦人目不轉睛地盯著江雨橋，恨不得扳著嘴給她灌下去，讓她快點說出話來。

江雨橋小口小口抿完了水，哭啞的嗓子終於舒服許多，她暗地裡嘆口氣，面上卻越發楚楚可憐。「王二嬸、張嫂子，我……我爹娘要賣了我！」

這群婦人們齊齊吸了一口冷氣，王二嬸像見了鬼般看著黑瘦的江雨橋。「賣……賣了妳？」

江雨橋支著僵硬的脖子點點頭，眼睛紅紅，滿臉血跡，看著甚是可憐。

王二嬸心中不忍，皺著眉繼續問：「妳現在是……？」

江雨橋倔強的淚又流了下來，抬起破袖子一抹，臉上的血痕更是斑斑可見，看著叫人心驚。

她一字一句道：「我要去尋爺、奶，我就算是死，也不要去做妾！」

做妾?!這張家灣自古以來可沒有送娃子去做妾的！

那張嫂子神情一凜，緊緊抓住江雨橋的胳膊。「妳說什麼？妳爹娘要賣了妳做妾？那可不成，哪個村子有一家送閨女去做妾，這一村都不好嫁娶。」

江雨橋點點頭，那混著血跡的淚珠滴在地上，一顆顆砸進圍觀眾人的心裡。村人早就圍了上來，一傳十、十傳百，聽了張嫂子的話一片譁然，事關自家，都忍不住著急起來。

江雨橋達到目的馬上就要走，村民們已經知道了她做妾的利害關係，且為人都比較淳樸，不會坐視不理，然而自己是無法完全依靠他們的，也許年邁的爺奶才是她的靠山。

王二嬸看出她眼神中的哀求，向後張望了一下，隱藏在濛濛細雪中的江家大門若隱若現，依稀看得出來大門並沒有關嚴實，但沒有人追出來。她回過頭來看著江雨橋的眼神，嘆了口氣，大聲招呼自家男人。「他爹，你送雨橋去她爺奶家一趟！」

王二嬸的老伴方才正在屋頂掃雪，下雪天還穿著薄薄的衣衫，一身結實的腱子肉，看著就有安全感，他悶悶地應了一聲。「欸。」走到江雨橋面前，低聲道：「走吧，閨女，大叔送妳過去。」

張嫂子伸手一攔。「王二叔先等等，叫我家那口子同你一起去。」

正要抬腳的江雨橋一頓，皺眉思索著張嫂子家的男人是誰？

前世她一直閉門不出，在家做活，直到被賣了在村中都不認識幾個人，依稀記得張嫂子家中的男人是……

一個粗獷的聲音從她背後響起。「同去！我倒要看看誰在咱們張家灣敢把孩子賣了做妾！」

江雨橋一拍腦袋想起來了，張嫂子嫁的人不正是村長的獨子嗎？村中村長都是世襲制的，這張勇日後也是要做村長的人。

張嫂子見她拍頭，以為她擔心給家中找了麻煩，心裡一陣憐惜。「雨橋別怕，到時讓妳張大哥和妳爺奶說，怎麼也不能讓妳爹娘胡搞，壞了咱們村子在十里八鄉的名聲。」

江雨橋挺直腰板，重重地點點頭。

張嫂子看著這剛強的孩子，揉了揉她凌亂的髮。「快去吧，讓妳大叔、大哥領妳過去，好好和妳爺奶說，莫要哭得說不清。」

張勇接過話茬。「快走吧，耽擱了時辰可不好。」又對著張嫂子示意一下家門的方向。「妳去同爹說說這事，這可不是小事。」

夫妻二人三言兩語定下來，江雨橋滿懷感激地對圍觀眾人鞠了一圈的躬。「各位大叔、大嬸、哥哥、嫂子，今日大恩，雨橋銘記於心。」

王二嬸聞言笑了笑。「到底是讀書人家的孩子，話說得就是好聽，咱們做事只對得起自己良心，這臉嬸子就不給妳擦了，讓妳爺奶也睜開眼好好看看。」

王二叔悶聲悶氣地話不多，回頭看了一眼依然虛掩的江家大門，催促道：「快些吧，怕是一會兒人要出來了……」

江雨橋又深深鞠了個躬，跟在王二叔和張勇身後，一瘸一拐地往村頭的爺奶家走去。

江家爺奶早先也是個糊塗人，只江大年一個獨子，把他寵上了天，靠著三畝地咬著牙供他讀書、娶妻生女。誰承想那後娶的媳婦一進門後就作妖，攛掇江大年藉著要安生讀書的名義，把老倆口一輩子的積蓄騙了來，在村中蓋了有三間正房的磚泥房，把兩個老的甩在黃泥的老房子裡度日，實際上就等於分了家。當然話說得是好聽，什麼之後爹娘動不了了，定給他們養老之類的。

這些事村人都看在眼裡，只是江家老倆口不吭聲，別人最多也就議論兩句。再說江大年總是村中唯一的讀書人，逢年過節寫個對聯、寫個信什麼的總是得求著他，這事就這麼胡亂混了過去，小十年了也無人再提。

江家爺奶已經到了知天命之年，幸而江大年還有那麼一絲良心，那三畝地並沒有一同要走，老倆口種著地省吃儉用，日子也能過下去。

江雨橋看著眼前破門破戶的嘆了口氣，上輩子江大年去尋她的時候無意間提起一句，自知道她去做了妾後，江家爺奶就衝上門和羅氏大吵一頓，一時氣不過，雙雙重病在床，嘴裡還一直念叨著她。

她有些近鄉情怯，想起小時候遙遠的記憶中爺奶慈祥的笑容，伸出顫抖的手，「嘎吱」一聲緩緩推開院門。

老江頭正坐在樹墩子上劈柴，這眼看著天上的雪下得越來越頻，柴可有些供不上了。

聽到推門聲嚇了一跳，這個家門已經許多年沒別人推開過了，他抬起頭來，驚恐地看著院門，只見一個滿臉是血的少女站在門檻外，瘦弱得像是一陣風都能把她吹走。

他瞇起眼睛，仔細辨認片刻，失聲叫道：「雨橋?!」

屋中的江老太聽到這一聲，顫巍巍地掀開門簾探出頭。「雨橋？雨橋在哪兒？」

直到看到門外站著的人，剩下的話被吞進腹中，顧不得雪天地滑，一路小跑奔向門外的江雨橋。「雨橋！」

途中幾次差點摔倒，江雨橋終於流下了今日第一次真心的淚，跨過門檻迎上前，一把撲進老江頭和江老太的懷抱中。「爺、奶！」

江老太顧不得髒，扯起袖子小心翼翼地擦著她的臉，心疼得直哆嗦。「這是怎麼了，這血是怎麼回事？」

門外的王二叔和張勇對視一眼，跟著進了門，老江頭這才看到孫女兒後面還有兩個人。

他上前一步護住老婆子和孫女，努力挺直原本佝僂的腰板，聲音發緊，卻強裝鎮定道：「我們雨橋這是……怎麼了？」

王二叔看了一眼趴在江老太懷中的江雨橋，癟了癟嘴，不知道怎麼開口，還是張勇站出來對老江頭解釋。「江爺爺，雨橋她頭上的傷……是大年叔弄的。」

江老太正給江雨橋擦臉的手一僵，不敢置信地抬起頭。「你說什麼？」

張勇嘆了口氣。「不只如此，大年叔還要賣了雨橋去……去做妾。」

老江頭膝蓋一軟，下意識地往後退了一步。

江雨橋順勢跪下，對著老江頭和江老太拚命磕頭。「爺奶，求求你們救救我，牙婆已經來了。」

江老太急忙彎腰阻攔她，一個不慎身子一歪，江雨橋心裡一驚，忙迎上去接住她，被江老太重重一砸，瘦小的身子被壓在雪中一動不動。

王二叔急忙上前一把將江老太拉起來，見她無大礙，又向地上的江雨橋看去，額頭原本已經半乾的傷口經過這麼一撞又裂開了，血一下子糊了她滿臉。

張勇咧咧嘴，也有些心疼這孩子，扭頭往外跑。「我先去尋大夫來。」

老江頭一臉茫然地看著眼前這一幕，奔跑的張勇、癱坐在地上的老婆子、扶著孫女的王家二小子，還有……滿頭是血、閉著眼睛不知如何的孫女……

一瞬間天旋地轉，他掐著手心站穩身子，沙啞地開口。「快，抱雨橋進去！」

王二叔這才反應過來，一把撈起江雨橋，三兩步掀開簾子進了屋。

老江頭小心地扶起江老太，看著她滿臉淚痕，自己也忍不住流下了渾濁的淚。「那是個喪了良心的，這十年妳還沒看透嗎？咱們得護住雨橋。想想燕娘，雨橋是她臨死前唯一的掛念了。」

江老太這才回過神來，藉著他的力道站起來，狠狠抹了把眼淚。「你說得對，咱們得護住雨橋！」說完攥緊老江頭的手，一起往屋內走去。

張勇帶著張大夫很快就過來了，張大夫看了看江雨橋額頭上的傷，又細細給她把了脈。

方才江雨橋在村中大樹那麼一鬧，該知道、不該知道的都聽到了幾分風聲，看著她就不自覺帶上了憐憫。江老太看到張大夫嘆氣，霎時嚇得臉色發青，小心翼翼問道：「大夫，咱家雨橋……」

張大夫搖搖頭。「額頭不過皮肉傷，我已經給她處理乾淨，傷口裡的小石子都清出來了，只要好好養著，應當不會留下疤。只是她之前還病著，身子尚未好，這次可算是元氣大傷了，日後可得注意，怕是有些難養。」

難養?!這兩個字打擊得老倆口晃了晃身子。

張大夫忙解釋：「只是身子比平常人孱弱了些，好好養幾年也一樣。可一點，萬不能再動氣了，身子好養，心脈若是損了，可真的養不回來了。」

老江頭同江老太對視一眼，看著眉頭緊皺的張勇，下定決心哀求道：「勇小子，你爹……在家不？」

張勇本還擔心他們二人如同十年前那般包庇江大年，聞言眼睛一亮。「在家。我爹知曉了一些事，現在怕是已經召集村老們一起商議著呢。」

老江頭嘆口氣，這十年的清苦日子，偶爾想偷偷上門看看孫子、孫女，都會被江大年和羅氏趕出來，說一點不怨也是不可能的。

若是江大年只是對他們老倆口不搭不理也就算了，自己生養的孽障，還能殺了他不成？可他們如今竟然要對孫女下手……

他抬起眼睛看著張勇，堅定道：「我要去求村長作主！」

聽到這話，張勇和王二叔都長吁一口氣，張大夫臉上也明顯鬆了一口氣。

張勇到底年輕，一把扯住老江頭的手。「江爺爺，咱們快走，我爹他們應當已經在等著了。」

老江頭看了一眼躺在炕上臉色蒼白、雙目緊閉的江雨橋，神色凝重地跟著張勇回了家。

王二叔同他們在張家門口分開。「你們先去，我家婆娘怕是等著呢。」

兩人都知道王二嬸是什麼樣的人，便點點頭。

老江頭一腳邁進張家門檻，猶豫片刻，又回頭喊住王二叔。「二小子，待會兒若是要去同大年兩口子說理，讓二媳婦也去成嗎？」

王二叔一下子明白了他的意思，抿嘴點點頭。

老江頭這才放下心來，同他招呼一聲進了張家。

張村長和幾個村老果然已經肅著臉等著他了，看著蒼老許多的老江頭，張村長輕輕咳了咳。「老江叔，你家這事有些不好辦啊……」

老江頭心裡發慌，「撲通」一聲跪倒在地。「村長，你就救我們家雨橋一救吧！」

張村長額頭的汗都被他嚇出來了，急急站起來扶住他。「您老快些起來，這不是折了我的壽嗎，我沒說不管。」

在張勇的幫助下，父子倆一起把老江頭攙了起來。

張村長沈吟片刻，對他道：「老江叔，咱們村子是斷不能出送孩子去做妾的事，如今……你可願意為了雨橋硬氣起來？」

老江頭早就想清楚了，重重點頭。「只要能保住雨橋，我……我怎麼樣都行！」

張村長鬆了口氣，看了看其他幾位村老，回頭對他道：「老江叔既然這麼說，那就行了，咱們這就走吧。」

老江頭只覺得自己血氣上湧，同手同腳地跟著張村長到了江家門口才回過神來，看著眼前漆黑嶄新的大門，心中思緒萬千。

江家大門依然虛掩著，除了江陽樹外，似乎沒有人發現江雨橋已經不見了。

張勇上前一把用力推開門，院中白雪覆地，顯得寧靜又安詳。

一直提著心躲在西屋的江陽樹聽到動靜，激動地跑出來喊了一聲。「姊！」

話音還沒落，他就僵在原地，看著院門口滿滿的人，退後幾步。

老江頭一年見不到這孫子一、兩回，眼底泛潮，顫抖地喚了一聲。「小樹……」

江陽樹對這個爺爺很陌生，上下打量了幾眼才恍然認出來，斂著袖子對他行禮。

「祖父。」

老江頭苦笑一下，這孩子同他並不親近，率先踏入大門走近江陽樹。「你爹娘呢？」

江陽樹臉色變得有些忐忑，不答反問。「祖父，我姊在哪兒？」

張村長意味深長地看了眼前的孩子一眼，果然同雨橋一般機靈，他拍了拍他的頭又問道：「你爹娘是不是想賣了你姊？」

江陽樹瞳孔一縮，看了一圈來人。

村長父子、村老們、王二叔夫妻，還有一些在村中都能叫得上號的人，又回頭看了一眼老江頭，低下頭思索片刻，滿懷期待地抬頭問：「祖父，您能護住姊不被賣？」

老江頭只來得及點了點頭，堂屋的門簾就被人掀開。

羅氏一邊念叨，一邊踏出門。「小樹，你怎麼還不來，都喚了你幾回……」剩下的話還沒說出來，就被老江頭惡狠狠的目光瞪了回去，她尖叫一聲。「大年！大年你快來！」

江大年陪著李嬤嬤吃了兩口小酒，神色微醺，猛地聽到羅氏的喊聲，皺起眉來。

「叫什麼叫！」

羅氏像見了鬼一般「噌噌」跑到他身邊，一把按住他的酒杯。「別喝了，你那個爹來了！」

江大年一哆嗦，杯中的酒灑了他滿身，他一下子站起來，左右轉了兩圈。「怎麼突然來了……妳上門要錢去了？」

屋內的動靜，屋外人聽得一清二楚，老江頭覺得自己的臉又被江大年扒下來在全村人面前踩，他一股火氣上來，尋了一圈，抄起一根手臂粗的木柴，一用力把擋在堂屋前厚厚的門簾子打下來。

寒風爭先恐後地灌進去，瞬間給屋中三人帶來刺骨的涼意，李嬤嬤忍不住打了個震天響的噴嚏，老江頭一眼看到她，轉念一想就知道這是雨橋說的牙婆，氣得咬牙切齒上前，一棍子抽中她肩膀。

那李嬤嬤「嗷」的一聲叫起來，只覺得肩膀麻痛難忍，已經不是她的了，眼淚、鼻涕不受控制地流下來，甚至忘了躲。

老江頭咬著牙狠狠抽了她幾下，李嬤嬤平日走東家、串西家，到哪兒不是貴客，哪裡挨過這種打，幾棍子下去她嚎都沒嚎一聲，癱軟在地上沒了聲息。

江大年和羅氏嚇得兩股戰戰，靠在一起誰也不敢動，生怕一動就引起老江頭的注意。誰料老江頭打暈李嬤嬤後，扭頭狠戾地看著他們二人。

「你們想把雨橋賣了做妾？」

江大年胡亂搖頭，又點頭，不知道自己在做什麼，推了一把身旁的羅氏。「爹，都是她……都是羅氏攛掇的。」

羅氏難以置信地回頭看著他，江大年又用力推了她一把，對著老江頭辯解。「一切都是她做的，那人也是她尋來的！」

老江頭看了一眼被推倒在他面前地上的羅氏，抬起頭來緊緊盯著江大年，眼中的失望與傷心怎麼都掩蓋不住。

他強撐著跨過羅氏，上前狠狠抽了江大年幾下，甩開棍子蹲在地上抱頭痛哭。

張村長心想應該輪到他出場了，這才跨進堂屋。

張勇急忙攙著老江頭坐在椅子上，看著眼前圓桌上的殘羹剩飯，那雞、臘肉和蘑菇，處處訴說著這家人要賣江雨橋的決心，他只覺得心如刀絞，赤紅著眼盯著張村長，呼哧呼哧地說不出話來。

羅氏也艱難地爬起來，看著臉上兩道紅印子的江大年，心裡說不出的痛快。事到如今，她反而站出來，一把扯過江大年半擋在她身前，一邊對張村長道：「村長，咱家日子著實過不下去了，所以才想讓雨橋去縣裡做幾年活計補貼下日子，誰傳的要賣了她做妾，不過是簽五年活契，這事村中本也不少，為何偏偏找上我家？」

江大年被她一番話說得回過神來，偷偷瞄了老江頭一眼，點點頭附和。「沒錯，就是五年活契，什麼做妾不做妾的，哪來的謠言？」

屋裡眾人到底都是底子淳樸的村中百姓，哪裡想得到人這一張嘴，翻來覆去都有理，不禁愣在當場。

張村長瞇起眼睛。呵，以往怎麼沒看出來這對夫妻心這麼狠呢？

王二嬸跳出來，一手插腰，一手指著羅氏的鼻子，罵道：「這是把咱們都當成四六不懂跑來找事的了？活契？誰家賣孩子五年活契還要請老牙婆大魚大肉吃一頓，這一頓飯怕是賣身的錢都填進去了！」

羅氏瑟縮地眼神閃躲，嘴裡卻死死咬定。「這才是咱們心疼孩子，託這嬤嬤好好照應她。這也是錯？你們可別不講理，到時候咱們去縣城報官，也讓青天大老爺看看我們一家被欺負到什麼地步了！隨隨便便打上門來，這還有沒有王法了！」

報官……眾人面面相覷，村裡哪有報官的事，不禁都有些退縮。張村長也皺緊眉，若是真的鬧上去，他們絲毫不占理，如今這身契還沒簽，隨他們怎麼說都成。

老江頭意識到大家的沈默，被江大年夫妻氣得差點厥過去。他一拍桌子站起來，揚起手狠狠抽了江大年一巴掌，只見江大年頭一歪，「噗」地吐出兩顆牙齒。

江大年被口中的血嗆到，咳得撕心裂肺的，羅氏被老江頭這一下震得也不敢再說話。這年頭老子打兒子，打死也是白給，更別提她這個嫁進江家的兒媳婦了。

老江頭顫著聲質問他們。「你們撇開我同你娘自己過日子，我們自己養的孩子，自己作的孽，咬牙認下了，可如今……你們千不該萬不該，不該把主意打到雨橋身上。」

他閉上眼睛，強忍住到眼角的淚，好半天才睜開眼問張村長。「村長，我若是要去大老爺那兒告江大年不孝，村人可願意替我作證？」

江大年顧不得滿嘴的血，高聲阻攔。「爹！」

羅氏也打了個冷顫，父告子不孝?!

張村長看了臉色突變的二人一眼，點點頭。「不管別人怎麼做，我作為村長，這十年來江大年夫妻對你們二老的所作所為都看在眼中，老江叔真要去告……我去作證。」

王二叔往前一步，瞪眼盯著江大年。「我也去！」

王二嬸挑起眉來挑釁地瞥了羅氏一眼。「我家的男人、兒子、小孫子都能一起去作證。」

「我也去。」

「俺們一起去。」

「一起一起。」

門外響起此起彼伏的應和聲，越來越響，震動人心。

江大年「撲通」一聲跪在地上，伸手扯著老江頭的褲腳。「爹……」

老江頭雙目含淚，絲毫不理他，抬腳扯開他的手，對著張村長一作揖。「多謝各位鄉親。」

張村長嘆口氣，看了一眼癱在地上的江大年和羅氏。「一家人何必鬧到告官呢？大年，我只問你，你是否還要賣了雨橋？」

江大年忍不住顫了一下，垂下眼眸沒說話。

羅氏看到人群中的小樹，豁出去跪在地上「撲通撲通」地磕頭，不管是張村長還是老江頭，哪怕是站在一旁的王二叔和張勇都被她磕了好幾個。

幾人急忙避開，只有老江頭上前一步站在她面前。「妳這毒婦，竟然還不死心？我江家最大的錯就是娶了妳進門！」

羅氏聲音悲戚，額頭已經見血，依然對著老江頭不停磕頭。「明年大年要考秀才，小樹要讀書，家中日子著實過不下去了。爹，您就可憐可憐您的兒子和孫子吧，那是您的親兒子和親孫子啊！」

老江頭頓住，剛抬起想踹她的腳就這麼定在半空中。

江大年見狀，撲上來抱住他的腳。「爹，您就看在小樹的面上，他是咱們江家唯一的血脈了。」

打著旋兒的風砸在老江頭臉上，讓他的臉色變得青白。張村長等人也沒法接這話，屋內、屋外都安靜下來，只聽得到江大年和羅氏的哭聲和哀求聲。

這時一個虛弱冰冷的聲音響起——

「原來在爹看來，我不是江家血脈？」

所有人都回頭看向院門，額頭纏著白棉布的江雨橋一手緊緊攥住江老太，像是支撐著自己不要倒下去，面上卻沒有了方才哀哀切切的神情，只剩下傷心欲絕後的森然和麻木。

第二章

江雨橋和江老太，一個瘦弱一個蒼老，相依著走進來，院中眾人不自覺給她們讓開了路。張大夫跟在她們身後，不停搖頭嘆氣。

二人互相攙扶著進了堂屋，江大年和羅氏早就止了哭，江老太看著江大年額頭上一層泥土，用力握了握江雨橋的手。

江雨橋感受到她心中的矛盾，嘆了口氣，緩緩跪下。「爹、娘，我不願意做妾。」這話不是她今日第一回說了，可是這一回比前幾次更能讓他們感受到她話中的決心。

江大年碰了碰羅氏，示意她接話。

羅氏一把甩開他的手，死死盯著江雨橋。以往怎麼沒發現這賠錢貨心機如此深，鬧到全村出來為她說話。

羅氏不能容忍所有和孫燕娘有關的東西壓在她頭上，特別是這個流著她一半血的喪門星！

她鼓著眼，像是透過江雨橋看到那張她深惡痛絕的臉，陰森森道：「雨橋，沒想到妳還能尋來妳爺奶做幫手，爹娘不過是想讓妳簽個活契，妳這孩子怎麼就這麼倔強呢？」

所有聽到這話的人都齊齊抖了下身子，這話中的威脅任傻子都聽得出。

王二嬸皺緊眉，上前要去扶江雨橋起來。

江雨橋卻掙開她的手，輕聲謝了一句，對著江大年和羅氏深深磕了個頭，挺直腰桿。「爹娘總說我的命是你們給的，你們要我做什麼就做什麼，為著這句話，我五歲就揹著剛滿月的小樹上灶臺，家中所有活計都是我做，這麼多年我從未有過半句抱怨，可是娘，您看看……」

江雨橋伸出手，把衣袖一點一點挽上去，胳膊上斑駁交雜的新舊傷疤呈現在眾人眼前。

所有人都倒吸一口氣，王二嬸幾個婦人心疼得直抹眼淚，狠狠剜了羅氏一眼。「後娘，後娘啊！」

老江頭和江老太可從不知道孫女受的這等苦，他們還以為孫女不出門是為了做讀書人家的小姐，萬沒想到……又是氣苦又是心疼又是懊惱，站都站不住，直打哆嗦。

江雨橋並未將眾人的反應放在心上，依然用平靜的聲音繼續說道：「娘對我也是『用了心』的，我渾身上下還有沒有一塊好肉，娘是知曉的。我本以為只要我忍到及笄、忍到出嫁，我就解脫了。我捨不得爹、捨不得小樹、捨不得爺奶知道這些，也……捨不得娘的心思暴露在人前。我做牛做馬，寒冬臘月的晚上跪在爹娘的屋外等著給爹娘添火盆，酷暑三伏大晌午頂著烈日在院中劈柴，我真的不抱怨，我心甘情願，誰讓爹娘給了我一條命呢，這是我欠你們的，都是我欠你們的。可是娘，您為什麼想要賣了我，是我做得不夠好嗎？是我哪裡做錯了嗎？你們總說你們給了我一條命，如今……我把這條命還給你們如何，從此以後我們……兩不相欠！」說完這四個字，江雨橋猛地站起來。

所有人都沒反應過來，只有抹著眼淚的張村長喊了一聲。「勇子，攔住她！」

張勇下意識地拉了她一把，誰知江雨橋身上的破棉襖早就禁不得拽，「嗤啦」一聲撕下一大片來，卻沒有阻擋她奔著柱子去的衝勢。

「咚」的一聲悶響，江雨橋綁著棉布的額頭霎時間溢出一灘血，襯得她小臉越發慘白，雙目緊閉，倒在柱子前。

江老太見到這一幕，白眼一翻，暈了過去。

老江頭想衝過去抱住孫女，可是兩條腿彷彿已經不是他的了，怎麼用力都挪不動，一瞬間出了一身汗。

王二嬸、張嫂子幾個婦人這才反應過來，衝上去抱起江雨橋，小聲喚道：「雨橋、雨橋？」

張大夫擠過來著急道：「快讓我看看，快讓開！」

幾人很快給張大夫讓了個位置，他仔細把了脈，長嘆一聲。「這孩子……怕是要不好了。」

嘴中雖然這麼說，手上卻飛快伸進懷中摸出一粒藥丸塞進她嘴裡。「這是我家祖傳的救命藥，吃了它，只看雨橋自己的造化了。快些把她抱到炕上去，這地上太涼了。」

王二嬸一把用力抱起江雨橋，懷中恍若無物的重量讓她眼淚忍不住「撲簌簌」落下，她幾步跑到王二叔身邊，把江雨橋塞到他懷中。「快些抱著她去炕屋。」

許是剛吃的藥起了作用，江雨橋抖動著睫毛，努力睜開一條眼縫，極其虛弱地道：「我……不要……我還了……一……條……命……」

短短幾個字，王二叔這等剛強的漢子都忍不住流下淚來，抱著她一轉身要往外走。

「雨橋說得對，妳這條命今日還給他們了！我送妳去妳爺奶家！」

江雨橋輕輕拉住他。「等……等等……」努力扭頭尋找著什麼。

老江頭努力挪著僵硬的腿，一瘸一拐跟上來。

張村長也一起過來，看著她悽慘的樣子，嘆了口氣。「雨橋妳放心，張叔給妳作主，日後妳就跟著妳爺奶過。」

老江頭哆嗦著嘴唇，想幫孫女把臉上的血擦乾淨，卻怎麼也擦不乾淨，他看著自己一手的血，忍著眼淚，還是一直在給她小心翼翼地擦著。

看到江雨橋期盼的眼神，他重重點頭，眼角的淚飛散在空中。「妳還了，妳還了妳爹半條命，另外那半條命是妳娘給的，妳不能給他們，妳得好好活著，爺奶照看妳！」

江雨橋這才放下心來，努力扯起嘴角，對他露出一個幾若未見的笑容，閉上眼睛徹底暈了過去。

張大夫見狀，忙催促道：「快走、快走，孩子耽擱不起了。」

王二叔抱著她大步流星地往村頭老房子走去，王二嬸幾個婦人也都跟在身後過去照料。

張勇用力掐著江老太的人中，直到掐出一個血印子來她才悠悠轉醒，一醒來哭了一聲。「雨橋！」然後哆哆嗦嗦地再說不出話來。

老江頭緊緊握住老伴的手，眼中的淚大顆大顆滾下，他抬著頭，看著院中不管男女老少都在抽泣的村民們，憋著一口氣對張村長道：「我……我要分家！」

張村長抹乾眼角的淚，也點點頭。「今日老江叔不提，我也要勸你分家。這十年來他江大年從未盡過為人子的責任，如今分家不過也只是多了一紙文書。」

江老太終於緩過來，顫著聲音問老江頭。「雨橋呢？」

老江頭安撫地拍了拍她的手。「雨橋如今在咱家呢，今日把家分了，雨橋日後就跟著咱們過。」

江老太茫然地看了他一眼，反應了一會兒才回過味來，拚命點頭。「好、好，分家。分家了雨橋就沒事了，我要回家去看雨橋……」

張村長嘆口氣，看著依然跪在地上的江大年和羅氏。「起來吧，把分家文書寫一寫。」

方才江雨橋那一撞，可真是把兩個人嚇得夠嗆，羅氏甚至已經開始想，若是她逼死了江雨橋，這村子怕是就待不下去了。

如今聽到張村長的話，愣了一下。分家文書？沒聽說只有一個兒子還要分家的，這不是脫褲子放屁嗎？

江大年也疑惑，看了張村長一眼，悶聲問：「我爹娘只有我一個獨子，分什麼家？」

張村長「嘖」了一聲，打心底不想同這麼狼心狗肺的兩個人說話，皺眉道：「你爹娘是一家，你這是一家，雨橋就落在你爹娘戶籍下頭，和你們是兩張戶籍，懂了？」

這些瑣事江大年是真的不懂，他下意識問道：「我爹娘死了以後，這些東西不還都是我的？」

老江頭被他一句話說得差點沒背過氣去，脫下一隻踩了雪的髒濕草鞋往他臉上砸去。「原來早早盼著我們死呢，我就算死，東西也不留給你這個白眼狼！老婆子，咱倆使勁活，活到雨橋出嫁，那三畝地都給她做嫁妝，等我死了，所有東西都留給雨橋和她的孩子。」

江大年說出去就知道這話不好，這話可是大不孝，能治罪的，卻無法挽回，剛被老江頭的草鞋糊了臉就聽見他這番話，想反駁也不敢吱聲，捂著臉熄了火。

羅氏哪裡肯讓？那三畝地她可早就瞅好了，這些年讓兩個老的種著、養著，等養成了上等田，正巧一賣，銀子全都拿來給小樹讀書，幾年的花銷就出來了。

眼看著這三畝地要飛了，她急忙出聲阻攔。「不成，沒聽說過東西留給孫女不留給孫子的，這地是我家小樹的，這家我們不分！」

張村長早就知道沒這麼容易，眉頭皺得更緊。

老江頭卻早就狠下心，猙獰一笑。「好，不分，不分我就是一家之主。大年，爹讓你休了這毒婦可能成？」

這真是晴天霹靂，打死羅氏也想不到老江頭竟然說出這麼一句話來，她身子一軟，靠在江大年身上，喊了一句。「大年……」

江大年伸手攬住她的肩膀。「沒事的，我不會休了妳的。」

老江頭真的被他們氣笑了，看著像苦命鴛鴦一樣的兩人，點點頭。「不休也行，明日我就去告你不孝，回頭把你這童生的功名都給奪了，你就好好地和羅氏過日子吧！」說完站起來攙住江老太就要走。

江大年慌了神，一把推開羅氏擋住他們。「爹娘，別去！我休，您二老說什麼我都做！」

羅氏心底比寒冬結了冰的溪水還要涼，一瞬間失去了力氣。

這十年來，她掙的是什麼、搶的是什麼，就是……這麼一個男人？

她搖搖頭，苦笑出聲，越發覺得自己真是傻透了，也恨透了老江頭和江雨橋，陰森可怖的笑聲讓人覺得汗毛倒豎，沒有人敢出聲打斷她，生怕她瘋了傻了再傷了人。

許久她才停下了笑，木著臉看著張村長。「我同意分家。」

江大年愣了一下，埋怨地看了羅氏一眼，沒有她在前頭頂著，他估計爹娘肯定得同意，這婦人真不當事。

張村長掏出早就寫好的分家文書，對張勇道：「去尋江童生的筆墨來。」

一個「江童生」把江大年叫得老臉通紅，他也三十多了，這個「童生」真的有些叫不出口。

待張勇回來，張村長提起筆來在三張文書上填了幾行字，扔了一份給江大年。「你也認識字，看看這文書可有問題？」

江大年不情不願地撿起來，看了一遍。其實這文書什麼也沒有，兩家早早等同分了家，如今不過是把江雨橋的戶籍挪過去，且注明以後老江頭老倆口的所有東西都歸她。

他祈求地抬頭看了一眼老江頭和江老太，如小時般撒嬌地喊了一聲。「爹……娘……」

兩個老的手握得更緊，雙雙閉上眼睛，老江頭深吸一口氣。「快寫，我們還要回去看雨橋！」

江大年無法，只能在三張文書上一一寫下自己的名字。

張勇揣著尋到的硃砂，一把扯過他的手沾了一拇指，挨個兒印在他名字下面。

老江頭也歪七扭八地寫下自己的名字又按了手印。

張村長把其中一張塞進懷裡，長吁一口氣。「分了家可就是兩家人了，日後莫要再打雨橋的主意。」說完也懶得在這兒看江大年兩口子的臉色，攙著老江頭和江老太準備走。

張勇卻「嘿嘿」一笑，伸出一隻手湊到江大年面前。「看不出來大年叔還挺有錢的，我雖沒讀過幾年書，卻也見識過先生珍藏的徽墨，大年叔這一塊怎麼也要一兩多銀子吧，賣了去能頂上咱們農家大半年吃用了，我看也不用非得賣了雨橋，對吧？」

老江頭回頭瞪著臉色忽白忽紅的江大年一眼。「好……我的好兒子……」扭過頭懶得再看他一眼，藉著張村長的力道一步一步往外走。

張勇把那黴墨往江大年手裡一塞，快走兩步到另一邊扶住江老太，一起往老房子走去。

院中的村民們落在後頭，自然都看到了那塊黴墨，聽到要一兩多面面相覷，心中對江大年夫妻更加鄙夷，不知誰帶了頭，對著堂屋中二人的方向紛紛啐了一口，心裡都打定主意離這兩口子遠著些。

這一齣接一齣鬧哄哄的，誰也沒有發現江陽樹不見了，此時的他正趴在江雨橋枕邊抽泣。

「姊，都怪我不好，沒能護住妳。」

江雨橋已經被重新包好傷口，虛弱地靠在枕頭上，唇角彎起一朵笑，艱難地伸手摸了摸他的頭髮。

江陽樹享受地在她掌心蹭了蹭，突然想到了什麼，站起來在懷裡掏來掏去，最後掏出一顆已經半融化的糖，眼睛晶亮地遞到江雨橋嘴邊。「姊，吃了就不疼了。」

江雨橋心知這糖的來源，撐著問他。「你……」

江陽樹知道她現在不能多說話，忙打斷道：「姊，他們功課做不完，我只是幫忙寫一下，這種活兒也不是經常有，我可是要給姊攢嫁妝的，這兩年寫一回兩個銅板，我已經攢了一百多個了，都藏得好好的，都給姊。」

江雨橋張開嘴，含住那顆糖，眼角濕潤地看著眼前的弟弟，那糖一直甜到心裡。若不是小樹四、五歲懂事後時常帶給她溫暖，怕是當年小小的江雨橋早就支撐不下去了吧……

看她吃得香甜，江陽樹自己也咧開嘴笑了起來，張大夫看著眼前姊弟情深的一幕，嘆了口氣。

幸好這孩子沒什麼大礙，只是傷口看著唬人，且一日這傷口裂了三回，這次怕是真的要留疤了。

江雨橋也知道張大夫當著眾人的面是往嚴重了說，多年後宅生涯，對於撞柱子這回事怎麼用巧勁，她還是清楚的，聽到嘆氣聲，感激地看了張大夫一眼。

張大夫起身摸了摸江陽樹的頭。「好了，小樹，你也該回去了，你爹娘若是再尋不著你，怕是心裡更不得勁了。」

江陽樹應了一聲，懂事地站起來，認真看著江雨橋。「姊，妳好生養著，回頭我把給妳攢的錢帶來，妳好好補補。」

聽到門外院門開的聲音，他一縮脖子，悄悄探出頭去張望，看到老江頭和江老太被扶著回來了，加快語速叮囑道：「這幾日可千萬別起身，我先走了。」

話音剛落，不待江雨橋和張大夫反應過來就竄了出去，只聽見院中一個彬彬有禮的聲音響起。「祖父、祖母，小樹叨擾，就此告退了。」

張大夫被逗得笑著搖搖頭，看著眼含笑意的江雨橋，說道：「妳這弟弟倒是有趣，只是同妳爺奶不親近。」

江雨橋臉上的笑容大了些，細聲回道：「會……親近的。」

嘈雜的腳步聲漸漸靠近，下一刻厚厚的門簾就被掀起，看到孫女臉上的笑容，江老太長吁一口氣，腿腳一軟癱在張勇身上。

老江頭早就把懷中的分家文書抽了出來，對著炕上的江雨橋揮了揮。「雨橋，以後再也沒有人能賣了妳了。」

江老太深一腳、淺一腳，蹣跚地挪到張大夫面前。「我家雨橋……」

張大夫臉上依然掛著笑。「沒事了，藥吃得及時，回來我又給她吃了一粒，命是救回來了，只是這額頭怕是要留疤了。」

老江頭和江老太聞言大喜。「留疤沒事，只要人保住了就好。」

張村長眾人也終於放鬆提著的心，一直在灶房忙活著燒水、煎藥的婦人們紛紛探出頭來湊趣。「雨橋救回來可是大好事，老江叔可得請一場。」

老江頭拍著胸脯笑道：「請請請，今日多虧鄉親們，等雨橋大好了，定要請鄉親們熱鬧一下。」

對於老江頭老倆口和江雨橋來說，未來的日子充滿希望，不管再窮再難，只要三口人生活在一起，日子總有個盼頭。

可江大年夫妻就沒這麼灑脫了，眾人走了後，江大年狠狠一巴掌摑在羅氏臉上。「今日這事都是妳鬧出來的！」

羅氏木愣愣地挨了一下趴在地上，一時竟然沒反應過來。

江大年又上前狠踹兩腳。「毒婦、毒婦！」

「哎喲」一聲呻吟，李嬤嬤從桌子底下緩緩爬出來，正看到江大年凶狠的樣子，「啊」的尖叫一聲。

江大年完全把她忘了，冷不防看到屋中還有人，抬起的腳踢下去也不是，收回來也不是。

羅氏瞅準這機會，抓住他的腳用力往後掀。

江大年一個站不穩磕在圓桌上，整個後背像是要散架一般，他吃痛地倒吸一口氣，正要撐著站起來，羅氏卻撿起方才老江頭甩開的木柴，沒頭沒臉地抽向他。

江大年到底是個文弱書生，這麼多年肩不能扛、手不能提，冷不防被羅氏這麼一抽，整個人都昏了頭。羅氏不知道自己抽了多少下，慢慢地江大年的痛呼和呻吟聲也消失了，李嬤嬤縮回桌子底下瑟瑟發抖，不敢出聲。

直到江陽樹回來看到這一幕，大喊一聲「娘」，衝上去緊緊抱住她。

羅氏一個激靈清醒過來，看著已經癱軟在地不知是死是活的江大年，甩開手中的木柴，顫抖地伸出手去試了試他的鼻息。

感覺到指尖那微弱的熱氣，她才一屁股跌在地上，大口大口喘著粗氣。

江陽樹早就被這一幕嚇得牙齒打顫，母子倆緊緊摟在一起沈默著，不知道各自在想些什麼。

李嬤嬤聽到外頭沒了動靜，才敢探出頭來，看著眼前這毫無生氣的三人，哪裡還惦記什麼江雨橋，爬起來就跌跌撞撞地往門外跑，趕緊逃離這江家才是。日後這張家灣，八抬大轎抬她都不來！

張大夫剛剛安頓好江雨橋後就被滿臉是淚、氣喘吁吁的江陽樹拖著往屋外走，老江頭心驚肉跳，追出門問了一句。「小樹，出什麼事了？」

江陽樹哭得上氣不接下氣，結結巴巴地回道：「我娘……打了我爹……」

尚未離開的張村長幾人撇撇嘴。一個大老爺們被婆娘打得要找大夫，也是張家灣的一個奇葩了。

老江頭和江老太放下心來，羅氏那麼清瘦乾癟，能把江大年打成什麼樣？怕是兩口子打架不小心磕了、碰了，擦破了皮。

他對著小樹揮揮手。「帶著你大夫爺爺早些去吧，過幾日來爺奶家吃飯。」

江陽樹愣了一下，只覺得是爹娘傷了爺奶的心，羞愧地低下頭胡亂應了兩句，帶著張大夫出了門。

張村長看這事已經了了，進去看了江雨橋一眼，出來對老江頭道：「老江叔，明日我就去鎮上給你們蓋紅章，這家就分定了，但江大年這每年的孝敬錢也不能少，你琢磨著多少合適？」

老江頭深深嘆了口氣。「罷了，但凡我們兩個老的能動彈的，都不用他掏銀子，只求他以後莫要再來搓磨我們爺仨了。」真心話說完又思索一下。「還是得寫上，不然他們兩口子都是得寸進尺的人，不若有個銀錢約束些也好。要多少我也不懂，村長你看著辦吧。」

張村長臉上這才露出笑模樣來。「那我就看著辦了，明日來給你們送新的戶籍。老江叔快些去照看雨橋吧，這孩子可沒少受罪。」

江老太坐在炕頭慈愛地摸著江雨橋的頭，聽著動靜回頭一看。

老江頭探頭進來，把脖子那兒壓得嚴嚴實實的，生怕門簾透了風進來，小聲問道：「給雨橋做些什麼吃？」

江老太抿抿唇。「還問這個？家裡還有一隻雞，殺了給乖孫女熬碗湯。」

老江頭「欸」了一聲就出門捉雞熬湯去了。

聽到雞湯兩個字，江雨橋的肚子不受控制，「咕嚕嚕」叫了起來。

江老太看著她緋紅的小臉，笑開了花。

「是不是餓了，先吃點米湯墊墊吧？」

張家灣所謂的米湯可不是大米熬的濃稠白湯，而是玉米粒磨成最細的粉，直接用開水滾個一刻來鐘就能入口的玉米湯。

老江頭做活仔細，老倆口牙也不好，吃不了玉米碴子粥，就用小磨盤把家中收的玉米粒子磨得細細的，做這種米湯吃。

冬日不做活計的時候，兩個老的日日吃這個度日，可是光給江雨橋吃這個也不行，江老太去地窖裡摸出一個地瓜來，三兩下去了皮，加在米湯中滾得香軟甜糯，熱呼呼一大碗端給了她。

江雨橋許久沒吃過這東西了，一口下去，心滿意足地嘆出一口氣。「奶，真甜。」

江老太見她吃得高興，自己更是歡喜得不知如何是好，手上穩穩地一勺一勺餵她。

「多吃些，哎，也不能吃太多，再一個時辰就能喝雞湯了。」

江雨橋急忙出言阻攔。「別殺雞了，這米湯就夠好喝的了，也能吃得飽飽的。」

江老太半心疼半埋怨地瞋了她一眼。「妳這身子得慢慢補補，這雞早晚得吃。」

話音剛落，像小孩子一樣左右看了看，湊到江雨橋面前，小聲道：「莫怕，爺奶有錢呢，這麼些年都儉省下來了，定把咱們雨橋養得白胖胖的。」

江雨橋的眼淚差點又要落下來，忙低頭去看粥碗，不讓江老太看見。

江老太以為她餓狠了，一勺一勺接著餵，足足餵了一海碗米湯。

江雨橋摸了摸渾圓的肚子，撒嬌地靠在江老太身上。「奶，我吃多了呢。」

江老太抖了一下，多少年沒同孫女這麼親近過了，小心翼翼地攬住她。「多吃些才能早早養好身子。」

已經燉上雞湯的老江頭進來就看到這一幕，眼饞地「哼哼」兩聲，也湊過來。「雨橋，回頭嚐嚐爺燉的雞湯，保證比妳奶弄的米湯好喝。」絲毫不理會江老太瞪他的眼神。

江雨橋看著爭風吃醋的老倆口，抿唇笑了起來，一手一個握住他們倆的手。「爺、奶，等我身子好了就去掙錢，咱們定會過上好日子！」

老江頭抿著嘴笑起來，捧著孫女的話逗她。「那咱可說好了，爺奶可就等著咱們雨橋掙大錢了。」

話中的戲謔被江雨橋聽得明明白白，看著笑咪咪的爺奶，她也只能跟著傻笑，心中卻下定決心，一定要早早立起來掙錢，讓關心她的人都過上好日子。

那雞湯果然如老江頭說的一般鮮美，裡面甚至還放了一小把枸杞，紅燦燦的小東西，點綴在油亮金黃的雞湯中，甚是好看。

江雨橋沒想到老江頭還知道些藥理，捧著碗問道：「爺，這裡面的是枸杞嗎？」

老江頭捋了捋鬍子，笑道：「乖孫女快喝，聽說這可是好東西，張大夫說了，這東西泡水喝好，也能煮湯，爺秋日上山採了一大堆，都曬乾了，正巧好好給我孫女補一補。」

江雨橋抿了一口雞湯，感受著香醇的口感，泛起小梨渦。「謝謝爺。」

老江頭心滿意足，微笑地看著孫女喝湯。

江雨橋喝了一碗雞湯，真的喝不下了，撒嬌賣癡地讓老倆口一人喝了一大碗，把一鍋雞湯分了個乾淨。

鬧了這麼一整天，直到晚上躺在軟綿綿的新棉被中，江雨橋才踏實地覺得上輩子已經真真切切離她遠去，聽著隔壁屋老江頭和江老太比賽般此起彼伏的鼾聲，眼角眉梢都忍不住帶上了笑，沈沈睡去。

第二日張大夫來的時候，直道她傷口恢復得好，一定要好好養著，說不定還能不留疤，又開了幾帖藥，叮囑她一定要在炕上躺個十天半月才成。

老江頭和江老太一臉嚴肅，簡直把張大夫的話奉為聖旨，接了藥就匆匆出門，一個去煎藥，一個去給江雨橋買雞蛋和肉。

待二老出去後，張大夫看著小臉瑩白的江雨橋欲言又止，窺著她的臉色，試探問道：「雨橋，妳還埋怨妳爹娘嗎？」

江雨橋愣了一下，下意識地低頭琢磨起張大夫話中的意思。

張大夫卻誤以為她心中有怨，突然咧嘴笑道：「那我就同妳說點有趣的，妳那個爹被妳那後娘打到昏過去，右胳膊都被打得骨折了，傷筋動骨一百天，若是好好養著，明年三、四月間能好就不錯了，怕是趕不上院試咯。」說完自己「嘿嘿」笑了兩聲，又趕緊斂下笑容來給自己描補。「我可沒故意給他使壞，就是……就是昨日看著他們那麼不是人，心裡不得勁。」

江雨橋聞言抬起頭來，露出哀戚的一抹笑。「大夫爺爺的話我聽到了，只是昨日我已經還了他半條命，今日實在有些轉不過這個勁來。」

張大夫想起昨日她悽慘的樣子，「哼」了一聲，嘴裡更沒了好話。「妳那個爹的學問，哪怕是去了也夠嗆，如今也算是給他們省了錢。只一點，可千萬別和妳爺奶說。」

江雨橋了然地點點頭，伸出小指。「咱倆打勾勾。」

張大夫看著眼前的孩子，失笑搖頭，還是配合地伸出手來跟她打勾勾。

從此，江雨橋過上了混吃等死的日子，啊不，是被逼過上了混吃等死的日子，聽了張大夫一席話，兩個老的簡直想把她鎖在炕上，除了去茅房外，壓根兒不讓她下地，短短十一、二日，她就胖了一圈。

今年沒有人去求江大年寫對聯了，提起江大年，村人都撇撇嘴，用了這等黑心人寫的對聯，怕是明年要倒楣一整年哩！

江陽樹臘月三十偷偷來了一回，悄悄告訴江雨橋，羅氏已經把那徽墨託人賣了，她哥哥竟然還要了二十文的跑腿錢，氣得她在家大罵一場，一整日沒做飯。

江老太心疼孫子，聽著孫子沒吃飯那還得了，趕緊蒸了個嫩滑的水蛋，上面淋上秋油，又從炕洞裡扒拉出一個烤地瓜，不顧燙手地給他剝了，塞進他手裡。

江陽樹小臉通紅，有些不知所措。

江雨橋接過碗和勺，舀起一勺來遞到他嘴邊。「來，姊餵你。」

小小男子漢哪裡受得了這個，伸手奪過勺子。「姊，從我五歲開始就不用妳餵了，我自己來！」

他挖起一勺雞蛋吞進嘴裡，好吃得眼睛都瞇了起來，接著就一發不可收拾，一口雞蛋、一口烤地瓜，臉上滿足的表情逗得人哈哈大笑。

吃飽喝足的江陽樹看了看天色，自己該回去了，他從懷中掏出一個荷包來。「姊，這是我給妳攢的錢。」

老江頭和江老太都驚了，這一袋錢看著可不少，這孩子怎麼攢的？

江雨橋定定看著江陽樹的眼睛，那眼中的堅定和內疚不是裝出來的。

她微微一笑，伸手接過那個荷包。「這錢姊收下了。」

江陽樹眼睛一亮，興奮得差點跳起來，他最怕的就是江雨橋不收這錢。

二人之前的事情，老江頭和江老太不清楚，見江雨橋收下，抿抿嘴都沒有出聲，江雨橋心中更暖，知道這是老倆口對她的信任。

江陽樹了了這樁心事便跳下炕，歡喜道：「我這就回去了。」

江老太急忙出聲阻攔。「別，你娘不是沒做飯嗎？在這兒吃吧。」

江陽樹臉色微僵，低下了頭。「若是我不回去，爹娘怕是今日都吃不上飯了。」

老江頭重重嘆了口氣，扭身出了屋門，索性來個耳不聽、心不煩。

江老太張張嘴，想到昨日的事又緊緊閉上，扯著江陽樹道：「日後家裡沒飯了，你就來爺奶這兒吃，待會兒奶給你裝上幾個熟雞蛋和地瓜，你放在炕頭溫著，餓了就自己偷摸吃點。」

江雨橋只覺得江老太十分可愛。「奶可真摳門，只給小樹些地瓜。」

江老太挺直腰板。「哼，給那兩個白眼狼吃的？我和妳爺又不能被豬油糊一輩子心，以後我們只有孫子、孫女，沒有兒子！」

江陽樹小臉臊得紅白交加，想了想還是得替爹娘道個歉，對著江老太一鞠躬。「奶，爹娘之前……」話卻也說不下去了，江家當日發生的事情，可是村人談得最多的。

他東一耳朵、西一耳朵的，也聽了個八九不離十，自然知道自家爹娘說的那些混帳話，如今想替他們道歉，卻是說不出口。他深知自己根本沒有資格說這個話，憑啥要讓爺奶和姊姊看在他的面上去原諒爹娘呢？

最後只能含含糊糊地跟著江老太去了灶房，兜了一胸口的雞蛋、地瓜回家。

今年除夕，老江頭和江老太可算是有個盼頭了，以往老倆口隨便吃點就枯坐到子時，放了鞭炮就睡了。

如今有了江雨橋就是不一樣，下半晌開始就忙著燉大骨頭湯，那大骨頭是王二嬸家頭幾日殺了年豬送來的，老江頭舉起斧子三兩下劈成小段，挪了個小爐子放在炕屋，在鍋裡扔了幾片薑、幾根蔥，添上水，小火燉著。

「咕嘟咕嘟」的聲音一起，這肉味慢慢瀰漫開來，江雨橋有點坐不住了，聽著外頭江老太招呼著老江頭來生火蒸乾糧，忙得空不出手，她悄悄穿上棉襖下了炕。

這棉襖可是江老太給她做的，這些年來也是苦了兩個老的，不管日子再怎麼苦，只能估摸著身量，年年都給孫兒、孫女做兩身新棉襖，卻幾乎沒有機會送去，最後疊著放起來。

今年江雨橋來了，總算是派上用場了。

江雨橋被羅氏搓磨得幾乎不長個子，同別人家十歲出頭的女娃娃差不多高，這一下子可多了三件能穿的，江老太看得又是歡喜又是心疼，下了決心一定要把孫女養回來。

江老太正忙得滿身大汗，一抬頭看見孫女站在灶房門口，嚇得一哆嗦。「雨橋，妳怎麼出來了，快回去躺著，天涼。」

江雨橋已經邁進來熟練地拾掇起鍋邊灶臺。「天天躺著我後背都疼了，奶就讓我動一動吧。」

老江頭咂咂嘴，把灶的前面地方讓出來。「雨橋過來坐著，給妳奶看看火。」

江雨橋無奈，卻也知道在這兒坐著怕是老倆冂最大的容忍了，只能坐下拿著柴，一點一點地控制著火候。

大過年的有個孩子在眼前湊趣誰不願意，江老太看著她乖巧的樣子也不再阻攔，索性聊起了東家長西家短的趣事來。

江雨橋對村人早就沒什麼印象了，日後過日子怕是少不得麻煩他們，便認真聽著江老太的話。

有了江雨橋搭把手，這頓飯做得就更快了，老江頭去泥地裡刨出一根埋著的青蘿蔔，切成大塊扔進大骨湯裡，不多時那香味就飄滿了整個院子。

江雨橋使勁吸了兩口香氣，感嘆道：「這可真香啊……」

江老太被她逗笑了。「什麼香不香的，妳爺就只會做這些湯湯水水的，把東西往水裡一扔燉著就成了。」

江雨橋搖搖頭。「那怎麼一樣呢，我聞著別家燉湯都沒有爺燉的香。」

江老太想到孫女兒前頭小十年怕是只能聞聞味道，還不知道喝沒喝過這肉湯，心裡一陣心疼，摸摸她的臉。「成了，快去炕上吧，讓妳爺擺上炕桌，咱們就在炕桌吃。」

江雨橋在許府中也算是極受寵的姨娘，不然也不會最後被大夫人針對到恨不能她死。山珍海味自然也沒有少吃，可那些都抵不過眼前這一桌老倆口置辦出最好的飯菜。

蘿蔔大骨湯以霸道的香氣占據了一桌菜絕對中心的位置，衝上房梁的白氣讓家中一下子熱鬧起來，湯上頭漂著點點蔥花，不自覺地就引人注目。醬紅色的紅燒雞塊擺在旁邊，自那日江雨橋說過枸杞好之後，老江頭只要煮雞都會添上一把，如今一個個小紅點裹在油汪汪的雞塊上，看著就喜慶。

秋日曬的乾蘑菇也泡開了，燙了一下，只加了鹽、糖和秋油拌開來，絲毫不損它的鮮美。還有那自家在炕頭種的蒜苗，和臘肉一炒，香氣撲鼻，讓人忍不住想趕緊吃上一口。

老江頭打了兩個銅板的酒，給自己倒上一杯，又給江老太倒了小半杯。「今日過年，咱們高興，妳也喝一些。」

江老太笑盈盈地瞪了他一眼，端起手中的小酒杯喝了一口，率先挾了一筷子雞到江雨橋碗裡，又遞給她一個海碗大的饅頭。「雨橋先嚐嚐這乾糧暄（軟）嗎？」

江雨橋「噗哧」一下笑出來，給兩個老的一人挾了一塊肉多骨頭少的雞。「奶做的乾糧還有硬的？爺奶先吃。」

老江頭見她倆推來讓去的，眼中含笑，嘴上卻道：「一起吃、一起吃，讓個什麼勁？」

也知道他們不動筷子，江雨橋是不會吃的，把那塊雞肉放進嘴裡，細細嚼著；江老太也撕下一塊乾糧吃了一口，催促江雨橋。「可要多吃些。」

江雨橋點點頭，三人都許久沒吃過這種好菜，一不小心就吃多了，此時也就戌時初，一家人拾掇完了碗筷，就又聚在灶房包餃子。

王二嬸家煉完了豬油後，江老太就上門打了一斤，王二嬸捏著比市價給得還多的錢覺得有些過意不去，又鏟了一把油梭子給她。今晚這餃子就是用這油梭子包的，混著鮮嫩水靈的大白菜，剛吃飽的三人覺得越包越餓。待到亥時末，江老太把著時辰下了餃子，這餃子剛出鍋正巧子時。

老江頭端著一盤餃子去了院門口，燒紙點香拜了祖宗，放了一掛鞭炮，趕緊竄回屋來，抖了抖身上的寒氣，搓了搓手才上了炕。

炕上早就擺好了白白胖胖的餃子，一個個像撅著肚子的小豬仔似的，勾引著江家三口人去吃它們。

三人不負餃子們的眾望，各個吃得肚子渾圓，老江頭和江老太把剩下的餃子放到院子上凍起來，等著明早吃。

一陣忙活就過了子時，江老太催促江雨橋快些睡，明日還有人上門拜年呢。

熱鬧的農家小院很快恢復了寂靜，期待著新年的到來。

大清早天矇矇亮，院門就被敲響，老江頭披著棉襖、佝僂著身子，瑟瑟發抖，一邊招呼著「來了、來了」，一邊打開門，卻看到門外是以往大年初一從未出現過的人。

他嘴巴微張，愣在當場，門外的江大年卻擠出滿臉的笑，親熱地喚了一聲。

「爹。」

老江頭抖了兩下嘴，不知道該說什麼，羅氏一把將縮在身後的江陽樹推到前頭。

「爹，咱們一家給您拜年來了。」

江陽樹滿臉漲得通紅，抗拒地往後面躲，羅氏死死把著他的兩隻胳膊，把他推到老江頭面前，他左躲右閃都避不開老江頭的眼神，眼中的淚在打轉。

右手用棉布吊在脖子上的江大年一腳邁進門檻。「爹，兒子來給您拜年啦。」

羅氏極有眼力見地跟上，用力抱起全身抗拒的江陽樹也進了院子。

江老太這時掀開門簾，看見院門口的一幕，氣得夠嗆，抓起窗邊的一個凍餃子扔了出去。「把小樹放開！孩子的臉都紅了！」

雖說那餃子飛到一半落在地上，卻震得羅氏鬆開了手。

江雨橋跟在後面招呼。「小樹，到姊這兒來。」

委屈到極點的江陽樹終於看到了疼他的人，飛快地跑過來，一把撲進江雨橋懷裡，語帶哽咽。「姊，他……他們非要來，我勸了，攔不住。」

江雨橋安撫地拍拍他的肩膀，抬頭看向死皮賴臉的兩人。

自她露頭後，羅氏的臉色就有些不大對，江大年看著心裡著急，用力推了她一把，羅氏這才回過神來，看著江雨橋審視的目光，壓下心頭的火氣，扯起嘴角。「雨橋，妳可大好了？」

感受到懷中江陽樹一瞬間的僵硬，江雨橋點點頭，表情冷漠淡然，好似眼前的不是生活了十年的爹娘，而是路邊普通的路人一般。

老江頭看著她的表情才放下心來，站直身子，擋住江大年夫妻的去路。「你們來幹什麼！」

江大年剜了羅氏一眼。成事不足敗事有餘的婆娘！

他轉過頭來笑著扶住老江頭的肩膀。「爹，這不如今我們也知道錯了，大過年的總要上門給您拜年，再說您和娘年紀也大了，來來往往的人情，總得找個腿腳麻利的給你們跑，兒子不就是做這個的嗎？」

江雨橋了然，看來年前無人上門，江大年這種死要面子的人果然把主意打在老江頭老倆口身上了。

江老太快走兩步撿起那顆掉在院子中間的餃子，一把砸向江大年的額頭。「你禍害我們娘三個還不夠嗎？哪來的臉湊上來，滾出去！」

這餃子凍得硬邦邦的堪比石子，江大年冷不防被砸了一下還真有些疼，齜牙咧嘴半天，看著眼前冒火的四隻眼睛，強忍住想要罵人的衝動，陪著笑臉。「爹娘總得給兒子將功贖罪的機會，往後您二老指使我往東，我就不往西。」

老江頭越看他這副樣子越失望，哪裡還有一丁點文人的風骨？他搖搖頭，也不多廢話，左右張望著。

羅氏急忙討好地笑道：「爹尋什麼呢，媳婦兒來幫您。」

老江頭「呵呵」一笑。「尋哪根棍子順手，好把你們這對不要臉的抽出去！」

江大年臉色突變，下意識地退後幾步躲在羅氏後頭。

老江頭嗤笑一聲，抄起掃雪的笤帚指著兩人。「滾不滾?!」

這陣子挨的打比活的這大半輩子都多，江大年看到這架勢扭頭就跑，留下羅氏一個孤掌難鳴，只能眼睜睜盯著笤帚，嘴上客套幾聲，跟著江大年落荒而逃。

江雨橋才不管爺奶怎麼對付他們，這十來天她表現得越乖巧，爺奶對江大年夫妻的恨就越深，特別是年前洗塵的時候，江老太看著她身上斑駁的傷痕哭了一下晌，轉過天來和老江頭沈默了一整日，對她越發疼惜。

她安撫好江陽樹，拉著他去看江老太用玉米麵捏的油燈，有小豬、小蟲的，個個精巧可愛，不一會兒，他的臉上就泛起了笑。

江老太鬆了口氣，摸摸他的頭。「今兒就別回去了，陪爺奶過個年。」

江陽樹也著實不想回那個家，點頭應下。

雖說有了清晨的小插曲，但是這個大年初一總體來說過得還不錯，年前半個村子為了江家的事都出動了，江家三口都記在心頭，吃過早飯後，老江頭就帶著小樹去走動。

王二叔這等輩分低的看到老江頭親自上門都受寵若驚，結果還沒走兩家，老江頭就被王二叔和張勇架著送回了家，不大會兒工夫就有人上門來拜年了。

這個家小十年沒這麼熱鬧過了，江老太給孩子們一把一把地抓著果子、瓜子，笑得合不攏嘴。

第三章

熱熱鬧鬧一個年過去，過了正月初五，走動就少了。

江雨橋坐在炕上深思著自己應該怎麼掙錢。

雖說多活了一輩子，可上輩子她一直深居後院，學的不過是些討好人的伎倆，給許遠縫件裡衣、繡個荷包，或者下廚做些他喜愛的小吃，親手給他做些飯菜。

許遠好吃，為了琢磨他的口味，她也算是下了苦功，跟著府中他搜羅來的各地廚娘學了三、四年才略有小成，可以說上輩子她能把許遠抓得牢牢的，也多虧了這一手的好廚藝。

大概是她溫和無害，又沒有背景，也沒那麼明目張膽地爭寵，柔柔弱弱的像是真心愛慕他，許遠對她一直還算不錯，起碼銀錢上沒缺了她。

可她心中總是有一股氣，她明明可以嫁個平凡的村民，過著日出而作、日落而息的日子，兩人生幾個孩子，和睦到老，而不是在這吃人的後宅裡努力為了活下去而掙扎。

江雨橋長長地嘆了口氣，正坐在小爐子前給她熬湯的老江頭聞言抬起頭來。「想到什麼煩心事了？」

江雨橋回神過來，如今她已經擺脫了許遠，這輩子都不會同他相見，何必還想那麼多？她笑著回道：「無事，只是想到年後要掙錢，心裡有些糾結。」

老江頭沒想到她竟然真打算出去掙錢，咂了下嘴。「爺奶養得起妳，三畝地怎麼也夠咱們三個人吃用了，妳得好好養著。」

江雨橋也認真起來，是真的要同他們好好談談了。

她喚來江老太，把他們拉到炕上，認真道：「爺奶，這三畝地拿來吃用的確是夠了，可是當初爺在村長面前放了話，說這三畝地日後要給我做嫁妝，那若是我帶走這三畝地，您二老又靠什麼生活呢？若是我不帶走，您在村人面前的臉面定要受損。不若這幾年咱們多攢些錢，買上幾畝地，到時萬一我出嫁了，也能安心些。何況爹娘的樣子……不像是有錢能繼續供小樹讀書，我做姊姊的總得肩負起責任，日後他讀書的筆墨、趕考等等，樣樣都是銀子，只靠這三畝地的話，怕也不夠……」

說完看著沈思的老江頭和江老太，繼續勸道：「爺奶一輩子都為了我們這些小輩，難道我們真的眼睜睜地把您二老搜刮得一乾二淨各奔前程不成？再者……」她咬著下唇，鼓起勇氣。「爺奶……其實，我不想成親……」

老江頭和江老太倒吸一口涼氣，異口同聲道：「不成！」

江雨橋低下頭，聲音酸澀。「成親有什麼好呢？我好不容易才不用起早貪黑地做活、挨打受罵，若是嫁了人……不還是得這樣？」

老江頭一時語塞。

江老太心疼地摟住她。「這世上不是所有當男人的都同妳爹一般，也不是所有當婆婆的都同妳那後娘一般，日後咱們睜大眼睛好好找，定不會再把妳推進火坑裡。」

江雨橋知道這種事第一回說，兩個老的肯定不同意，低下頭也不去反駁她的話，只低低說了一句。「那爺奶莫要逼我，可要等我自己想通了才成。」

聽到這話留了個口風，老倆口高興還來不及，忙點頭應下。「這事自然是要妳同意的，我們兩個老的還能把妳賣了不成？」

有了這麼個大事頂在前頭，江雨橋想去掙錢就變得理所當然起來，老江頭和江老太勸了幾句，見她心性堅定，索性就同意了。孫女說得對，別的不說，小樹日後要讀書的錢也得稍微攢下來些。

江雨橋決定先從最簡單的入手，悄悄問江老太。「奶，這鎮上繡坊裡的花樣子怎麼賣？我之前偷偷摸摸地在書上學了一些，想畫畫去鎮上賣試試。」

這可真問住了江老太。「奶這把年紀了，哪裡知道鎮上的行情，下晌我去問問妳張嫂子，她總往鎮上送繡活，定知道得清楚。」

江雨橋點點頭。「那下晌我和奶一起去，我都在炕上躺了快二十天了，就讓我出門走動走動吧。」

江老太打量了下她養得有紅似白的小臉，不情不願地答應了。「可不能出去太久。」

張嫂子見到祖孫二人過來，驚了一下，下意識看了看江雨橋的臉色，見她小臉上掛著笑容才放下心來，把二人讓進自己住的東廂。

「江奶奶和雨橋過來可是有什麼事？若是遇著事儘管說，我家公公可是熱心人。」

江老太有些拘謹，支吾幾句沒說出口。

江雨橋才不在乎，忽閃忽閃的大眼睛看著張嫂子。「嫂子，聽說您能接鎮上繡坊的活計，我畫些花樣子您看能賣嗎？」

張嫂子驚訝地挑起眉來，她也經常在繡坊接些活計來分給村中手藝好的婦人，江家知道這個不奇怪，可是……

她看著江雨橋。「雨橋還會畫花樣子？」

江雨橋抿唇羞澀一笑，低下頭。「我……我讓小樹教過我讀書、認字，後來尋到一本花樣子的書，自己就跟著學了些。」

江老太忙打圓場。「她娘……以前也是個有手藝的，怕是這書是這麼傳下來的吧。」

張嫂子了然，早就聽過江雨橋的親娘繡工了得，侍奉公婆孝敬體貼，對男人也是溫柔賢淑，唉，只是命不好……

不管心裡怎麼想，面上卻笑著點點頭。「雨橋既然能畫，那就先畫來看看？」說完從炕櫃裡翻出自己畫花樣子的傢伙遞給江雨橋。

江雨橋提起筆來有些緊張，閉上眼睛思索片刻，睜開眼睛穩穩地用那尖毫細筆，順暢地勾勒著圖案。

張嫂子本以為她只會臨摹幾張花樣子，卻沒想到越來越驚訝。這些花樣雖說跳不出常用的幾種物件，可是這一翦寒梅，梅枝虯結，梅花靈動，瞥一眼就知道這是鎮上從未有過的花樣。

江雨橋又畫了幾張，蝴蝶戲桃、五蝠繞壽、雀穿牡丹，一張比一張讓江老太和張嫂子心驚。

張嫂子忍不住拿起來，細細看了起來，感嘆道：「我還以為不過是小女孩的玩意兒，沒想到雨橋竟然畫得如此好，這種花樣子拿到鎮上，從前都未有過，一個怕是要二、三十文了。」

江老太捂住嘴。「這麼多？」

張嫂子依依不捨地放下手中的花樣子。「那可不，如今普通的花樣子也就十文一張，雨橋這可是從未見過的，怎麼也得翻個倍。」說完皺起眉來。「光這麼賣真是太虧了……」

她一拍手，又拉開炕櫃，拿出一個花繃子，指給江雨橋看。「雨橋可覺得嫂子這手還成？」

江雨橋接過來看了看針腳，雖說比不上她的，但在這張家灣怕也是數一數二了，哪怕在鎮上應當也不會落了下乘。

她自然誇讚。「嫂子繡得可真好。」

張嫂子有些得意地笑了笑。「今日嫂子同妳交個底，這是鎮上一戶人家定的小擺件，這八寸見方的一塊是六百文，交到繡坊他們裝了雞翅木的底座，再賣出去怕是要一兩半銀子。」

江雨橋配合地露出吃驚的表情，顯得有些侷促不安。

張嫂子拍拍她的手安撫。「同妳說這個不過是告訴妳個底價，若是妳這花樣子給嫂子繡，每賣出去一個繡活，嫂子給妳一成的銀錢，妳覺得這樣可行不？」

江老太有些迷糊，江雨橋卻飛快地反應過來，抬頭看著張嫂子。「可……那嫂子豈不是太虧了？」

張嫂子早就看出來她是個聰明人，也不同她繞彎子。「哪裡虧？這一塊我差不多要繡二十日，我看妳的花樣子約莫也是這麼個長短，到時候嫂子有了新花樣，拿去同繡坊談，怎麼也比這六百文高，給了妳，我怕是還多掙不少呢。」

這自然是雙贏的，江雨橋如今可真的沒工夫閒下來繡花，她心中早就有個模糊的打算，聽張嫂子說完，乾脆俐落地應下。「那就麻煩嫂子了。」

張嫂子大喜。江雨橋這些花樣子拿到鎮上，怕是八百文也能接來活兒，就算給了江雨橋八十文，自己還剩下七百二十文，可真是多了不少。

想到這兒，她美滋滋地笑了起來，摸了摸江雨橋的小腦袋。「嫂子可占了妳大便宜了。」

江雨橋搖搖頭，軟綿的頭髮在張嫂子手心磨蹭著。「嫂子說的哪裡話，我只是畫了幾筆，嫂子卻要點燈拔蠟地熬夜繡花，這怎麼能算是占便宜呢？要說占便宜也是我占了您的便宜。」

張嫂子欣慰地看了她一眼，轉頭對江老太道：「江奶奶，正巧我公公在家，咱們去立個契？」

江老太還沒反應過來，怎麼就到了立契這一步了，迷迷糊糊地跟著二人去了正屋。張村長聽了這件事也覺得好，親手提筆寫下來，條條框框都寫得一清二楚。

江雨橋仔細看了一遍覺得沒什麼差錯，提起筆來寫下自己的名字並按了手印。

張村長和張嫂子對視一眼，這清秀的字跡可不是隨便就能練出來的，想到她之前泡在苦水中還能抽空練字，對她越發高看幾分。

直到回了家，江老太才琢磨過來，用力一拍手，把正在給江雨橋盛湯的老江頭嚇了一跳，他白了一眼，小聲嘟囔。「這老太婆，出去一回怎麼一驚一乍的？」

江老太才不管他，興奮地靠近自家孫女。「雨橋，這麼說妳每個月起碼能有六十文了？」

江雨橋苦笑地跟她解釋。「奶，這六百文不過是普通花樣子的錢，我那些自然會賣得高些。張嫂子說她二十日繡一幅，也就是兩個月三幅，按照六十文算的話是一百八十文，但是價格上去的話，差不多最少一個月一百文吧。」

一百文！

老江頭也被這數字吸引過來，聽江雨橋說完一琢磨。「這是個好點子，咱們就出花樣子，買賣的事什麼都不管，同村長家還更緊密了。」

還是老江頭懂她的想法。江雨橋笑了起來，靠在還有一點點懵的江老太懷中。「奶，這攤子事咱們就不想了，明日我想去鎮上，看看有什麼能掙錢的活計。」

江老太一個激靈清醒過來，今日江雨橋一出馬就能掙上一百文一個月，她對孫女也有了信心。「讓妳爺領妳去，可不能自己去。」

江雨橋萬沒想到這麼順利，興奮地呼喊一聲，露出幾分小孩子的模樣，喜得二老都瞇起了眼，看著孫女又蹦又跳的樣子笑開了花。

第二日一大早，江雨橋就套上了江老太連夜改過大小的棉襖。這棉襖本也是江陽樹的，幸好做的時候袖子和下襬都留了挺長一塊，放開了她穿得倒也合適。

頭髮一紮，戴上棉帽子，活脫脫就是個十歲上下的小子，任誰也看不出是個姑娘家。

張家灣其實離鎮上不遠，兩個人踩著雪，深一腳、淺一腳地到了鎮上，大年初六的鎮子已經有了幾分熱鬧的景象。

雖說許多店都還沒開，但一些貧苦擺攤的人家早早就支了攤子，老江頭摸出三個銅板買了兩個包子，把其中一個塞進她手裡。「吃些熱的。」

剛出籠的包子捧在手中，溫暖了她差點被凍僵的手。她一口咬下去，肉汁一下子噴出來，可把她嚇了一跳，慌亂地吸著包子皮上的肉汁，生怕它們流到手上。

老江頭笑著三兩口吃掉了自己手裡的包子，見孫女還在小口小口啃著，輕聲對她道：「爺今日出來帶夠了錢，怎麼也能讓妳吃好了。」

江雨橋這才後知後覺地發現老江頭給自己買的應該是一文錢的素包，卻給她買了兩文的肉包，心裡沈甸甸的，悶聲應下，小心翼翼地吃完了手中鮮美的包子。

這一路走、一路看，江雨橋對於這個鎮上的小市場也有了基本的了解。

如今鎮上的小吃不過是一些傳統的北方小吃，包子、餃子、餛飩、麵條，偶爾還有兩家炸油條和油炸糕的攤子，看著買的人也不少，說明這些貴一些的小吃在百姓間依然是有市場的。

她一路走一路問價，待都了解清楚後，老江頭才愣愣地問：「雨橋，妳來鎮上就是來逛這市場的？」

江雨橋點點頭，湊到老江頭耳邊，悄聲道：「我看著鎮上賣的吃食種類並不多，然而買的人還不少，若是有個新花樣，大家肯定願意來買。」

老江頭一臉茫然。「這多少年了鎮上總是這些，難不成還有別的新花樣？」

江雨橋聽著更有信心了。「爺熬得一手好湯，咱們今日先去市集辦問問這攤子錢一日多少，盤算一下。」

老江頭一把拉住她，皺起眉。「盤算？難不成妳要擺攤子？」

江雨橋點點頭。「我在書上看過許多新式吃食的做法，正巧試試。我身子已經好了，自小做活本也強健，只要能掙出一條路來，再苦再累也不怕。」

老江頭不知道說什麼，看著孫女發著光的小臉，嘆了口氣。「罷了，先去問問吧。」

誰料兩個人一路打聽著去了市集辦，人家大門緊閉，碩大的銅鎖掛在上面，門上貼了一張紙，老江頭看著如同鬼畫符，還是江雨橋仔細辨認著風吹日曬了大半月的紙，唸道：「茲臘月二十至正月初七……放、放假？」

爺孫倆面面相覷，片刻，江雨橋無奈地低下頭。「還得後日才成，正巧，爺，咱們今日把東西買回去，我先做給你們嚐嚐。」

老江頭鬆了口氣，真怕孫女想一齣是一齣，如今先做出來試試，若是真能成，他也不反對；若是不成，也有個緩和的餘地。

爺孫二人大包小包地回了村，把江老太嚇了一跳，小心翼翼地問道：「這……買這麼多用不著的東西做什麼？」

江雨橋蹲在灶房整理買回來的東西。「奶，您看。」

江老太湊上前，看到黑乎乎的一大片，咧咧嘴。「這是乾菜？」

江雨橋抱住她撒嬌。「奶知道得真多，爺都不知道呢，好不容易找到一家雜貨店開門才買到的。」

江老太得意極了。「妳奶知道的可不比妳爺少，這看著不像山菜，一股腥味，是乾海菜吧？」

江雨橋更吃驚了。「奶連這都猜出來了？這叫紫菜，咱們縣城有個鎮就是靠海的，這東西價格不貴，雜貨店賣得也挺多，只咱們鎮上的人怕是有些吃不慣，其實它味道極為鮮美，晚上就先做個紫菜湯喝喝。」

江老太點點頭，又扒拉扒拉那一大堆東西，掏出個疙瘩頭來，一指頭點在她腦門上。「這玩意兒還用得著妳去買？家中多的是呢。」

江雨橋畢竟過了二十年錦衣玉食的日子，咧咧嘴，不好意思地「嘿嘿」笑了幾聲。

老江頭看不下去，「嘖」了一聲。「一文錢四個的疙瘩頭，孩子想買就買了唄，值得妳叨叨一回。」

江老太也覺得自己不該說，「哎喲」兩聲，江雨橋把她抱得更緊。「奶，該說還得說，以前我沒怎麼出過門，好多事都得靠您告訴我。」

一句話哄得江老太高興起來，又蹲下同孫女一起看看買的東西。這陣子家中花的錢如流水，老倆口雖說有些積蓄，可也禁不住這麼花，賺錢迫在眉睫。

江雨橋翻出一塊後腿肉來，這精瘦的肉可比五花便宜多了，老江頭把肉沖洗乾淨就用力剁了起來，江雨橋把其他輔料都收拾好了，老江頭的肉也剁成了泥。

她把肉放在一個大盆子裡，一點一點往裡倒水，使勁攪拌，直到肉餡吸飽水分變成淺粉色，又往裡倒入將近肉餡三分之一量的地瓜粉，繼續順著一個方向攪拌。

老江頭和江老太想插手又不會做，只能目不轉睛地盯著孫女，想著早些學好了，可別讓孩子受這個累。

直到攪拌的肉餡開始出現明顯的痕跡，一按就有壓痕，這肉就算差不多好了。江雨橋又攪了一會兒，讓江老太燒了一鍋熱水，自己站在沸騰的鍋邊，一手抓著攪打好的肉餡，一手用勺子飛快地從虎口處挖下去，一粒一粒像小麵魚兒一樣下到鍋中。

都下完了她鬆口氣，甩了甩手，把勺子遞給江老太。「奶，幫我看著，別黏了鍋，等這些肉丸子浮起來了就成。」

她將手洗乾淨，拿了三個碗，裡面放上撕得碎碎的乾紫菜、切成小丁的疙瘩頭，再撒點蔥花，加些鹽調味，滴上一點醋，一舀子熱水澆在輔料們上頭，就看那紫菜慢慢舒展開，不一會兒就浸滿了整個碗。

這時候鍋中的小肉魚兒們也都浮了上來，江雨橋用漏勺舀進碗中，長吁一口氣，顧不得燙，端了兩碗遞給兩個老的。「爺奶，快來嚐嚐。」

眼睜睜看著那麼一小塊肉變成滿滿三大碗肉魚兒，兩個老的都有些吃驚，捧起來先喝了一口湯，老江頭眼睛一亮。「鮮！」

江雨橋卻有些遺憾。「若是有芹菜和香菜就好了，還有那淡乾的金鉤海米或者蝦皮，這味道定更鮮。」

江老太牙口不好，這幾年也就過年時候吃頓肉還老塞牙，她小心地把那小肉魚兒放進嘴中輕輕一咬，詫異地「咦」了一聲。

「這肉……怎麼會又嫩又有嚼勁的？」

江雨橋拿出油罐子挖了一點豬油給他們放在碗中，滾燙的熱湯很快就融化了豬油，霎時間整個碗看著油汪汪的，更是誘人。

老江頭忍不住又喝了一口，這下話都不說了，只用力點了幾下頭，兩三下一大碗下了肚，抹了一把額頭的汗。

「我看這東西不錯，雨橋可真不是說著玩的。」

江老太也慢慢嚼著肉魚兒。「真好，託了我大孫女的福了，多少年沒這麼吃過肉了。」

江雨橋也端起自己那碗，先嚐了一口，總是少了些鮮味，只能嘆口氣，但是整體的味道還算不錯，重點是這東西絕對新鮮，是三年後從浙省傳過來的新鮮玩意兒。

這東西少了地瓜粉會不夠滑嫩，多了卻失了肉香，她也是一點一點試出來最合適的比例，才讓許遠拋棄廚娘愛上她的手藝。

她吃了半碗就吃不下了，把碗放在灶臺上，對老江頭道：「爺覺得還成嗎？這買賣可能做得？」

老江頭捋捋鬍子，點點頭。「我看成。只是這一碗定價多少？」

江雨橋早就胸有成竹了。「今日這塊肉花了五文錢，卻能做上三大海碗，回頭若真擺攤子，怎麼也能裝上五碗，這麼看來一碗的成本不超過兩文，爺奶先想想這價怎麼定合適？」

說著話她又摸出兩個雞蛋攪散打勻，用炊帚把鍋中的水掃出來，抹了一點豬油，攤了薄薄一張雞蛋餅，鏟出來細細地切成絲，又挑了兩根放在那半碗肉魚兒裡，一下子綠的蔥花、紫的紫菜、黃的蛋絲，粉白的肉魚兒，看著就讓人食指大動。

只不過兩根蛋絲就襯得這肉丸子又能貴上幾文，老江頭一股勁地道：「咱們就賣四文一碗，這麼一大碗肉，怎麼頂不上兩個包子？」

這倒是和江雨橋心裡定的價差不多，那油炸糖糕還三文錢一個呢，買的人也不少。

她又道：「爺熬湯是一絕，咱們擺著兩份賣，若是要骨湯底的就五文一碗，白水的就四文。」

聽到自己能幫上忙，老江頭也笑了。「那成，反正大骨頭也便宜，幾文錢能買好些。」

初步定下來，三人都輕鬆起來，老江頭又剁了一小塊肉，這次兩個老的學著做，到底都是做了幾十年飯的人，知道差不多的比例後，很快就做得又快又好，口感同江雨橋做的雖還是有些差距，但去鎮子上擺攤倒是夠了。

江雨橋翻出一張包東西的油紙，把做好的肉泥包好放在外面凍著。「這東西凍著能頂幾日，等小樹來了煮給他吃。」

最近江陽樹偷偷跑來的次數倒是勤，自小他算是跟著江雨橋長大的，一日不見姊姊心裡就空落落的，隔三差五就得來一回。

江老太盤算著昨日孫子沒來，今明肯定要來了，笑咪咪地點點頭。

果不其然，下半晌江陽樹就過來了，江老太招呼著老江頭去給孩子煮肉魚兒，留兩姊弟在屋裡說話。

江雨橋把自己的打算從頭到尾認真地同江陽樹說了一遍，最後問他。「你覺得姊去做買賣成不？」

江陽樹低著頭。自幼他受的教育就是商賈之事乃是賤業，萬般皆下品，唯有讀書高，一時沈默了。

江雨橋嘆口氣，正在思考要如何勸自家弟弟，誰料小小的孩子卻抬起頭來，眼眶通紅。「姊，若是我有出息，就不用妳拋頭露面了。不如……不如我不讀書了，我同爺做生意去，到時候定給妳掙多多的嫁妝！」

江雨橋心裡一驚，隨即感覺欣慰，他不是因為傳統世俗而瞧不起做買賣……她兩隻手揉著他圓嘟嘟的臉。「你這小子，以後讀出功名來才是姊的依靠呢。放心，姊定能把你供出來。」

江陽樹卻更不起勁了。「我什麼都不能為姊做……」

江雨橋看著弟弟可愛的樣子，笑了出來。「你可幫了大忙了，還記得你那一百零四文錢嗎？那就是咱家這買賣開始所有的錢了，賃攤子、買材料、置辦東西可都靠咱們小樹。」

江陽樹一聽自己的錢能派上這麼大的用場，眼睛都亮了，憋了好半晌才憋出一句話。「姊儘管花，我還給妳掙！」

江雨橋失笑。「不成，你可得好好讀書，不然以後怎麼給家人撐腰，可莫要做那些耽擱正事的事了。」

江陽樹為難地噘起嘴，還是點點頭。「那……那咱們就說好了，姊弟分工，其利斷金。」

江雨橋無語。「其利斷金」前面是這麼用的嗎？

這時江老太端著一碗瘦肉魚兒進來，聽到孫子說這種話就高興。「沒錯、沒錯，其利斷金，咱們擰成一股繩，什麼金都能給斷了。好了，快嚐嚐你姊教的新點心。」
江陽樹看著沒見過的瘦肉魚兒，好奇地吃了一口，忍不住興奮喊道：「真好吃，這個準能掙錢！」
「唏哩呼嚕」一碗下去，像吃飽的小貓一樣靠在江雨橋身邊瞇著眼睛打瞌睡。
江雨橋把窗簾放下，哄著弟弟睡了個許久沒睡的好覺。
初八一大早，爺孫倆換了棉襖就出門，到了鎮上直奔市集辦。
許是剛放過假，裡面的人都無精打采的，江雨橋看著一個看起來年紀大些像管事的，靠近他，捧上一袋熱包子。「大叔，還沒吃早飯吧？」
那打瞌睡的男人被嚇了一跳，正要皺眉發怒，卻被肉包子的香味勾住了，臉僵在一個詭異的角度，看得江雨橋一陣想笑。
看在肉包子的分上，他輕咳一聲，伸手接過包子，掂量一下裡頭約有六、七個，招呼後面的年輕人過來。「吃包子了。」
他自己拿著一個啃了幾口，想起還站在身後的江雨橋，又扭頭問道：「這包子不錯。啥事？」
老江頭憨笑著上前。「官爺，這不咱家裡日子有些過不下去了，想趁著初春這段時候在鎮上支個攤子。」
這事可算是問對人了，那男人抽過一本冊子翻著。「行啊，如今還沒過十五，空位不少，你們選哪個？」
這可問住了祖孫倆，江雨橋諂媚地笑道：「我們鄉下人不知道鎮上情形，能不能麻煩官爺……幫忙選一個？」
那男人有些嫌棄地「嘖」了一聲，看著手上冒著油的肉包子分上，給他們指了一處。「就這兒吧，地段挺好，進市場的必經之路。」
江雨橋一看，就在入口第三家空地，這可是意外之喜。
她歡喜地行禮。「多謝官爺。」
那男人吞下肉包子，又從紙袋裡拿出一個。「行了、行了，別叫官爺了，被人聽了笑話，我姓陳，這市場的人都叫我陳頭兒。」
江雨橋從善如流。「多謝陳頭兒，不知賃下它一日需幾錢？」
陳頭兒啃著包子回道：「這地段好，一日六文，裡頭的一日五文，若是你們整月賃，這地一月還是一百五十文。」
一百五十文？老江頭抽了一口氣，下意識地看向江雨橋。
江雨橋盤算片刻。

「陳頭兒，一下子一百五十文我們著實沒有，能不能我們按日賃十日，從第十一日起再按月賃？只是這攤子就別賃給別人了……」

陳頭兒也不為難他們，爽快地點頭。「成啊，只要第十一日你們先來，那就還賃給你們。」

老江頭激動得不行，果然人不可貌相，這陳頭兒看著不像個好人，沒想到這麼幫他們。

江雨橋在契上寫了自己的名字，又交了六十文，這攤子就算賃下了，寒暄了幾句就匆匆和老江頭出了市場辦。他們要去壘灶，還得去買原料，可忙得很。

吃了三個包子將將感覺墊了胃的年輕人好奇地看著陳頭兒。「您今日可真是大發慈悲，這麼幫這鄉下人。」

陳頭兒瞥了他一眼。「又不是你我的攤子，賃給誰不是賃，還不如賃個老實又懂事的，省得出什麼么蛾子。」

年輕人琢磨了一下也是這個理，笑嘻嘻地拍馬屁。「還是頭兒懂得多，我想得太簡單了。」

不提這邊二人的談話，那邊老江頭摔了泥飛快地搭起一個兩眼土灶，扔在那兒乾著，就和孫女一起去買東西。

初八開了市就是不一樣，店開得也多了些，東西的價格都降了下來，兩祖孫買了一日的量，就趕緊回了攤子這裡。過了晌午，市場已經開始散了，一人要了一碗湯麵吃了，等人走光後，點上小火開始慢慢烘灶。

這一烘就烘到天發黑，江老太在家裡等得心焦，好幾回想去村口等著，又怕同他倆錯開了，在家裡也不敢出去。

天全黑的時候，二人終於回了家，一人灌了一大碗溫水，凍得發紫的臉色才慢慢緩過來。江老太不停嘮叨著，嫌他倆回來得晚。

江雨橋從懷中掏出一張紙。「奶，您看，咱們攤子的賃契。」

江老太的注意力果然被轉移過去，一把抓過來翻來覆去地看著。「我這可是第一回見。」

老江頭湊上來給她講哪兒寫的是攤子號、哪兒寫的是賃錢，聽說要一日六文，她皺起眉來，把契往炕上一拍。「我剁肉去！」

江雨橋哭笑不得，三個人一同去了灶房，忙活了一個多時辰才準備好。

今日祖孫三人幹活的幹活、擔心的擔心，都累得夠嗆，話也不願意多說，倒在炕上就昏睡過去。

第二日天還沒亮，江雨橋就被說話聲吵醒了，聽著江老太壓低聲音囑咐著老江頭，只覺得心裡暖洋洋的。

她俐落地爬起來，推開了門。「咱們出發吧！」

這豪情壯志只存在一息，就被江老太橫了一眼。「出什麼發，先來吃完粥。」

江雨橋一下子蔫下來，乖巧地跟著江老太進了灶房，腦中不停盤算著待會兒開張應該怎麼說。

終於，在江老太擔憂又期盼的眼神中，爺孫倆踏上了第一日的賺錢之路。

市集果然比初六那日熱鬧許多，大半的攤子已經都支上了，老江頭從破破爛爛的推車上搬下一口大鐵鍋墩在灶臺口，又在另一個空鍋添上熱水，點上火燒著。

江雨橋把昨日切好的調料一碗一碗拿出來，有人就好奇地看著她，隔壁那家賣麵條的臉色馬上警戒起來，夫妻倆打著眉眼官司，那婦人上前同江雨橋搭話。「小哥兒見著眼生，你們也賣麵？」

江雨橋笑了笑。「今日咱們第一次來擺攤子，嫂子放心，咱家賣的不是麵。」

夫妻倆齊齊鬆了口氣。光看這菜色，蔥花、榨菜、雞蛋這麼多樣，若真的賣麵，他們這種只有葷素兩種澆頭的哪裡能比得過新來的這家。

鍋中昨日用柴火溫了一宿的骨湯發出「咕嘟咕嘟」的聲音，江雨橋等的就是這一刻，伸手揭開鍋蓋，被壓抑的白氣夾雜著肉香猛地釋放出來，竄了半人高。

這香味太過濃烈霸道，一下子把周圍人的視線都吸引過來，那婦人也忍不住吞了吞口水，看著自家攤子鍋裡的湯，突然覺得怎麼這麼寡淡。

江雨橋拿出早就調好的肉餡，飛快地下了一大碗肉魚兒，用水沖了五個碗，每個碗中倒了幾個，端給周圍的新鄰居們。「這是我家打算賣的新吃食，天這麼冷，大家先喝口湯暖暖身子。」

那婦人本來不想要的，但是被眼前碗中散發的香氣吸引住了，忙了一早晨的飢餓感都要爬到嗓子眼，不好意思地笑了笑，接了過來。

有第一個接的，其他人也不客氣，兩三下都喝完了手中的肉魚兒，沖洗乾淨碗送過來，那婦人咂咂嘴，感慨道：「這湯怎麼能這麼香呢？這肉怎麼能這麼滑呢？小哥兒，你這攤子一出，咱們可都沒買賣做了。」

賣餡餅的大哥哈哈大笑。「劉家弟妹，妳怕俺可不怕，這玩意兒香是香，可它又吃不飽，和俺這餅子搭起來倒正合適。」

江雨橋抿唇羞澀地笑了笑，先對周圍一圈鄰居點了點頭，對劉嫂子道：「嫂子莫要擔心了，我家這吃食就是賣個新鮮，真正想吃飽的吃上幾碗才能混個肚飽，哪裡能搶了您的買賣。」

劉嫂子心知是這麼個理，對這祖孫倆也多了幾分好感。「那話說得倒是真的。放心啊，有人來吃麵，嫂子定推薦你家這肉丸子。」

江雨橋自然一陣感謝，謝得劉嫂子滿臉通紅地回去了，回頭看了好幾眼，悄悄對劉大哥說道：「我看這祖孫倆比之前那個賣炸糕的好多了。」

憨厚的劉大哥點點頭，回味著嘴中濃郁的肉香。「人家這湯底怎麼熬的呢，吃著也沒什麼特殊材料，為啥咱們熬不出來這麼濃的湯？」

這話一說劉嫂子又犯起愁來，狠狠地瞪他一眼，琢磨著回頭怎麼才能從江雨橋嘴裡套套話。

天色一亮，市場上就擠滿了人，江雨橋恨不能拿個鑼掛在攤子前使勁敲，把所有人都引過來，卻只能耐下心來等著客人上門。

偶有那麼幾個好奇看看的，卻不知道這到底是什麼東西，又去吃了自己熟悉的早飯。老江頭心裡著急，同江雨橋道：「這可怎麼辦？這附近就咱們沒開張了。」

江雨橋也知道自己應該吆喝著招呼客人，卻不知道要怎麼開口，她喊了兩句「瘦肉魚兒」，卻也只是多了幾個人看熱鬧。她靈機一動，乾脆自己動手做了一碗，滴上兩滴豬油，站在攤子前慢慢喝了起來。

果然有那好奇心強的上前問道：「這位小哥，你喝的是啥？」

江雨橋瞇起眼睛，露出幸福的表情。「這是我家新做的瘦肉魚兒，鎮上還是獨一份，大叔要嚐嚐嗎？這碗骨湯的只要五文，素湯的只要四文，這可是大半碗肉啊。」

這價格在市場裡算是數一數二的高了，那漢子猶豫，身邊一同來的孩子卻忍不住，吸溜著口水，死死盯著江雨橋手中的碗。

壞心眼的江雨橋又撈了一顆肉魚兒在他眼前裝作無意地晃了一下，然後塞進嘴裡。「真香。」

那孩子口水「啪嗒嗒」滴到地上，終於漢子看不過眼。「來一碗……」看著兒子驟然變亮的眼神，把「素的」兩個字吞下去，一咬牙喊道：「葷湯的！」

江雨橋歡快地應下，手腳飛快地下了一碗肉魚兒，給他盛了滿滿一大碗。「大叔，今日您是第一個客人，給您多裝些肉。」

那漢子心裡這才舒服些，捧著五文錢換來的一碗肉魚兒使勁聞了一口，口水差點步兒子後塵流出來。他忙蹲下，給急切的兒子餵了一顆肉魚兒。

小男孩狼吞虎嚥地吃下一顆，小臉漲得通紅，他從未吃過這麼好吃的東西，一把奪過漢子手中的勺子，舀了一顆，小心翼翼地遞到他嘴邊。「真好吃，爹也吃。」

漢子呆呆地看著兒子，張口吃下那顆肉丸，眼角濕潤潤的。「源兒說得對，真好吃。」

周圍的人看得一愣一愣的，議論紛紛。「這麼好吃？都能給人吃哭了？」有那不信邪的掏出五文錢拍在土灶上。「給我也來一碗。」

江雨橋笑咪咪地煮了一碗遞給他。「您嚐嚐。」

一口下去果然與眾不同，這人覺得五文真是值了，特別是那個肉，真真是從未吃過如此鮮嫩又彈牙的。

唏哩呼嚕一碗下肚，有些意猶未盡，閉緊嘴巴使勁回味著那香氣，感覺鼻尖呼出的空氣都是肉香，恨不能捂住鼻子別讓這味道散出去。

圍觀的人更著急了。「好不好吃倒是說句話啊！」

他捂著口鼻拚命點頭，好半日才偷偷張嘴說了一句。「別讓我說話，這味兒要散沒了。」

這話一出，可真引起一片譁然，雖說價格高了些，但好歹也是個新鮮玩意兒，嚐嚐也成，這麼多肉呢，怎麼也不虧。

你一碗、我一碗的，一個多時辰就賣了個乾乾淨淨，那些沒吃到的人心中惋惜，只好明日再來。

坐在劉嫂子麵攤上的客人們也議論紛紛，那吃了一碗肉魚兒沒吃飽的人可惜道：「若是嫂子這麵有那肉魚兒湯的麵該多好。」

說者無心，聽者有意，劉嫂子眼睛一亮，攔住收拾東西要走的祖孫倆。「大爺、小哥，不知你們每日可能忙得過來？」

祖孫倆愣了一下，對視一眼，江雨橋接話。「嫂子有什麼事嗎？」

劉嫂子只當老江頭是避嫌，心道鄉下人規矩還挺多，面上卻笑道：「你家那肉魚兒著實鮮美，今日有客人念叨好幾回了。」

江雨橋挑挑眉，沒有接話，想知道她到底想說什麼。

劉嫂子見她不接話，只能乾巴巴一笑。「我是想啊，你們每天晚上也要熬湯，要不要順便多熬一些，賣給我們好拿來做麵？錢麼，四文一碗你看如何，裡面只要加上四、五個肉魚兒就成。」

老江頭愣了一下，神色一喜，反正熬湯不過多添把水，每日勻一些給麵攤倒是還能多掙些。

江雨橋皺緊眉思索片刻，出言拒絕。「嫂子有所不知，我們家這湯頭裡需要的東西著實太多了，還有那肉魚兒，配料複雜著實難做。家中人少，每日就算多做也多不了多少，肯定供不上妳家的需求，真是沒法子了。」

那劉嫂子萬沒想到他們竟然會拒絕，撇撇嘴，隨口應付兩句就回了自己攤子，同忙活的劉大哥嘀咕一句。「鄉下人就是見識短。」卻也沒再說什麼。

老江頭迷糊地看著孫女兒，被她一個眼神制止，把疑問吞回肚子裡，二人又買了些第二日的食材，這才回家。

江老太見他們這麼早就回來，心裡歡喜，大老遠就迎上來，看著車上的湯和肉餡都空了，更是不知說什麼好了。「賣得這麼好？」

江雨橋點點頭。「咱們這東西又新鮮又好吃，自然賣得好，奶莫要擔憂了。」

老江頭這才神神秘秘地問道：「雨橋，我看賣那麵攤一鍋湯也不是什麼大事，還能多掙些錢，咱們為何不應下？」

江雨橋嘆口氣。「爺，咱們家這東西本就吃不太飽，五文對於平頭百姓來說已經算貴的了，若是有一碗同樣味道的麵，又能吃飽，而且依然只賣五文的話，誰還願意來買咱們的肉魚兒呢？」

老江頭一拍腦袋，恍然大悟。「說得對，若是我肯定也選能吃飽的，哪怕貴個一文我也會買麵。」說完咂咂嘴。「這做買賣的人心思怎地這麼多彎彎繞繞呢，真是難防備。」

江雨橋笑道：「人家做了多少年買賣了，定是比咱們想得多，只是好歹是鄰居，鬧太僵也不好，日後總是要描補回來。」

老江頭想想就頭疼。「唉，這事還是得妳作主，妳爺奶就不管了，只悶頭熬湯做肉魚兒得了。」

江雨橋也跟著無奈地笑了笑。

沒辦法，做買賣不像在家中種地，接觸的都是鄉里鄉親的村民們，總是要接觸一些「精明人」，只能在不斷的接觸中讓二老慢慢熟悉、了解了。

第四章

瘦肉魚兒的買賣很快上了正軌，且算不上多累，這東西準備起來還算簡單，江雨橋也有意地控制數量，每日只賣個八十到一百碗就收攤，總是吊著一部分人的胃口，賣得越少，名聲卻越來越大。

眼看明日就是正月十五，江雨橋琢磨一陣子，決定趁這機會推出點新玩意兒。她買了些江米粉，用開水和成米團，揪成大小相等的小劑子搓圓後，稍稍按扁一些，然後下油鍋裡小火煎。

江老太直好奇。「這是沒了餡的元宵？」

江雨橋一個個給鍋中的小白糰子們翻著面。「元宵裡面的餡太硬了，這東西則軟糯許多，也是南方的做法，本來也能包些餡進去的，可著實有些麻煩，咱們如今忙不過來，就先這麼做吧。」

待鍋中的小白糰子們兩面都變成金黃，她拿起特地打的老黃酒往裡倒了小半碗，把老江頭心疼得直咧嘴。

高溫很快使酒氣揮發，江雨橋往鍋中倒了一點開水，撒了一把紅糖，就不停翻炒起來，不大會兒工夫，紅糖就融化成亮晶晶的糖漿，均勻地裹在小糰子們上面，鍋中的汁液也濃稠得能拉絲了，她才把這油湯圓盛出來，遞到老江頭和江老太手中，眼睛晶亮。「爺奶快嚐嚐。」

這東西著實新鮮，可謂是前所未見，老江頭挑起一個，小心翼翼地咬了口，先被那帶著一絲酒氣的紅糖汁征服了，點點頭，用力嚼了兩下。

「這皮挺有嚼勁的，裡頭卻很軟糯。」

江老太牙口不好，吃得更是小心，生怕把她的牙黏下來。

江雨橋提醒道：「奶莫怕，這東西都煮透了，比元宵軟和。」

做了這幾日生意，江老太自覺也是有些見識的人了，笑得見鼻子不見眼的。「好、好，明日咱們就賣這個。」

得到兩老的肯定，江雨橋的信心又多了一些，索性同老倆口一起多搓了一些白糰子，第二日打算賣個一整天。

正月十五的確特殊，這可是全年唯一沒有宵禁的日子，江老太索性把大門一鎖，跟著一同去了鎮上下肉魚兒，江雨橋則忙著這油湯圓。

那老酒一下鍋，酒氣就引來一群人，有人發現是江家攤子，嘖嘖道：「看來這兒又有新玩意兒了，先給我來一碗。」

江雨橋飛快地裹好糖漿，遞給說話的人。「李大叔可得慢慢吃，這油湯圓燙著呢。咱們北邊吃元宵，南方可都是吃湯圓的，快來嚐嚐南方過節的小玩意兒。」

那姓李的漢子是個愛吃的，每日都要來一碗瘦肉魚兒，聽到江雨橋的叮囑，也忍不住認真起來，小心地啜了一口上面的糖漿，眼睛一亮，挑起糯米糰子塞進嘴中大嚼著，點點頭。「不錯、不錯，我家小兒肯定愛吃，給我裝上四碗。」

說完從懷中掏出一個碩大的海碗來。「本打算來買兩碗肉魚兒的，如今便宜那幾個小子了。」

江雨橋抿著唇忍笑，給他裝了高高的一大碗，脆聲道：「加上方才那一碗一共五碗，三文一碗，承惠十五文。」

任誰都看得出這一大海碗絕對頂得過四碗，那李大叔喜孜孜地付了錢，不顧燙手，捧著回了家。酒氣混合著濃郁的甜味，引得這些人都好奇起來，反正也不貴，眾人紛紛買一碗來應應節景。

果然不大會兒工夫，之前準備的都賣光了，江雨橋看了看天色，也不背著人，和了江米粉現場煎了起來，那小糰子在鍋中嗞嗞作響，倒是引來更多人圍觀。

這一夜忙得三人腳不沾地，買的人越來越多，許多沒帶碗的都可惜地搖頭，江雨橋直接跑到雜貨鋪買了一大堆竹籤，洗乾淨後一根串上十個油湯圓，正巧是一碗的數。

這下子雜貨店老闆也樂壞了，這些東西都堆了不知多久，如今可算是清了不少，拍著胸脯保證日後江雨橋來進貨，肯定給最低價，倒也是意外之喜。

天擦黑後，街上的燈一盞盞亮了起來，江家也應景地點上燈籠，昏暗閃爍的燭光下，那濃油赤色的油湯圓顯得越發勾人。這小玩意兒又軟又糯，戳破了也不露餡，比端著元宵走在大街上可方便多了。

街上人來人往看燈的幾乎人手一串，江老太坐在小板凳上搓著糯米糰，到最後只覺得胳膊都不是自己的了，全憑著一股勁在堅持。老江頭全接手了肉魚兒，江雨橋在寒冷的夜裡抹著額頭的汗，不停地煎炸烹炒。

三人忙到將近子時才收攤，喘著粗氣，手腳都軟得和麵條一般，好不容易回到家，冷不防看到一個小小的身影站在門外，在雪地的反光映襯下，多了幾分單薄。

江雨橋心裡一驚，鬆開扶著車的手，快步往家跑去，一把抱住那已經冰涼的小身子。「小樹！」

江陽樹已經不知道自己在雪地中站了多久，臉上都泛起了紅暈，被江雨橋一抱，當下沒反應過來，梗了一會兒，才努力咧嘴笑道：「姊……」

老江頭和江老太也顧不得累，忙推著車一路小跑追過來，看見江陽樹已經凍迷糊的樣子，心疼得不行，飛快打開門進了屋。

家中冷鍋冷灶，炕也冰涼，幾人一下子慌了手腳，還是江雨橋想起車上的湯鍋裡還有一個底兒，跑過去倒在碗中，幸而因著放在車上用棉被蓋著，還是溫的，小心翼翼地餵給江陽樹。

老倆口也燒起了炕，沈默地坐在眼睛半睜的孫子身邊，看著他一口一口吞著湯。

江陽樹喝完一碗湯，臉色好看多了，這時候炕也有了些溫度，江雨橋把他身上的棉衣剝下來，使勁給他搓著手腳。

邊搓眼淚邊流下來，在她印象中，江陽樹一直是個胖乎乎的活潑孩子，可這才不過一個月，他的肚子已經癟了下來，胸口的肋骨都隱約凸在皮肉上，更別提那腳上的凍瘡了。

江陽樹艱難地抬起手來給她擦眼淚，嘴裡還安慰她。「姊，我不冷。」

江老太又氣又心疼，接過江雨橋的手給孫子搓腳。老江頭端來一碗剛燒開的水放在他身邊，熱呼呼的水氣衝到江陽樹臉上，讓他忍不住舒服地嘆息一聲。

感受到他身上已經開始泛暖，江雨橋擦乾眼淚，把他塞進厚厚的被窩裡，摸著他的頭髮問道：「你何時來的？」

江陽樹癟癟嘴，有點委屈。「差、差不多是申時末吧……」

四個時辰?!

江雨橋撫摸著他頭髮的手一緊，江陽樹忙解釋。「不不不，我是申時末出來的，等了一會兒沒有人，我就爬進院外那個柴房，還睡了一覺，後來醒了才出來的，也站了沒多大一會兒。」說完抬頭看向老江頭，內疚道：「爺，我把柴房的窗捅破了才爬進去的……」

江雨橋這才稍微鬆口氣，點了他一下。「那柴房是放粗柴的地方，裡面都是大木樁子，壓根兒不保暖，你在裡頭睡了可不得生病。」

江陽樹撒嬌地蹭蹭她的手，讓她氣無處發，只能抿抿嘴問道：「出什麼事了，你怎麼大晚上的跑出來了？」

說到這個，江陽樹神情嚴肅起來，盯著江雨橋道：「姊，大舅知道妳在鎮上做買賣的事了，怕是要糟。」

江雨橋心疼地看著弟弟，這種事她本也沒打算瞞著，村中有人去鎮上若是碰見了她，還會請人喝一碗肉魚兒，這都好幾日了羅家才知道，也是超出她的計劃了，這也說明村人對羅家的態度，這倒算是個好消息。

江陽樹見她沈默，以為她心中慌亂，把自己聽到的消息一五一十告訴她，期望能幫到她。

「我悄悄躲在門口聽的，大舅說是今日二表弟纏著要看花燈才去了鎮上，結果看到爺奶和姊在擺攤，他們看了許久，來來往往人很多，琢磨著你們肯定掙了不少錢，埋怨爹娘把妳放跑了……大舅走了後，爹娘又打起來了。」

「所以，那兩個東西連你跑出來都不知道?!」江老太簡直要氣瘋了，恨不能拿刀上門把那兩夫妻砍了，直接祖孫四人過日子得了。

江陽樹垂下眼眸，「嗯」了一聲，心底也是對爹娘失望到了極點。自從姊走了以後，這個家都有些不像家了，爹整日也不讀書，娘做著飯就把菜揚了，接著開始罵姊姊，他作夢都盼著二月二開學，這樣白日可以去學堂，離家遠些。

老江頭把炕燒得熱烘烘的，江陽樹瞇著眼睛，已經沒了力氣說話，眼看就要睡過去，江雨橋餵了他一碗溫水，摸著他身上溫度已經正常，索性就直接讓他睡在這兒。

到了後半夜，江陽樹果然發起了燒，江雨橋沒有吵醒隔壁的老江頭和江老太，輕手輕腳地倒了溫水，不停給他擦汗、灌溫水。

天矇矇亮時，他的燒終於退了下去，江雨橋長吁一口氣，累得衣裳都沒脫就睡在他身邊。

江陽樹緩緩睜開眼睛，扭頭看著身邊眼眶下掛著一圈青紫的姊姊，眼角的淚滑過臉頰滲進枕頭中。

老江頭和江老太一大早就起來準備肉餡，收拾昨夜睡前熬的湯，本打算今日不叫江雨橋了，自己出攤去，誰知那破推車「嘎吱」作響，江雨橋才睡了不到一個時辰，就被外面的聲音吵醒，她先看了看江陽樹，摸了摸他的額頭，感覺燒退了才鬆口氣，急忙出了門。

兩個老的已經出了院門，江雨橋急忙出聲。「奶，我去。」

江老太被她嚇了一跳，回過頭來看著臉色蒼白的孫女，有些心疼。「妳就在家歇一日。」

江雨橋搖搖頭。「您昨日太累了，在家歇歇，再說家中還有小樹呢，他發燒了。」

江老太一聽孫子發燒，心裡就亂了，卻又心疼孫女要去鎮上做活，站在原地猶豫不決。

江雨橋忙把她往家裡推。「我可照顧不好小樹，還是得奶幫忙才成，我和爺就先去了。」

說完推著車就跑，老江頭一時不察，被她把車推走，趕緊追上去奪過來。「妳哪兒推得動。」

江老太無奈，只能跺跺腳，看著祖孫倆的背影，回頭先進屋去照看江陽樹。

江雨橋昨夜一宿沒睡，臉色發青，強打起精神來做著肉魚兒，一些老熟客都有些不忍心，勸她早早回去歇著。

終於賣完了今日的量，她一屁股坐在小凳子上，感覺頭昏眼花，坐在寒風中都能睡著。

緩了幾口氣，喝了一碗剩下的熱湯，她抬頭看著擔憂的老江頭，擠出一抹笑。「爺，咱回去吧。」

老江頭忙「欸」了一聲應下，手忙腳亂地開始收拾東西，這時遠處「噠噠」的馬蹄聲傳了過來，他好奇地看了一眼。「咱們鎮上可少見馬車。」

江雨橋才管不了什麼馬車不馬車的，胡亂應對了一句，撐著兩條腿用力站起來幫老江頭收拾，卻沒想到那輛馬車行到他們攤子前停下。

周圍所有人都屏住呼吸，這馬車罩了一層厚實的棉簾，上面覆著薄如蟬翼的絲綢，影影綽綽能看到車廂上雕畫的精美圖騰，一看就是大人物的馬車。

老江頭愣住了，不知這人是從哪兒來，為何要停在這裡？卻沒發現江雨橋原本青白的臉色變得慘白，雙目驚恐地瞪圓，盯著眼前的馬車。

那薄綢被一隻春蔥般水嫩的手緩緩揭開，一個可愛嬌俏的姑娘探出頭來，見他們要收攤了，皺皺鼻子，回頭輕聲抱怨道：「老爺，咱們來晚了呢。」

一道清冷陰沈的聲音冷笑一聲，從裡面扔出一錠銀子，砸到嬌俏姑娘的肩上。「讓他們現做。」

聽到這個聲音，江雨橋如同五雷轟頂——

許遠？他……怎麼會來這裡！

那姑娘被銀子砸得生疼，臉上卻一點扭曲的表情都沒露出來，依然掛著甜甜的笑，撿起銀子對老江頭道：「老伯，能再做一碗肉魚兒嗎？」

老江頭有些為難，那姑娘目露哀求的目光，嘴上卻依然溫柔。「我年前才嫁到縣城裡呢，吃過兩回爹爹買的肉魚兒，總是忘不掉，幸得老爺憐惜，今日陪我前來一解這嘴饞之苦。」

江雨橋瞬間明白了，今生她並沒有去給許遠做妾，可那李嬤嬤定然早就同許府透過口風，這姑娘怕就是李嬤嬤尋來代替她的。

許遠有多好吃她自然清楚，因著行商的一句話，他能千里連夜奔襲到晉中去一嚐新開的酒樓，如今為了身邊人的一句話跑個七、八里路，對他而言怕是壓根兒不算一回事。

她心知今日定逃不過，強打起精神壓低嗓音道：「今日著實已經賣完了，若是姑娘想得緊，咱們也能現做，只是這東西乃是祖傳秘方，在如此大庭廣眾之下做……」

許遠聽著馬車外清啞的少年聲音，身子不自覺緊繃起來，內心一股慾望催使他掀開窗牖上的薄綢，露出一雙眼尾微翹的桃花眼，打量著眼前的少年。

只一眼他就鬆開了手，輕哼一聲癱回軟背。臉色慘白又掛著黑眼圈，簡直形如惡鬼，污了他的眼。

江雨橋被他一眼看得渾身僵硬，額頭霎時出了一頭汗。

那姑娘聽了，咬著唇，不知如何是好。許遠有些不耐煩，又不好在大街上發作，抬起下巴對著那姑娘點點頭。

她鬆了口氣，臉上的笑容真切幾分，對江雨橋道：「我家老爺說了，不會有人偷看你們的秘方。」

江雨橋對許遠的了解比在場所有人都深，今日如此掃了他的面子，他定然對江家這攤子不耐煩，日後再也不會來。

她點點頭，悄聲囑咐老江頭去買肉，對那姑娘道：「我這就熱湯，馬上給您做。」

姑娘歡快地點點頭，把那銀子交給車夫，車夫不屑地用力拍在江雨橋面前。

江雨橋冷眼看著。呵，十兩銀子，今日受這頓驚嚇倒也值了。

有老江頭剁餡，江雨橋飛快地調出一小盆的肉魚兒餡來，下了滿滿一大碗端過去。

許遠已經等得頗有幾分不耐煩，修長的手指無意識敲打著馬車中的茶几。那姑娘捧住碗才覺得心中踏實許多，小心翼翼地放在茶几上，從暗格中拿出一套精緻的銀餐具擺好，雙手將一把銀勺遞給許遠。

「老爺，您嚐嚐。」

許遠面無表情地接過勺子，哼都沒哼一聲，那姑娘心裡一個咯噔，悔意如潮水般湧上心頭。為了討好許遠，她才特地同他撒嬌要來，不知是不是搬起石頭砸自己的腳？

事到如今她只能寄望這家的肉魚兒好吃些，能符合許遠的口味一些，這樣她尚有一線生機。

許遠先喝了一口湯，挑了挑眉，沒想到在這種小鎮上竟然能喝到這等湯，心情舒暢了許多，又舀起一顆肉魚兒，許是因為現做的，眼前的肉魚兒肉眼可見的嫩滑可愛，入口的口感也讓他驚訝一下，放下勺子，臉上也多了幾分笑意。「不錯。」

那姑娘逃出生天，簡直想衝下馬車給江家祖孫磕個頭，卻沒想到許遠衝著馬車外一揚聲。「許忠，方子。」

那車夫愣了一下，這小破攤子竟然真的對了老爺的胃口，再開口的態度也比方才好了許多。「老爺子，你這方子多少錢賣？」

老江頭冷不防被問在腦門上，「啊」了一聲，又去看江雨橋。

江雨橋真的有些撐不住了，許遠離她這麼近，一下馬車就能同她面對面，她強忍住心中的不適，隱忍地看向許忠。「您看著給吧，這方子本就是祖傳的，咱們也不知定價多少合適。」

許忠皺緊眉。「讓你們說就說，磨磨唧唧的耽擱了我們爺的事！」

江雨橋退後兩步，臉色又白了幾分，她覺得自己馬上就要暈過去了，咬牙強撐著。

「若您真想買，三十兩如何？」

許忠臉色突變，這等小食竟然敢賣三十兩？三十兩都能去南邊買個上好的廚子了。他正要反駁，馬車裡許遠的聲音打斷了他。「給他們五十兩。」

這話一出，連江雨橋都吃驚了，所有人的目光都看向馬車。

許遠舀著一顆肉魚兒上下打量著，口中繼續說道：「賣了我，這玩意兒你們就不可再賣了。許忠，給他們銀子。」

許忠肅著臉應下，從懷中掏出一張銀票塞到老江頭手中。「你可看清楚了，五十兩銀票，日後莫要再賣這個了。」

看著老江頭暈乎乎地收下，許忠回身在馬車上拿下紙筆，等著他們唸方子。江雨橋看了一眼馬車，低下頭忍著頭痛輕聲唸完。

許忠「哼」了一聲收起來，跳上馬車，準備回去縣城。

許遠忍不住又掀開薄綢看了那少年一眼，依然如鬼一樣的臉色，破爛的棉襖、瘦弱的身軀，他怎麼會多看這種人幾眼？

那姑娘見他吃得好，漾起一抹笑，把頭貼近他的胸口。「今日多謝老爺，竟然還為了奴家買了這方子，奴家心中真不知道如何報答老爺。」

他的神情卻迅速冷下來，看著眼前的姑娘，一掌推開她，在她臉上笑容僵住的瞬間又補了一腳。「滾！」

她眼淚「唰」地一下流下來，跪在車門處瑟瑟發抖，一聲也不敢吭。駕車的許忠嘆口氣，這才幾日，回去又要同夫人說一聲尋新人了……

江雨橋死死盯著那輛馬車，直到它消失在街角才鬆了口氣，一屁股坐在地上雙手抱頭，實在是……太痛了！

老江頭也顧不上什麼五十兩銀子了，一把將她抱起來放在車上，然後胡亂收拾一下東西塞在車上，推著孫女兒往回走。

江雨橋蓋著破棉被，聞著身邊纏繞的骨湯香氣，頭終於舒服了些。

見到許遠，她的心就亂成了麻，本以為這輩子再無交集，卻沒想到會突然相見。

雖說平日他買方子的事也不少，但許公公對他耳提面命莫要張狂，在外面的他遠沒有在家中暴戾，如此強硬不容人拒絕地要買方子，倒是也不多見。

想得深了就頭痛欲裂，她索性也不想了，乖巧地躺在破車上，聽著「轆轆」的車聲，感受著泥土路上輕微的顛簸，竟然就這麼睡了過去。

遠遠看到村口，老江頭輕輕喚醒她。「雨橋，快到家了，醒醒，莫要一下子起來受了寒。」

江雨橋迷迷糊糊地睜開眼睛，從車上坐起來，看到老江頭額頭的汗，內疚道：「爺，讓您勞累了……」

老江頭咧嘴一笑。「有什麼累不累的，妳才多重，還不如兩口裝滿湯的鐵鍋沈呢。莫要急著揭了被子，緩一緩再下來。」

江雨橋心裡被關心得甜滋滋的，睡了一覺感覺頭也好了許多，乾脆同老江頭商議。「爺，如今家中也算是有了銀子，要不要再買些地？」

老江頭這才想起來懷裡還揣著一張銀票，一下子卸了力氣，停在路中，把江雨橋嚇了一跳。「爺有別的打算？」

老江頭顫抖地摸著胸口。「不……不是，只是沒想到咱們一下子有了這麼些錢。」

江雨橋咧開嘴笑了笑。「反正這是咱們自己掙的，爺慢慢想，不著急。」

老江頭也覺得自己有些傻乎乎的，活了大半輩子，怎麼就被錢鎮住了？輕輕咳了咳，推起了車。「雨橋說得對，咱們先回家去。」

不管祖孫倆各自心中是什麼心思，江雨橋下來幫著老江頭一起推著車往家走去，誰料剛進村子，就看到自家門口圍了一大群人。

江雨橋心裡一驚，同老江頭對視一眼，不約而同地加快步伐往家裡趕去。

圍觀的村民中有眼尖的看見祖孫二人，忙迎上來。「老江叔，你家這又鬧起來了。」

老江頭一聽，心裡一涼。「怎麼了，是誰來鬧？」

來人帶著幾分看熱鬧的激動和對鬧事者的不屑。「你那兒子和兒媳婦唄，還有……你兒媳婦的娘家人。」

羅家？

江雨橋眉頭微皺。羅家上輩子可安靜得很，從來沒出現過，這是怎麼冒出來的？

圍觀的人給祖孫倆讓開一條路，兩人推著車剛靠近門口，就看見羅氏趴在緊閉的大門上哭喊道：「娘，放小樹出來吧！娘，求您了，我女兒已經被你們帶走了，莫要再帶走我的兒啊，那是我唯一的命了！」

老江頭一聽這話，眼睛都紅了，暴喝一聲。「放什麼屁呢！在哪兒撒潑?!」

羅氏被這聲怒吼嚇得一抖，止住了哭聲，眼淚、鼻涕掛在臉上，張著嘴愣愣地看著一步步向她走來的老江頭。

她忍不住瑟縮一下，往後退了幾步。

羅根兒見狀，湊上前來。「哎哎哎，老江叔，我敬你是咱們羅家的親家，你可別當著我的面要打我妹子，這把我們羅家人放在哪兒了？」

老江頭看都不看他一眼，只當他是那「嗡嗡」叫的蒼蠅，輕輕拍著院門。「老婆子，是我和雨橋回來了。」

門「嘎吱」一聲從裡面打開，江老太臉色蒼白，看見老江頭和江雨橋嚴肅的兩張臉，只覺得心中才踏實下來。

江雨橋一見江老太的臉色就心疼起來，又看了一眼追出來臉上掛著淚的小樹，心裡只覺得一股火上湧。今天本就因著許遠的突然出現讓她心煩意亂，此時她突然不想再窩窩囊囊地忍著了。

她回頭死死盯住羅氏和羅根兒。「你們過來做什麼？」

許是她慘白的臉色和掛著的黑眼圈，讓那羅家兄妹倆齊齊打了個冷顫。羅氏眼神閃爍著，知道江雨橋不是省油的燈，抿著唇一言不發。

那羅根兒看著眼前瘦小的江雨橋，壯了壯膽氣，上前一步。「怎麼說話的，沒大沒小，我是妳大舅！」

江雨橋勾唇一笑。「大舅？呵，我大舅早就死了！」

圍觀的村民們哄堂大笑，羅根兒的臉一下子漲得通紅，他上前兩步想要抓住江雨橋，誰知江雨橋早有準備，一把從身邊的車上抽出剁肉的菜刀迎向他。

羅根兒來不及收手，被那菜刀劃破棉襖，差一毫就要劃破胳膊，他嚇得飛快縮回手，看著被割破的棉襖懊惱不已，這本就不是良善人，哪裡容得下被一個小丫頭片子拿刀指著！他眉眼倒豎，一看就是動了真氣，兩隻手上來要抓江雨橋。

江雨橋臉上的笑越發諷刺，見他衝著她來，用力把菜刀往他腳前的地上一扎，「噹」的一聲脆響，那刀竟然沒過三寸厚的雪插進凍土裡，只差半寸就能把羅根兒的腳趾頭切下來。

江雨橋順手又抽出一把刀，指著僵在原地的羅根兒脖子。「說，你們來做什麼？」

接連這麼兩下，圍觀的村民都吞了吞口水，誰能想到那柔柔弱弱的姑娘竟然變得如此彪悍，這……這還嫁不嫁人了……

那羅根兒也被嚇住了，愣愣地盯著雪地裡左右顫動的刀。他有一種感覺，若是今日他真的想做什麼，江雨橋那個小丫頭片子也真的敢殺了他！

羅根兒不敢上前，羅氏更是縮著脖子往後退，看見老江頭祖孫倆回來就竄到人群裡的江大年，早就悄悄退到人群最後，扭頭就往家跑。

江雨橋如同一把出鞘的利劍，胳膊筆直，一把菜刀橫在羅根兒的脖子前，一字一句問道：「你們到底來做什麼?!」

羅根兒只覺得腿腳一軟，卻也不敢癱下去，生怕滑過脖子前面的刀，上下牙打著顫。「雨……雨橋，先把刀放下……」

江雨橋不僅沒放下，反而更往前送了幾分。「說！」

羅根兒都已經能感覺到脖子上的涼意了，咬緊牙關不敢讓牙抖，圍觀的村民都安靜地看著眼前這匪夷所思的一幕。

羅氏恨不得鑽到地縫裡，這一切發生得太快了，老江頭這時候才反應過來，急忙上去握住江雨橋手中的刀。「給我……」

江雨橋晃動了一下沒有掙脫開，刀刃在羅根兒脖子上輕輕滑過，一道血痕霎時溢出血來，羅根兒只覺得脖子一涼，嚇得差點尿褲子。「媽呀！」

江雨橋看著老江頭的眼神，鬆開了手，羅根兒見她手中沒了刀，心裡終於鬆了口氣，正準備落跑，老江頭卻把刀往前一送。「說，來我家做啥！」

村民們都吃驚地瞪大眼睛，這幾十年不吭氣的老江頭，竟然也敢拿著刀指人了！

羅根兒眼淚都快出來了，他眼淚、鼻涕糊了一臉，瑟瑟發抖地開口。「老……老江叔，我、我是、我、我來你家找小樹的……」

江雨橋彎下腰把地上的刀用力拔出來，一把橫在他眼前，輕聲道：「再說一句假話，我就不保證你還全乎了。」

羅根兒真的想跪下了，褲子上慢慢滲出水漬來，他絲毫沒有意識到自己尿了褲子，緊緊盯著眼前兩把刀，終於迫不住壓力大喊：「我來要錢的，我來要錢的！我看見你們擺攤子了，我要錢！」

江雨橋眯起眼睛，收回刀，看著被人群拱在前頭的羅氏。「娘，妳也是來要錢的？」

羅氏的臉紅得發紫，哆嗦著嘴唇沒吱聲。

江陽樹抹了一把臉上的淚，鬆開江老太的手邁出門檻，略帶期待地看著羅氏。「娘，您是來尋我，還是來要錢的？」

羅氏被兒子這麼一問，只覺得自己的臉像是被人抽了十幾個巴掌，耳朵中「嗡嗡」作響。她動了動嘴唇，這時候不管怎麼樣，她都說不出是尋兒子的話來。

江陽樹眼中的光越來越暗淡，看著眼前的羅氏，低頭咬著唇，喃喃自語。「我知曉了……」

如此可憐兮兮的樣子引得村中的婦人們又疼惜起來，紛紛出言安慰。「小樹，莫要把你這個狠心的娘放在心上。」

江陽樹對著眾人鞠躬，輕輕拉住江雨橋的手。

「姊，為了我不值得，昨晚我發燒，妳照顧了我一宿，為了掙錢給我唸書，妳病還沒好就和爺奶起早貪黑去擺攤子……」
隨著話音，眼淚也從他的眼角滑下來。「姊，若是我忍得住餓就好了，我就不會半夜跑過來，也不會讓爹娘藉著我的名義鬧上門，逼得爺和姊為了我動刀子。」
江雨橋詫異地看著他。「小樹？」
江陽樹上前抱住她。「姊，我跟娘回家，以後再也不能來尋妳了，家中也沒有銀錢給我讀書了，妳……我若想妳……」
話未說完就緊緊抱著江雨橋嚎啕大哭，哭得周圍的村民們都咂咂嘴，尤其是方才那些覺得江家祖孫心狠手辣的人，琢磨起江陽樹的話，心裡也泛起了淡淡的愧疚。唉……都是被逼的，但凡日子過得去，誰願意動刀子呢？
江雨橋抱著懷中的弟弟，眼淚也不自覺地流下來，想起今日面對許遠時發自內心的恐懼，也發洩般地放聲大哭。
兩個孩子哭得天昏地暗的，老江頭也拿不住刀了，「噹」一聲刀掉在地上，那羅根兒抓緊時機扭頭就跑，他身上帶著一股惡臭，見他衝過來，人們紛紛避開，愣是讓他跑了遠去。
羅氏見狀也想跑，可是江陽樹還在這兒，她猶豫片刻，還是上前把江陽樹從江雨橋懷中扯過來。「跟娘回家！」

江陽樹哭得更大聲。「姊，我走了，妳別……別想我。」

江雨橋早就領會了他的意思，緊緊攥住他一隻手，一邊抽泣，一邊喊道：「小樹……」

那容易感動的婦人們早就抹上了眼淚。「這兩孩子也太苦了……」

「瞧瞧這兩個孩子的臉色，這不明擺著都是病著？」

「我記得小樹以前圓乎乎的，現在看著真是瘦了不少啊，這爹娘做得……」

「唉……」

江陽樹流著淚，用手掰開江雨橋的手指。「姊，我回去了。」

江雨橋見他真的被羅氏拉著拖走，雙腿在地上劃出深深兩道雪印子，心疼得要命，大喊一聲。「小樹！」

下一刻卻撲倒在地上，沒了聲息，圍觀的人嚇得停住議論，老江頭雙目圓瞪，急忙蹲下，好不容易才穩住手把她抱起來，只見懷中的江雨橋眉眼緊閉，沾了一臉的髒雪，看著分外可憐。

江陽樹用力掙脫羅氏跑了回來，撲倒在她身邊。「姊！」

老江頭急著抱江雨橋進屋，對還愣著的江老太吼道：「快去燒水！」又低頭對江陽樹道：「快，去喚你大夫爺爺來。」

江陽樹愣了一下，來不及應一聲扭頭就跑。羅氏在後面「哎哎」兩聲，看著村民們不善的目光，心知短時間內兒子不會回來了，只能跺跺腳自己先回了家。

江雨橋又病了，這次是勞累過度再加上風寒，張大夫看著眼前蒼白的小臉，搖搖頭。「可不能讓她再這麼累了，之前的底子還沒養好呢，再累就真的要出事了。」

江家三口人懊惱萬分，尤其是江陽樹，要不是昨晚為了照顧他，姊姊也不會勞累過度暈倒。

張大夫看著眼前小少年憋得發紫的臉，嘆了口氣。「你姊也沒有怪過你，你是個男子漢，日後總是要當起家的，多照顧照顧你姊姊吧。」

江陽樹重重點頭，使勁憋住在眼眶打轉的眼淚，沙啞道：「我會努力讀書，日後定要給姊姊撐腰。」

老江頭摸摸他的後腦勺安撫他。「如今雨橋正睡著呢，咱們莫要打攪她，讓她好好歇歇吧。」

江陽樹彷彿一夕之間長大了，趁人不注意時擦乾眼淚，懂事地扶起江老太。「奶，今日您也累了一整日，您和爺去隔壁歇會兒吧，我來照顧姊。」

江老太想拒絕，可看到孫子堅定哀求的眼神，把到嘴邊的話吞下去，點點頭。「你幫忙照應著你姊，我和你爺去熬藥，做些吃的，等雨橋醒了，也好趕緊補補身子。」

張大夫也跟著老倆口一起出去，給他們抓藥。

江雨橋躺在炕上無聲無息，厚厚的棉被蓋在她身上，顯得她越發瘦小。江陽樹眼神變幻莫測，感激和怨恨交雜在一起，給他幼小的心靈帶來了極大的衝擊。

他摸了摸屁股，昨晚的褻褲江雨橋並沒有給他脫下，自然看不到他屁股上的血痕。

自從確定胳膊斷了，明年無法參加科舉後，江大年就像是失了最後一點志氣，在家中只管喝酒，喝多了就打他，因怕再被村中人議論，也只敢打屁股這等私密處。

羅氏本還勸著些，被江大年威脅著要休妻後瞬間就軟了下來，看著兩眼赤紅豁出去一切的江大年，也只勸他忍著點，畢竟誰家的兒子沒被老子揍過？

他深深嘆口氣，只覺得姊姊離開家這一個月，更加深刻理解到姊姊之前十年日子的苦，內心的煎熬和愧疚幾乎要將他淹沒。

尤其今日爹娘和大舅一來鬧，他才知道自己之前錯得有多離譜，甚至還幻想過爹娘受了教訓後會悔改，他帶著姊姊回家繼續過日子。

江陽樹為自己曾經的想法羞愧，伸手試了下江雨橋額頭的溫度，見她並沒有發起熱，鬆了口氣，愣愣地坐在炕邊看著她。

江雨橋醒來時，天已經擦黑了，一家人圍著她，誰也沒心思吃飯。她顫抖兩下睫毛，睜開眼睛，江陽樹歡喜地上前握住她的手，又不敢大聲喊，只低低喚了一聲。

「姊……」

她用力扯了扯嘴角露出一抹笑，張張嘴卻說不出話來。

江老太小心翼翼地扶起她，給她餵了一碗溫水，江雨橋才覺得嗓子沒那麼痛了，看著眼前的江陽樹。「你沒走，太好了。」

一句話說得三人都要落下淚來，江陽樹早就發了誓，日後再也不像小兒一般啼哭，用力咬著唇不讓自己哭出來。

「姊，我不走，等妳病好了我再回去。」

江雨橋微微皺起眉。「若是有法子能讓你一直留在這兒就好了。」

江陽樹抿唇笑了起來，搖搖頭。「不可能的，我是他們唯一的孩子了，再怎麼樣也要抓緊我，只要我努力讀書，總能靠自己掙出一條路的。」

老江頭和江老太對視一眼，總覺得孫兒似乎哪裡有些不同了，齊齊嘆口氣。

江大年和羅氏啊，怕是連親生兒子都要離了心了。

江雨橋也知道，她身為女孩尚且能跟著爺奶過，小樹是江大年唯一的兒子，萬沒有可能脫離出來的。

四人陷入了沈默，老江頭看不得孫女如此低落，突然想起那五十兩銀票，小聲對江雨橋道：「如今反正那方子也沒了，咱們正巧也不做了，妳在家好好歇歇。」

一提起方子，江雨橋就想到了許遠，臉色一下子難看起來，老江頭以為她被嚇著了，悔得直想抽自己嘴巴。

江雨橋回過神來，看著神情各異的三人，笑了笑。「這方子雖然賣了，可咱們也不能滿足，要花錢的地方實在太多了。爺，五十兩銀子如今能買多少地？」

江陽樹一聽到五十兩，倒吸一口氣，飛快地捂住嘴，憋得小臉通紅，終於給這個沈悶了一整日的家帶來一絲歡笑。

老江頭從懷中掏出那五十兩銀票，遞給江雨橋。「如今的地差不多七兩銀子一畝，但是這幾年風調雨順，賣地的可不多。」

說著又翻出荷包裡的十兩銀子。「還有這個呢，如今有六十兩了。」

江雨橋接過銀票和銀子，總覺得自己忘了什麼事情。

買地、賣地、風調雨順……

突然，她用力一拍掌下的棉被。「爺，咱們得把這銀票換成銀子，地就先不買了，存著給小樹以後考科舉用，等掙了錢再買地。」

所有人都愣住了，尤其是江陽樹，喃喃道：「姊……」

這錢本就是江雨橋掙的，自然她說什麼老倆口都答應，這事三言兩語就這麼定了下來。見江雨橋恢復了幾分精神，江老太給她餵了藥，灌了一大碗骨頭湯，蓋上被子捂著汗，又沈沈睡去。

第五章

雖說暫時定下來不去做買賣，可是已經習慣忙碌的老江頭兩口子一下子閒下來都有些不適應，已經在炕上躺了三日，開始慢慢恢復的江雨橋看在眼裡、記在心裡，這錢還是要掙的，只是得換個方法。

她琢磨了半下晌，在晚上吃飯的時候開口詢問道：「爺奶，咱們這陣子掙了多少錢？」

這可問住了老江頭和江老太，他們倆雖說識得幾個字，可那如山的銅板又怎麼能算得清？支支吾吾兩句，咂咂嘴。「這還真算不出，吃完飯咱們一同算吧。」

江雨橋點點頭，其實她心中大概是有個估量的，吃了飯三人就把炕被捲起來，老江頭扛著一大袋的銅板過來，悉數倒在炕上。

江雨橋見狀，笑了起來。「被錢淹沒的感覺真好。」

江老太笑著瞋了她一眼，撩起一把銅板，聽著銅錢的碰撞聲，心裡也十分滿足。

三口人笑咪咪地數著、記著，足足大半個時辰才算清楚，江雨橋咬著筆頭算了算，最後眼睛晶亮地看著老倆口。「爺奶，咱們這些日子賣肉魚兒，再加上十五那日的油湯圓，一共掙了……」

說到這裡，她「嘿嘿」笑了起來，故意賣了個關子，看著老江頭和江老太臉上不自覺泛起急切的神態，壞笑道：「除了成本，咱們一共掙了三千零九個銅板！三兩銀子！」

「我的個乖乖！」江老太驚得臉都扭曲了。「三兩銀子，這才……十日上下啊！」

江雨橋正把銅錢一千個一千個串好。「主要是中間趕上了節日，那一日咱們賣肉魚兒、油湯圓就掙了不少，平日怕是掙不了這麼多。」

老江頭也跟著串起銅錢來。「這也是咱們雨橋運道好，趕在節前想起那油湯圓這稀罕物，這兩日其實我看著別人家也有賣的，但是過了節氣，吃的人是真的少了許多，還不夠那酒和糖錢的。」

這東西本就是趕在年節時湊個熱鬧，江雨橋也沒打算常賣，她把串好的錢推向江老太。「奶，您留著做家用吧。」

江老太一哆嗦，看著眼前的銅錢。「這……這也太多了。」

江雨橋搖搖頭。「咱們一起掙的錢，當然要交給奶保管。」

江老太抿抿唇，咬了下牙接過來。「妳說得對，奶定把妳滋補得白白胖胖的才成。」

江雨橋泛起小酒窩，看著江老太萬事替她打算的樣子，真心覺得她可愛，趴在她身上蹭了蹭，撒嬌道：「既然肉魚兒不能賣了，那咱們得想個新的吃食，攤子都續了一個月，總不能扔在那裡空著。」

老江頭眼睛一下子亮了起來，搓搓手，激動地問道：「雨橋，咱們要賣啥？」

江雨橋早就打算好了，想了一下家中剩下的材料，撐著站起來。「咱們去灶房吧。」

江老太急忙拿來厚棉衣給她穿上，又指使著老江頭去把灶房裡的火生起來，待裡面暖和後才拉著她過去。

鍋中翻滾著熱水，烘得整間屋子都濕潤潤、暖洋洋的，江雨橋從角落拿起幾個地瓜，洗乾淨切小塊，放在大碗中，又放進鍋裡隔水蒸得爛熟。

蓋上鍋蓋後她就開始調餡，老江頭剁肉已經剁出心得，很快就剁了一小盆細細的肉餡，江雨橋在肉餡裡加進泡開的紫菜碎、蘿蔔絲，攪勻後打入一個雞蛋，繼續攪拌，接著開始調味。

如今調味料太少了，也只能湊合著加些現有的。調好了肉餡，正巧鍋中的地瓜也熟了，拿出來碾壓成泥，一點一點的往裡加地瓜粉，直到揉成淺黃色的麵團。

剩下的活兒就是包成一個個沒有劑子的圓圓小包子，這事江老太可比江雨橋拿手，三下五除二的，案板上就擺滿了圓滾滾的淡黃色小肉包。

江雨橋此時已經把鍋裡的水刷乾淨了，重新倒入涼水，等水一滾就把小肉包們扔下去，用勺子不停攪拌，怕它們黏在一起。

很快地小肉包們就浮起來，變得圓滾滾的，一個個挨挨擠擠地在鍋中隨著水波上下跳動著，分外可愛。

江雨橋把肉包們撈出來放在碗中，嘆口氣。「湯總是不夠鮮，只能等暖春了，現在雖說小魚蝦好捉，但現在把苗兒都捉了，明年溪裡怕是就沒有大的了。」

老江頭也知道這個理，自家吃吃還成，真捉了做買賣那是萬萬不能的。

他低頭沈思一會兒。「要不咱們用白菜熬湯？」

江雨橋眼一亮。「咱們可以熬素高湯！那鮮味是肉湯不能比的。爺，秋日的蘑菇吃完了嗎？」

啥是素高湯，老倆口可沒聽過，但是蘑菇卻還有，他直接從角落拖出一個袋子。「還有這麼些呢。」

江雨橋一看，心裡盤算了一下，再過兩個月天氣暖了，春雨一下，山上的蘑菇就會發起來，這些用兩個月應當夠了。

她又鄭重地拜託江老太。「奶，這幾日多發些豆芽吧。」

江老太有點疑惑。「想吃豆芽了？妳王二嬸前兩日還說家中發了，想吃的話我去拿些。」

江雨橋一聽笑道：「正巧咱們這肉包剛出鍋，我去給王二嬸送幾個，抓把豆芽回來。」

江老太點了點她的額頭。「到底是睡迷糊了，不看看現在什麼時辰了，明日再去。」

江雨橋往外一探頭，看著碩大的月亮掛在天邊，吐了吐舌頭，只能乖乖地等轉過天。

祖孫三人一人分吃了一碗肉包，各個讚不絕口，尤其是老江頭，細細品嚐一個後，馬上狼吞虎嚥地把一碗吃光了，絲毫沒有剛吃完飯的樣子。

他喝完了最後一口湯，才吐出一口熱氣。「這東西可比肉魚兒香，還頂飽，賣得定然好。」

江老太心裡盤算了一下。「兩個地瓜摻的皮兒按賣的那個碗來說能做四碗，肉餡裡頭加了蘿蔔，比肉魚兒成本還少些呢。」

江雨橋點點頭。「那咱們還賣五文，真用白菜熬湯的話，大骨的錢也省下來了，只要天還冷著，賣到三月不成問題。」

定下來後第二日，江雨橋就提著昨日凍在屋外的地瓜肉包去了王二嬸家。

王二嬸看到她，吃了一驚，忙招呼她往屋裡去。「妳的病可好了？」

江雨橋羞澀地笑了笑。「只不過是心裡有些鬱結再受了寒，躺兩日就好了。」

王二嬸憐惜地看著眼前略帶幾分蒼白的小臉。

「唉……妳那個不省心的爹娘啊，我聽說這幾日小樹回去被鎖在家中逼著讀書呢，也不知道孩子怎麼樣了……」

這事江雨橋自然知道，她咬著唇幽幽嘆口氣。「如今我只想好好掙錢，把小樹送到縣裡讀書。」

王二嬸驚得一挑眉。「妳竟有如此大的心思，那縣城可不是咱們隨隨便便能去得了的。」

江雨橋苦笑著搖搖頭，也不瞞王二嬸。「本打算三月把他送到鎮上……可如今……爹娘總能尋到他，我託人探訪過了，縣城裡書院的束脩同鎮上差不多，只吃用貴些，我掙了這條命也得把小樹送去。」

王二嬸嘆了口氣，摸了摸她的小腦袋。「這本是妳爹娘的事，卻要妳一個做姊姊的來操心。」

江雨橋低下頭沈默下來，王二嬸懊惱得直想抽自己，真是哪壺不開提哪壺，急忙轉移話題。

「雨橋今日來可是有啥事？」

江雨橋羞澀地說想要一把豆芽，王二嬸為了方才說錯的話贖罪，恨不能把炕上發的都給她端走，好說歹說她才只帶了一盆回去，都進了門了還被王二嬸的熱情嚇得直喘粗氣。

江老太見狀，笑得腰都直不起來。「妳二嬸子就是個實在人，看這一大盆，能吃好幾頓了。」

江雨橋回想了一下，也笑了起來。「奶，這可不是吃的，也不是……唉，我都被二嬸子說得暈頭轉向的了，這是咱們熬湯用的。」

豆芽菜熬湯？

江老太疑惑地看著盆中細嫩的豆芽。「這不一見水就沒了？」

江雨橋神秘地笑了笑，將大把豆芽洗乾淨，切了白蘿蔔和白菜一同扔進鍋中，再加上一把泡好的乾蘑菇，添了滿滿一大鍋水，待鍋中水開後抽出幾根木柴，用小火慢慢熬著。

老江頭看得眼睛發亮。「這麼熬湯能好喝？」

江雨橋點點頭。「這就是最簡單的素高湯了，寺廟中的湯都是這麼熬的，只不過加的東西有些微的區別。」

湯剛熬上，就聽見門外有人敲門，江雨橋攔住想出去開門的江老太，謹慎地打開一條縫，只見門外一個十五、六歲模樣的黑臉少年提著一個籃子站在門口。

她悄悄打量兩眼，確定自己不認識他才打開門。「你是誰？」

那少年萬沒想到打開門的竟然是個杏眼微瞪、鼻頭挺翹、白白淨淨的小姑娘。他的臉一下子脹紅起來，支吾著有些不知所措。

江雨橋看著他驟然變得黑紅的臉有些好笑，又問了一句。「你是誰？」

黑臉少年一個激靈，「啊」了兩聲，好不容易找回自己的聲音，也不敢看她，低著頭把手中的籃子遞過去。「我……我是王家三小子。」

王家？江雨橋想了想，與自家熟悉的王家只有王二嬸家，她看了下來人的臉，依稀辨認出王二叔的影子，鬆口氣笑道：「你是二嬸子家的三哥？」

一聲「三哥」叫得黑臉小子魂都飛到九霄雲外了，剛找回來的聲音又不知道丟哪兒了，二人之間就這麼陷入了詭異的沈默中。

江老太見孫女去開門這麼久還沒回來，疑惑地探出頭來，看到門外站著的小子，笑道：「衝小子？你娘讓你過來的？」

王衡一個激靈醒過來，又看了一眼江雨橋瑩白的小臉，努力壓住臉上的緋色，對江老太道：「江奶奶，我娘剛煮了雨……雨橋送的那個小包子，裡面竟然包了肉的，我娘說可不能占您家大便宜，讓我再送一籃子豆芽來。」

江雨橋憨笑憨得臉都有些變形了，她相信這是王二嬸的原話，可是王二嬸怕是壓根兒不知道她這兒子會說得這麼直接吧。

江老太嗔怪地抱怨道：「就你娘講究多，鄉裡鄉親的，一點東西也算得這麼清楚。罷了、罷了，你把豆芽放下，我再給你裝些小包子。」

王衡一聽又要拿肉包子，嚇得一竄高。「這可不成，我娘非打斷我腿！」話音剛落，把那籃豆芽往江雨橋懷裡一塞，也不待她反應過來，三兩步竄出去，幾息工夫就變成了一個小黑點。

江雨橋愣愣地抱著一大籃子豆芽，江老太上來扒拉扒拉。「竟送來這麼多。」又琢磨起能熬幾回湯。

這鍋素高湯熬好了，三人都盛出一小碗嚐了一口，這下子連擅長熬湯的老江頭都亮了眼。這著實太鮮了，有著大骨湯無可比擬的清香與鮮美。

老江頭這幾日沒出去擺攤子，早就蠢蠢欲動了，放下碗來話也不說，提起擺攤子的湯鍋就到院中刷了一回又一回，看得江老太一愣一愣的。

第二日一大早，祖孫三人一同來到鎮上，隔壁幾家本因這幾日他們沒做買賣生意好了些，誰料竟然又回來了，臉色不免有些不好看。

江雨橋才不管他們，只等著湯鍋一開，「嗤嗤」冒著熱氣，就把昨日凍好的一個個小肉包擺在一旁，瞬間就引起了一些老客戶的注意。

「哎，你家這攤子可算是出了，幾日沒吃那肉魚兒真是想得慌。」

江雨橋臉色僵了一下，提起肉魚兒不可避免地想到了許遠，她搖搖頭，把許遠從腦袋中甩開，堆起笑來。「大叔可莫要提肉魚兒了，咱家賣的就是個新鮮，總得常換些新口味，如今這小肉包和肉魚兒同根同源，味道卻截然不同，您要不要來一碗嚐嚐？」

那日許遠來的時候自然有人看見，早就傳遍了，接著幾日江家都沒擺攤子，如今聽到江雨橋這個準話，雖然惋惜，卻也有了心理準備。

那大叔咂咂嘴。「唉，我可是奔著肉魚兒來的。」

江雨橋手腳麻利地在清水鍋裡下了幾個肉包。「大叔莫要著急，先嚐嚐這新鮮玩意兒如何？我來送您兩個，覺得好吃再買也不遲。」

一聽免費的，那大叔一下子沒那麼鬱悶了，眼巴巴地等著，江雨橋盛了兩個浮起來的肉包給他裝在碗裡，澆上一碗素高湯。「大叔您先嚐嚐。」

顫巍巍半透明的外皮一下子就吸引了圍觀眾人的注意，感嘆道：「這怎麼一煮還變得透了呢。」

薄皮清透，內餡是若隱若現的粉嫩肉色與一絲絲的深色交雜，看著分外誘人，那大叔迫不及待地咬下一口，咀嚼了好半日蹦出一個字來——

「鮮！」

又順口喝了一口湯，震驚得瞪大眼睛。「這湯……竟比肉餡還鮮?!」

「咕嚕咕嚕」兩大口喝下了一碗湯，把碗往江雨橋眼前一伸。「再給大叔來一碗。」

有那熟悉的人出聲道：「哎哎哎，吳二，你這不是占人家攤子的便宜嗎？」

吳二臉一紅，從懷中摸出幾個銅板送到江雨橋面前，回頭對說話的人辯駁。「誰說我要占人家便宜的，我要買！買……買一份！」

江雨橋笑咪咪地從他手中挑出五個銅板。「這小肉包同肉魚兒一個價錢，大叔稍等片刻，我這就煮給您。」

吳二暗暗鬆了口氣，本以為這東西要貴上不少呢，沒想到還是五文，又能吃飽，這可比肉魚兒值。想到這兒他臉上也浮出了笑，喜孜孜地站在原地等著。

聽到價格同肉魚兒一樣，圍觀的人也紛紛上前。江家已經做出些許名聲，願意嘗試的人不算少，兩、三個時辰後，準備的一百碗就賣光了。

老江頭聽著銅錢在袋中叮噹作響，抹了一把額頭的汗，笑得開懷，他像是已經迷上了這做買賣的感覺。

江雨橋跟著收拾東西，心底琢磨片刻，開口道：「爺，如今我也好了，咱們也該請村人吃飯了吧。」

老江頭也一直惦記著這件事，重重點頭。「年前那事村人幫了不少忙，如今咱們手頭也有了些許積蓄，是該好好請一回了。」

江雨橋自然有自己的打算，她沒想過一直待在村子，村中的鄉親們一輩子土裡刨食，一年攢不下一、二兩銀子，像他們這麼做買賣掙的錢，著實有些扎眼。

回來的第一日她就梳理好之後應當怎麼做，但之後發生的事情給她心中帶來極大的震撼，前世她從未想過那些幾乎記不清面孔、記不住名字的人，會沒有任何猶豫，如此堅定地站出來幫他們。

她心中對他們是發自內心地感激，也是真心實意地想做頓飯報答他們。

祖孫二人既然一拍即合，回到村子就去了張村長家。

張嫂子一見江雨橋來了，掩飾不住內心的欣喜，同老江頭打了招呼，便拽著江雨橋去了自己的屋子，從炕桌抽屜裡摸出一小包銅錢。

「妳來得正好，我本打算下晌給妳送去呢。昨日妳勇子哥帶回了上回新花樣子擺件的錢，猜猜多少？」

江雨橋抿唇笑看她激動的樣子，配合她猜道：「嫂子既然說原來是六百文，那這新花樣子……七百文？八百文？」

張嫂子越聽她猜越高興，一把扯開手中的小布包。「足足九百文！這裡面是妳的，有九十文，快些數數。」

九百文……江雨橋愣了一下，由衷地佩服道：「我本以為那些花樣子最多賣到七、八百文，這九百文怕是因嫂子技藝超群，人家東家才多給了吧？」

張嫂子被她說得有幾分不好意思，扒拉著手中的銅板又包好塞給她。「哪裡是這樣，只是妳這的確新鮮，那東家說日後有了統統送過去，我正要同妳說呢，多給嫂子畫一些新樣子，也不用都是複雜的擺件，那些邊邊角角的小花樣繡個荷包也成。」

九十個銅板拿在手中沈甸甸的，江雨橋摸了摸布包，低低應了一聲。

張嫂子正要說什麼，就聽見門外張村長喊道：「雨橋，妳出來一下！」

張嫂子只能飛快地翻出畫花樣子的一套傢伙，包好遞給她。「回家多畫幾張，回頭過幾日嫂子去妳那兒拿。」

江雨橋把銅板塞進懷中，笑道：「待我畫好了給嫂子送過來吧，肯定送給嫂子一年的量。」

張村長看著眼前矮矮瘦瘦的江雨橋，許是因著剛從鎮上回來，身上還穿著男式的舊棉襖，看著像是個瘦弱的男孩，想到方才老江頭和他說的要請村子吃飯，那報出來的幾道硬菜，可不是一般人隨隨便便捨得的。

他也知道老江頭和江老太有一點積蓄，畢竟這十年來他們幾乎也不怎麼花錢，但這短短一個多月掙的怕也真不少，這一切都是因為眼前這個小姑娘。

想到這兒他笑了起來，江大年和羅氏應當不知道自己趕出家門的是什麼樣的孩子吧，若是被他們知道了，心裡定要後悔死。

江雨橋忽閃著大眼睛，看著突然笑起來的張村長，試探地開口問道：「村長叔可是同我爺定下了菜式？」

張村長愣了一下，笑意更深。「是定了，妳爺說想定下正月三十這日，妳覺得呢？」

這事怎麼會問她？她疑惑地看了一眼同樣一臉懵的老江頭，遲疑地點點頭。「若是大家那日都有空的話，咱家當然沒問題。」

張村長不過是想確定一下如今的老江家到底是不是江雨橋作主，聽她答應了，深深地看她一眼。「那就定在三十那日吧，到時候我去通知。」

老江頭咧開嘴。「那敢情好，麻煩村長了。」

江雨橋從懷中摸出一塊銀角子，約莫也就大半錢左右，走到老江頭身邊攙扶住他，乘機把銀子塞進他手中。

老江頭愣了一下，馬上反應過來，假裝自己從懷中摸出來這塊銀角子，上前握住張村長的手。「上回就託村長去鎮上跑了一趟，如今又要幫忙招呼鄉親，真是過意不去。」

張村長感受到一塊硬邦邦的東西硌著自己的手心，想要推回去，卻看到老江頭真誠的眼神，瞇起眼睛斂在手中。「老江叔說的哪裡話，這都是我應當的。」

老江頭見他收下來，心裡鬆了一口氣。真是越活越回去了，怎麼就忘了這茬，幸好孫女懂事提醒他。

既然兩下商議好，這事就這麼定了。

第二日出攤子時，就提前擺出了三十那日歇一日的牌子，許是被這消息刺激，這日買賣更好了，不到兩個時辰就賣光了，老江頭累得腰都直不起來。

江雨橋抿抿唇。「爺，等咱們去了縣城，也雇個幫手吧。」

這是江雨橋第一回在老江頭面前明確說出去縣城，他吃了好大一驚。「咱們要去縣城？」

江雨橋左右看了一眼，覺得如今不是說話的時候，只點點頭。「這事回去再說吧，如今先去準備辦席的東西吧。」

祖孫倆是真心實意想要感謝村人，去常買肉的鋪子直接定了半頭豬，把特地從家裡帶出來零零碎碎的一兩銀子花得七七八八。掂量著今日掙的錢，又買了一些輔料和調料，喜孜孜地回了家。

待到二十八這一日做完了買賣，老江頭就帶著江雨橋七拐八拐去了鎮上一個小巷子，在一個泛著油光的門板上敲了敲，就聽見裡面「咚咚」的腳步聲。

江雨橋縮縮脖子，這聽著可真嚇人。

「嘎吱」一聲，門被打開，一個甕聲甕氣的聲音響起。「找誰？」

老江頭堆起笑臉。「請問李大廚在嗎？」

那如山一般的壯漢低下頭，瞅了瞅眼前兩個小雞仔一般的祖孫倆，不自覺放低了聲音。「我爹去做席面了。」

這門有點低，壯漢半個腦袋被門框擋著，根本看不清他的臉，江雨橋只能低側著頭覷他的臉，對他道：「這位大哥，李大廚何時才能回來？」

那壯漢糾結地捏了一會兒粗胖的手指頭。「我也不知道啊，約莫後日？我爹就這麼個規矩，只能席前兩日來說，湊不湊得上就看運道。」

老江頭皺緊眉，眼淚差點就冒出來了。「這……這咱家席面後日開席，來不及了啊。李大廚可是鎮上最好的席面師傅了。」

江雨橋看著壯漢欲言又止的表情，忍不住問道：「李大哥有什麼主意嗎？」

彷彿就在等她這句話，壯漢張了張嘴，終於下定決心對他們道：「我……我爹不在，我去成不？」

「你？」老江頭倒吸一口氣。「你……」

壯漢急忙打斷他。「我叫李牙，我爹說我天生一嘴好牙口，會吃、愛吃，長大又跟著他學做席，都已經學了七、八年，可……可我太能吃了，慢慢地人家叫席面都不叫我跟著了……」

看老江頭像是還沒回過神來，他又解釋道：「我真的會做，我爹說我做得不比他差，但是每回我問人家，沒一個人請我……你們是我問的第十三戶了。」

老江頭不自覺地吞了下口水，想拒絕他，可看著一個壯漢低著頭垂頭喪氣的樣子又有些不忍心，心裡打著草稿，要怎麼說才能委婉些？

卻聽見江雨橋脆生生地對李牙道：「成啊，那你何時能去準備？」

李牙本來已經不抱什麼希望了，猛然聽到這個消息，以為自己聽錯了，摸了摸耳朵，晃了晃腦袋。「妳說啥？妳同意了？」

江雨橋點點頭，疑惑地看著他。「不是你說你做得不比你爹差嗎？既然不差，那為何不同意？」

是這麼個理沒錯，但……這也太乾脆了吧！

李牙吞了吞口水，小心翼翼地捧著胸口。「真的嗎？」

老江頭「哎」的一聲想阻攔，李牙見狀不好，像是蹦黃豆一般飛快道：「我便宜、我便宜，我爹做席面五百文，我只要二百文，就讓我做吧！」

江雨橋和老江頭。「……」

還真是個大優點！

江雨橋一拍手。「那就這麼定了！李牙哥，你啥時有空跟我們去看看地方？」

李牙已經低頭邁出門來。「現在就去，耽擱啥呢！走走走！」

老江頭一臉茫然地跟著兩個孩子出了城，快到家才回過神來，看著眼前比自己高一頭的李牙，在心裡盤算了一路的話終於問出口。

「那個……你一頓飯能吃多少？」

李牙頓住了，又變成那副委委屈屈的樣子，低著頭用眼角偷偷瞥著老江頭。「也沒多少……三、三碗飯？」

才三碗飯啊！老江頭長吁一口氣，抬起手拍了拍他的肩膀。「爺爺每頓還能吃一碗半呢，不算多、不算多。」

李牙羞澀地笑了笑，江雨橋憋笑著看了神色各異的兩人一眼，這怎麼看也不像是只吃三碗飯的人啊！

果然不出她所料，因為來得太急，三人都沒吃午飯，幸好江老太琢磨著他們今日會早回來，蒸了一大鍋饅頭，連帶幾個地瓜。

看著李牙吃了第十個饅頭，江老太看了看老江頭，老江頭手中半個饅頭舉在空中，嚥不下去，眼睜睜地看著家裡三口人兩日的口糧已經要被吃光，他顫抖著開口：「李牙啊，咱、咱啥時候去看看做啥菜？」

李牙聞言，依依不捨地看了桌上最後一個饅頭一眼，兩三口吞下手裡還剩下的大半個。「這就去。」

老江頭和江老太鬆了口氣，慌忙把盯著最後一個饅頭的李牙拉到院中，看看在哪兒砌灶臺合適。

一旦進入做事的狀態，李牙一下子嚴肅起來，在院中來回踱著步子，最後指著灶房後頭一小塊地方。

「就在這兒吧，到時候外頭的只做蒸菜，裡頭做炒菜。」

這看著倒是可靠的。江雨橋點點頭。「到時候搭兩個，另一個熬湯、做點心。」

李牙倒是挺詫異的。「妳家做席面還有點心？可不像村子裡的席面了。」

呃……上輩子的習慣一時沒改過來，但話既然已經說出口，索性就辦得圓滿些。

江雨橋一邊思量，一邊回道：「既然要辦就辦好些。李牙哥，今日你能把菜都列出來嗎？」

這可難不倒李牙，他從懷中掏出一張紙，蹲在灶臺前面撿了一根燒了一半的漆黑木棍，在地上劃拉兩下，胸有成竹地在紙上一愍氣，寫下十二道菜遞過去。「妳看看。」

江雨橋伸手接過去的時候他才反應過來。「要不要我唸給妳聽？」

卻見江雨橋搖搖頭，很快看完，指著其中一道菜。「如今村中怕是沒有小銀魚，涼拌小銀魚這道菜不成，換個涼菜吧？」

李牙一下子臉漲得通紅，頭一回親自上手，只顧著把心中的菜譜列出來，完全沒想過如今的節氣。

他沈下心來，環顧了一下四周。「那炸個豆腐泡吧，到時候就用炸丸子的油，泡在醬汁裡做涼菜，煮湯都使得。」

江雨橋應下，把要做的菜式一一同老江頭、江老太細細說來。那炸丸子、燉排骨、白菜、燒豬蹄之類的菜早就同張村長說好了，老江頭也挺滿意的，四人一商議就愉快地定下。

反正李大廚也不在家，李牙同老江頭一商議，乾脆這兩日就住在江家，下晌就開始在屋後搭起土灶來。別看他人壯顯得笨拙，做活卻也著實俐落，這讓被吃了十個饅頭的老江頭心裡也鬆快不少，不停地安慰自己，好歹叫人搭灶也得管人飯呢。

當天晚上，李牙吃得老江頭目瞪口呆，大冷的天一抹額頭一手汗，下晌特地又蒸的一大鍋饅頭又見了底。

待李牙喝完最後一口米湯，滿足地長吁一口氣。「江家爺奶，你們是好人，我只要出了門，許久都沒吃飽了。」

江老太欲哭無淚，狠狠剜了老江頭一眼。這孩子等到辦完席回去，非得把三口人半月的口糧吃光了。

老江頭欲哭無淚，自己怎麼就招了這麼一個能吃的回家？他輕咳一聲，試探問道：「你不是說你吃三碗飯嗎？這麼些乾糧，怎麼也不像是三碗的量啊。」

李牙靦覥地笑了笑。「我家的碗，這——麼大一個。」

江雨橋看著他比劃得快跟炕桌一樣大的碗，沒忍住笑出聲來，老江頭和江老太呆若木雞，吶吶地說不出話來。

幸而李牙能吃但也能做，二十九一大早，祖孫倆還沒出攤子，李牙就已經在灶房「咄咄」的剁肉餡，那半頭豬被凍得硬邦邦，在李牙手中卻如同鮮肉般絲毫沒有阻力。明日不出攤子，今日的買賣格外好，許多人拿著空碗來買一碗留著明日吃，半頭晌祖孫倆就回了家。

李牙已經把要做丸子的肉餡都剁好了，調上鹽、糖、蔥、薑末放在一旁醃著。

江雨橋抱著一板豆腐進了灶房。「李牙哥，快些來炸豆腐泡了。」

李牙順著掀開的門簾往外一瞅，外面老江頭正一板一板往下卸著豆腐，他琢磨了一下。「我看豆腐挺多的，那便多炸些，到時候做完了席面送人也使得。」

先炸素再炸葷，倒了半鍋油進鍋裡，趁著鍋燒熱這段時間，李牙飛快地舞動著刀，看得江雨橋眼花撩亂。油溫正好的時候，一板豆腐都已經變成了一寸見方的小豆腐塊，抽出兩根木柴讓火變小，把豆腐塊輕輕推進鍋裡，待定形後，飛快用筷子一個個翻面。

江雨橋拿起一雙筷子同他一起翻，李牙見她火候把握得不錯便放下心來，也不浪費時間，去外頭搬來一板豆腐又切成塊。

炸好兩板豆腐，盛出來的豆腐泡放了三大木盆，李牙洗淨手，拿出昨日剩下的幾個放在外頭的乾饅頭，掰成細碎的末，白花花地蓋在醃好的肉餡上，用力攪拌均勻，兩手來回顛倒成小兒拳頭那麼大的肉丸子，放進油鍋中。

肉丸子剛入鍋就滋滋作響，油鍋中一個個圍繞著肉丸子凸起的油花，像是噴泉一樣，江雨橋罕見地童心大起，等肉丸子定形，就用筷子來回翻騰著，逗著那油花玩。

正當她玩得高興，就聽見外面老江頭的聲音。「小樹？」

她臉色一肅，忙放下手中的筷子出了灶房，看見臉色蒼白的江陽樹筆直地站在門口，一把拉住他冰冷的手。「你怎麼來了？他們肯放你出來了？」

江陽樹翹起嘴角，嗤笑一下。「明日要辦流水席，村長叔卻沒上門告訴他們，他們自然要派我這個唯一不會被趕出去的人來問問。」

江雨橋察覺到江陽樹的情緒有些不對，下意識地用力按住他肩頭。「他們罵你了？」

江陽樹臉色更白，「嘶」地抽氣，把江雨橋嚇了一跳，一哆嗦收回手，琢磨一下感覺不對，拉著他去了炕屋，兩三下扒光他身上的棉襖。

江陽樹掙扎不過，蒼白的臉上泛起點點紅暈，襯得他身上一道道的血印子更是明顯。

江老太進屋第一眼就看到這一幕，被衝擊得退後兩步，難以置信地從嗓子裡擠出聲來。「這是怎麼了！」

老江頭聽到聲音也衝了進來，看到孫子身上的傷，兩眼通紅。「誰打的?!」

江陽樹低著頭不吭聲。

看著依然不吭聲的弟弟，江雨橋心下了然。「是爹吧？」

到底是個孩子，江陽樹被說中了，哪裡還顧得上別的，撲進江雨橋懷中放聲大哭。「他……他天天打我，娘……娘也打我，昨日他們從別人口中聽到爺奶要辦流水席沒請他們，用麻繩把我捆起來吊在堂屋打。姊，我不想跟妳說的，我不想讓妳擔心我……」

江雨橋環著懷中的弟弟，也不敢用力抱住他，感覺到他滾燙的眼淚浸濕了她的肩膀，目光穿過他，緊緊盯在地上。「會好的，一切都會好的。」

江陽樹好幾日都只靠一碗稀粥充飢，昨日又挨了一頓苦打，哭了半晌熬不住，昏睡了過去。

江雨橋給他塞了塞被角，回頭看著抹眼淚的老江頭和江老太，說道：「爺奶，咱們必須帶小樹走了。」

原本這幾日就想商議去縣城的事，江老太有些抗拒，一直沒找個機會坐下來討論，今日江陽樹的出現打破了這個僵局。

江老太抹著眼淚，想著孫子身上的傷口，終於咬牙點頭。「走，咱們都走，走得遠遠的，離這兩個喪門星遠一點！」

江雨橋見她答應，鬆了口氣，飛快地說起自己的計劃。

「我早就打探好了，縣城有一家私塾，裡面的先生是舉人出身，雖說貴了些，但是教得著實好，他絕不收品行不端、學問不夠的孩子，把小樹交給他，咱們也能放心。」

老江頭也被吸引住了，能下決心節衣縮食供江大年讀書的人，自然是把讀書看得比天大。「那……束脩一年是多少？」

江雨橋抿抿唇。「這我沒問。小樹如今在鎮上讀書是一年二兩銀子，我猜縣城最多五兩。」

老江頭和江老太被這突如其來的消息占據了全部心思，壓根兒沒想到江雨橋日日同他們在一起，是何時去打探的。

江陽樹醒了之後，祖孫四人湊在一起，江雨橋認真問道：「小樹，你想去縣城讀書嗎？」

這話早就提過，江陽樹愣了一下，點點頭。「自然想去。」

江雨橋又跟他解釋。「不只你自己去，爺奶和姊都一同去。」

只見江陽樹眼睛驟然亮了起來。「我們啥時候去！」

這副猴急的樣子逗笑了三人，江老太心裡嘆口氣。為了孩子，背井離鄉又如何呢？笑過一場，江陽樹看了看天色，臉色難看起來，低聲道：「我該回去了……」

原本笑著的三人一下子臉色僵住，江雨橋沈思片刻，道：「你……回去就說讓他們明日過來。」

江陽樹被驚得張大嘴巴，急忙出聲阻攔。「不成，他們定會鬧事的！」

江雨橋眨眨眼睛逗他。「村長叔和村老們都在呢，你擔心什麼？」

這話倒也有理，提著心的三人終於放下心來。

江老太扶起江陽樹，給他套上新棉衣。「他們不把你當親兒子，你卻是爺奶心中的寶貝。這衣裳你就穿著，咱們不躲著他們了！」

江陽樹沁出眼淚，自己繫上扣子，跳下炕，對著三人一招手，像是出征的戰士，臉上表情凝重卻故作輕鬆。「我走了。」說完不敢看三人，生怕自己多看一眼就捨不得走一般，一溜煙地跑了出去。

江雨橋搖搖頭，看著依依不捨的老江頭和江老太。「咱們想帶小樹走，一定要爺狠得下心來，爺可能做到？」

老江頭心裡一哆嗦，想到孫子渾身的傷，嘆口氣。「爺奶如今只有你們兩個孫子了，難不成還能為了他們再拖累你們？」

江雨橋鬆口氣，若不是那十年不相見，再加上江大年夫妻做的事情確實難看，怕是二老還狠不下心來。

三人細細商議了一回，李牙已經在院子裡扯著嗓子喊起來。「該做的都做好了，咱們啥時候吃晚飯？」
江老太被他嚇得一個激靈。「這孩子太能吃了……」
江雨橋也被逗笑了，聽著李牙聲音中的急切。「反正說得也差不多了，咱們先去做飯吧。」
江老太一出門就看見李牙眼巴巴地看著她，無奈地搖搖頭。「晚上咱們吃麵條，我和麵去。」
李牙一聽，笑得見鼻子不見眼的。「哪用得著您，我來！」說完抓起一個大盆跟在江老太身後。
江老太被迫盛了一大盆，李牙喜孜孜地添水和麵，片刻工夫就切了小山一般高的細麵。
江雨橋好奇地問了一句。「切這麼細做什麼，多費刀工啊。」
李牙嘿嘿一笑。「細的下水一滾就熟了，寬的還得煮一會兒呢。沒事，我刀快！」
江雨橋。「……」果然她不懂吃貨的心。
這頓飯李牙把鍋裡的麵湯都給喝光了，腆著肚子心滿意足地直打嗝。
江老太看了看要見底的麵粉袋，直打哆嗦。「怪不得只要兩百文，剩下三百文權當伙食費了。」

老江頭蹲在地上越來越沒底氣，嘟囔一句。「看這孩子今日做的活兒，多精細，味道也不錯，明日定能做頓好席面。」

江老太重重地「哼」了一聲，看著灶房裡擺滿的丸子、豬蹄、豆腐泡和切好的菜，咂咂嘴也不說話了。

第六章

難怪李牙會說自己把他爹的本事都學到手了，三十日一大早，濃郁的香氣就喚醒了江雨橋。

她摸了摸被香氣勾引得咕嚕叫的肚子，推開了灶房門。

「李牙哥，你在做啥？」

李牙這時候正在調那丸子的醬汁，用蔥段、薑片煎香後倒入秋油，挑上些許大醬炒得濃香，「嗤啦」一聲澆上開水，小火慢燉，調了一碗地瓜粉澆在裡面，燒至濃稠。

王二嬸和張嫂子帶著幾個婦人一同過來幫忙，走到江家門口就被這香氣撲了個正著，皺皺鼻子，互相對視一眼，笑咪咪地推開門。「這也忒香了。」

江老太忙招呼她們進來，幾人手中都帶著碟子和碗，李牙道了一聲「來得巧」，收過來一疊碟子，每個裝上四個大肉丸，澆上醬汁，遞給窗外的江雨橋。「蒸吧。」

那比鍋還大的五層屜籠還是上回江大年中了童生後，老江頭特地找人訂做的，時隔十多年，終於再次派上用場。

一層能擺下六個碟子，五層足足蒸了三十碟，王二嬸咧咧嘴。「這真是……一百多個肉丸子啊！」

江老太笑咪咪地看著她。「今日保准管夠，都早早過來。」

王二嬸看著滿灶房的肉菜，點點頭。「那可不，我家三小子從聽到消息就開始追著問我，指不定他是第一個來的呢！」

話音剛落，就聽見門外一個少年扯著嗓子喊：「娘，凳子我搬來了，放哪兒？」

一群大嬸、嫂子愣了一下，聽出來是王衝的聲音，哄堂大笑。

扛著一摞凳子站在院中的王衝有些不知所措，江雨橋擺好蒸鍋，從屋後繞到院前招呼他。「王三哥來了，別扛著了，把凳子放下吧，待會兒我來擺。」

王衝冷不防見她出來，一下子慌了神，肩上的凳子一下子沒扛住，落了一地。

王二嬸聽到聲音忙探出頭來，生怕他不小心砸到自己，卻沒想到對上兒子一張大紅臉，她一下子愣住，看了一眼匆匆去扶凳子的江雨橋，眼中浮出幾分笑。

王衝手忙腳亂地去擺弄地上的凳子，卻越忙越亂，扶起這個，那個倒了，眼見江雨橋一個一個慢慢擺好，他更是羞得不知如何是好，甩下一句「我再去搬些」，扭頭就跑得沒影。

江雨橋笑著搖搖頭，心想還真是個孩子，也沒把這件事放在心上，畢竟今日要忙的事情可真不少。

大鍋中的豬蹄白菜湯已經泛白，江雨橋撒進一把提前泡好的黃豆，讓它繼續熬著，洗淨手準備做鬆糕。

點心這東西說起來不難，唯一的難度就是在調整比例上，同樣的材料在不同的人手中，會變換出不同的味道與口感。

江雨橋就是一個把比例記到極致的人，把白米磨成的粉混上江米粉，撒入白糖，邊加水邊搓揉，讓它們結成鬆鬆垮垮的小顆粒直接過篩。

在蒸籠裡鋪上蒸布，把篩過的細粉一半平鋪在蒸布上，蓋上蓋子蒸小半刻鐘，再輕輕鋪上一層早就熬好的紅豆沙，最後把另一半的粉撒在豆沙餡上，小心翼翼抹平，再用大火蒸小半個時辰就成了。

王二嬸幾人都沒有說話，看著江雨橋手腳麻利地做完這一切，才感慨道：「怪不得你們能在鎮上做買賣，雨橋這手藝，還沒吃到就覺得香甜，這點心鎮上都沒得賣吧？」

李牙也被吸引得頻頻回頭，手中炒菜的活兒卻也沒落下，嘴裡嚷嚷道：「給我留些，多留些！」

江雨橋噘嘴。「這可是今日待客用的，若是還有剩就都給你。」

李牙哀號一聲。「這哪能有剩呢，再做些吧！」

相處了這兩日，江老太也同他熟悉許多，抬起手來拍了下他的肩膀。「快些做活，就你吃得多。」

李牙嘟嘟嘴，委屈地低下頭。

王二嬸笑道：「我看這孩子做活可真麻利，本想過來幫你們洗菜、摘菜的，結果什麼都準備好，就剩下炒了。」

江老太見他胖大的身子委委屈屈的可憐樣，也有些內疚，附和道：「孩子是個好孩子，做活一個能頂四、五個人。」

聽了這話，李牙一下子高興起來，哼著小曲加快手上的速度，看得一群人失笑不已。

既然灶房裡沒什麼需要幫忙的，王二嬸同張嫂子一商議，索性早早回家把桌子搬來。

村中辦席的桌凳、碗筷都是東家拼、西家湊，老江頭在門外指揮半晌，終於在院子中排下了十張桌，堂屋再擺兩桌，這就齊活兒了。

李牙先把豆腐泡放進方才剩下的丸子澆汁裡稍煮片刻，撈出來放進一個個碟子中，直接上桌。豆腐泡被香濃的澆汁一點點侵蝕，每個都吸入飽滿的汁液，放在桌上自然放涼，裡面的汁會慢慢凝結成凍，下酒配飯最好不過。

每張桌子中間先擺了四道涼菜，江雨橋看著覺得空蕩蕩的，索性拿出幾個大蘿蔔切成小段，兩三下雕成幾朵蘿蔔花，分別擺在桌子中央。

這一手又把李牙看了個目瞪口呆，他們做席面廚子，要求就是味道好、能省料，大開大合的菜式才是他們的拿手菜，似江雨橋手中這等婉約精細的東西，倒正是他缺乏的。

張村長帶著村老們卡著時辰來的，老江頭穿著簇新的棉襖站在門口，真誠地對他們道謝，把他們請到堂屋裡坐下。

既然主角已經到了，那就開始上菜了。一馬當先的當然就是炸過又澆了醬汁、蒸了一個時辰的肉丸。

江雨橋端著手中燙人的盤子，努力控制自己輕輕放在主桌上，用手指捏捏耳朵，緩解一下指尖的疼痛，笑著對桌上眾人行禮。「多謝村長叔和各位叔伯、爺爺們當日對雨橋的救命之恩。」

幾人雖說有些驚訝，心裡卻是再舒坦不過。張村長臉色越發柔和。「都是一個村子裡的，難不成眼睜睜看妳跳進火坑？莫要再謝了。」

江雨橋乖巧應下，又行了個禮，謝了一句就下去端菜，片刻工夫，桌上般般樣樣的就擺滿了十道菜。

濃油赤醬的肉丸子早就勾引人坐不住了，香氣變著法兒往眾人鼻子裡鑽，逗得人肚子如打鼓。

眼巴巴地終於盼著江雨橋端著一大盆饅頭進來，幾人早就按捺不住，飛快地拿起饅頭就著豐盛的菜吃了起來。

一開始還說說話應酬幾句，待那肉丸子一入口，所有人都眼睛一亮，沒了說話的心思，只大口大口吃著菜。

老江頭剛招呼外頭十桌人坐下，抹了一把腦門上的汗進了堂屋，正要開口，卻發現屋內異常安靜，所有人嘴裡都鼓鼓囊囊的。他愣了一下，回過神來，心裡甭提多自得了。

張村長努力嚥下口中的那塊饅頭，不好意思地咳了咳。「老江叔，快些來坐！」

老江頭也不客氣，坐在留給他的位子上，先盛了一碗豬蹄湯。「這湯可是熬了許久，外頭還有些冷，先喝一口暖暖。」

大家都奔著肉菜去，這豬蹄湯裡只有幾塊豬蹄，大部分都是白菜，尚未空出手來喝它，聽老江頭這麼說，都盛了一碗，也好消化口中的饅頭。

一口下去，那順滑的口感、鮮美的滋味就征服了眾人。

張村長滿足地長嘆一口氣。「老江叔家這菜真是絕了。」

張勇在旁桌伸著頭。「待會兒老江叔可得給我帶幾個丸子回去，這丸子怎麼能爆出汁來的？」
張村長嫌棄地瞅了他一眼，回過頭來咂咂嘴。「別說，帶幾個也成。」
堂屋眾人笑得捧腹，屋內屋外一片熱鬧，所有人臉上都掛著笑，一個勁兒地誇今日的菜好。李牙聽了一耳朵，更是洋洋自得，幹起活來特別有勁。
一片歡騰的時候，門外突然出現了幾個人，吵鬧的院子霎時間安靜下來，所有人的目光都盯著院門口。
被目光刺得渾身難受的江大年有些侷促，吞了吞口水，擠出笑來。「那個……大家吃好喝好……」
沒有人回話，氣氛一下子尷尬到了極點，羅氏低著頭躲在他身後不敢露面，羅根兒一家縮著脖子往院子裡窺，生怕江雨橋再拿把刀出來。
來人之中最淡定的當數江陽樹了，他笑了笑，帶頭邁進院子，回頭招呼幾人。「爹娘快進來啊，不是你們讓我來同爺說要來的嗎？」
一聽這話，院裡人都隱隱露出了鄙夷。兩家都鬧得這麼僵了，竟然還腆著臉要來吃酒？再說這酒是為了江雨橋請的，歸根究柢還不是因著這對白眼狼要賣閨女做妾？
江大年在眾人的目光中如坐針氈，狠狠瞪了江陽樹一眼，跟著跨進院子，此時的江雨橋察覺到事情不對勁，從屋後繞過來，看到來人，冷笑一聲，嘴上卻詫異道：「你們怎麼來了？」

短短幾個字又把這對夫妻的臉撕了下來，江大年一時臉漲得通紅，習慣性地抬起手來想打眼前的江陽樹發洩，卻被羅氏在背後使勁一拽，一個激靈清醒過來，抬起的手卻也沒法收回來了。

江陽樹眼中轉著淚珠，「撲通」一聲跪下，澀澀開口。「爹，不要打我，我疼。」

老江頭一掀開簾子看到的就是孫子下跪的一幕，剛喝的酒一下子衝到腦門，急急邁出門檻衝到江大年面前，狠狠給了他一巴掌。「你還敢打我孫子?!」

江大年冷不防挨了一巴掌，暈頭轉向半晌沒回過神來，江老太已經出來扶起江陽樹，把他拉進炕屋不讓他出去。

老江頭氣得喘著粗氣，江大年閃躲著他的眼神退後一步，把羅氏讓了出來。

羅氏心裡罵翻了天，臉上卻堆起笑，嘴上小心翼翼道：「爹，大年和我都知道錯了，如今事情也過去了，一家子沒有隔夜仇，趁著這大喜的日子，您就原諒我們吧？」

老江頭變幻莫測地看著眼前幾個人，要不是跟孫女商議好了，現在他就想把這些人踢出去。

見老江頭沒說話，羅氏心裡一喜。看來他是鬆動了，也難怪，就這麼一個兒子，難不成還真斷絕關係不成？

她笑得越發諂媚。「那我去灶房幫忙，讓大年跟在爹身邊幫著爹。」說完也不待老江頭答應，抬腳就往灶房去。

江雨橋冷冷地看著她一言不發，可是眼神卻成功阻止了羅氏的腳步。

羅氏眯起眼睛瞅著她，現在江家所有的不幸都是從這個賠錢貨反抗開始的，叫她怎麼能不恨？

二人互相看著，院中看熱鬧的人也提起了氣，現在誰也不敢小看江雨橋，那可是能拿刀砍人的主兒。

羅氏閉上眼睛，嚥下快要到嘴邊的火氣，僵硬地笑了笑。「雨橋，娘進去幫忙。」

江雨橋聲音冷淡。「不用了，王二嬸、張嫂子、孫大娘幾個都在灶房，如今人手夠了。」

雖然李牙不知道發生了什麼事，但看這氣氛也知道這二人絕對不對盤，他探出頭來看了羅氏一眼。「這位嬸子，妳這身板快別進來了，待會兒連我的一盤菜都端不動再給摔了，那可不砸了我李家招牌？」

羅氏瞪大眼睛望著他。這哪裡來的兔崽子?!

江雨橋「好心」地給她解惑。「這是鎮上李大廚的獨子，深得李大廚真傳，今日這菜都是出自他手，叔伯們覺得味道可好？」

「好！」不知誰帶頭，竟然有人鼓起掌來。「今日這菜著實好，下回誰家擺宴咱們還去請李大廚。」

李牙就愛聽這話，當場笑咪咪喊道：「以後咱們村再有人請我做席面，全都最低價！」

這可是意外之喜了，誰家沒個婚喪嫁娶的時候，好的席面廚子可不好找，特別是李大廚那等十里八鄉都出名的，如今能得了李大廚獨子這話，可真是比吃了大魚大肉還舒坦。

一時間院中氣氛又熱鬧起來，江大年和羅根兒幾人像是站在油鍋邊上，被這熱鬧衝得滿臉通紅。這些人越是給老房子捧場，越像是在嘲笑他們。

羅氏被江雨橋一句話堵在那兒上不來、下不去的，從灶房窗戶口看著裡頭忙忙碌碌，濃郁的肉香瀰漫整個院子，越發清楚認識到分了家的老房子過得比他們好多了。

她撐起臉來笑了一下。「妳這孩子，怕娘累著就直說，娘知道妳是心疼娘，既然灶房人夠了，娘去看看小樹。」

說完也不管院中眾人怎麼看，匆匆進了炕屋。

大家看得一愣一愣的，見過不要臉的，還沒見過這麼不要臉的，怪不得江雨橋受了十年苦才鬧了出來，有這麼個會作戲的後娘，任誰也逃不過她。

江大年見羅氏竟然撇下他自己跑了，心裡狠狠地啐了她一口，卻不得不自己面對老江頭，鼓起勇氣上前扶住他的胳膊。「爹，外頭冷，咱們進屋吧。」

老江頭悶不吭聲，不甩開他也不跟著他走，江大年更尷尬，加了兩分力，半拖著老江頭進了堂屋。

這一路上，他提心吊膽的生怕老江頭把他甩開，沒想到竟然如此順利，跨進堂屋看到張村長等人，他鬆了口氣，鬆開老江頭的胳膊，對著眾人拱手。「今日多謝各位賞光前來。」

張村長和村老們面面相覷，張勇這等年輕氣盛的可看不慣他。「大年叔這話說的，今日江爺爺擺席面可是為了雨橋。」

江大年被堵了一下，臉色有些難看，張村長斥了張勇一聲。「這兒都是長輩，哪有你這小輩插嘴的分兒，沒大沒小的。」

張勇「嘻嘻」一笑。「爹說得對，這兒都是長輩，我可沒資格開口，我還是繼續吃這肉丸子吧。」

父子倆這話明眼人都知道在敲打誰，江大年臉上能滴下血來，可是來之前他就打定主意，不管今日再難堪，都得在村人面前露個面，這種被全村忽視鄙夷的日子，他再也過不下去了。

院中羅根兒見江家人都走了，扯著自己媳婦靠近看著人少些的一桌，咧開嘴。「哎哎，我親家今日可真是忙，你們來得都挺早，哈。」

一邊說一邊用屁股頂開身邊的人，兩眼放光地盯著被吃了大半的菜，不客氣地直接下手，從湯中撈起一塊半浮在表面若隱若現的豬蹄塞進嘴裡。「不錯、不錯。」

一桌子人齜牙咧嘴地看著他，這也太噁心了，羅根兒和他媳婦才不管三七二十一，拿起身邊人的筷子就開始撈菜，羅根兒的小兒子也湊上來。「爹，我也要、我也要。」

羅根兒一把將他推倒在地上。「滾別桌去！」

那小娃兒「嗷」的一聲哭得衝天響，鼻涕、眼淚糊了滿臉，羅根兒和他媳婦都視而不見，抓起大盆裡的饅頭使勁吞著。

那小娃兒哭了幾聲見沒人搭理他，爬起來抹了一把臉，手上的泥土黏在臉上一道一道的，奔著最近的鄰桌就衝了過去。

今日為了來吃席，人人都換上乾淨衣裳，看見這麼個泥蛋子衝過來紛紛躲開，那小娃兒一下撲在長凳上，兩三下俐落地爬上去，站在凳子上伸手去抓桌上的肉。

江雨橋面無表情地看著眼前這一幕，王二嬸「嘖嘖」兩聲湊到她耳邊。「咱就這麼看著？」

江雨橋嘆口氣。「我又能怎麼做呢？那畢竟是我大舅……」

王二嬸憐憫地看著她。這孩子怎麼就遭了這麼一家子親戚？外頭羅根兒一家鬧得這麼難看，屋裡的氣氛卻截然不同。

江大年端著酒杯，挨個兒給村中的長輩們敬酒，好話說了一籮筐，還許願要在村中開個小私塾，帶著孩子們讀書。

這話可真的觸動了張村長和村老們，一群人臉色都緩和下來，張村長看著他，認真問道：「大年，你可是真心的？」

江大年灑出兩滴淚。「之前都是我的錯，傷了爹娘和孩子的心，也傷了大夥兒的心，如今我真的想透澈了，下回院試是三年後，這三年我就在村中安安穩穩地教孩子們唸書。」

幾人眼睛一亮，只有老江頭在心裡冷哼幾聲，幸好孫女早就想到江大年會來這一齣，也早早想了對策。

他也露出被感動的表情，主動拉住江大年的手。「大年啊，你能學好就好了，爹娘省吃儉用供你讀書，如今你能用學識報答村裡，爹娘看著也高興。」

張村長差點沒憋住地笑出聲來，清了清嗓子，站起來對著老江頭作揖。「多虧老江叔供出了大年，不然今日哪裡能有孩子們的好處？」

村老們跟著他的話一想，這最該感謝的的確是老江頭，紛紛舉起酒杯來朝他敬酒。

江大年被甩在一邊，臉上的笑別提多僵了。

老江頭趁勢轉頭看著江大年。「大年啊，本來有件事爹不知道怎麼說才好，但是今日見你已經改過自新，那爹就直說了。」

江大年直覺老江頭要說的不是什麼好話，抖了抖嘴角，只能咬著牙接話。「爹……您說。」

老江頭欣慰地拍了拍他的肩膀。「這陣子在鎮上做買賣，聽說小樹讀書的那個學堂裡面許多人都是去混日子的，咱家小樹可不能耽擱了，有人說縣城裡有個學堂最好不過，爹想把他送到縣城去讀書。」

江大年心裡一驚，瞪大眼睛，下意識地反駁。「不行！」

老江頭疑惑地看著他。「這是好事啊，為什麼不成？」

江大年額頭沁出汗來，嘟囔半日終於找了個理由。「家中並無銀錢給他去縣城讀書，就讓他在鎮上讀吧，當年我不也是在鎮上讀出來的。」

老江頭感慨地嘆口氣。「爹知道你們日子過得不容易，這陣子做買賣家中攢了幾個錢，怎麼也夠小樹第一年的束脩，剩下的咱們再想法子，耽擱什麼也不能耽擱孩子讀書啊。」

張村長早就知道老江頭的打算，贊同道：「有條件誰不想給孩子最好的，若是銀錢夠，將來勇子的兒子我也想送去縣城讀書呢。」

老江頭重重點頭。「話就是這麼個理，小樹這孩子我瞅著聰明，日後也能是個有出息的。」

堂屋眾人紛紛附和，說話間這件事像是就要定下了，江大年越聽渾身越燥熱，赤紅著眼睛瞪著老江頭。

「你有錢？你有這錢為啥不送我去縣裡?!我中了這麼多年童生，你早早送我去縣裡，我早就中秀才了！」看著目瞪口呆的老江頭，他心裡越發地恨。「想把送我去縣裡的錢省下來送你孫子去，作夢！」

堂屋一時間無人敢說話，所有人都被發了狂的江大年震住了，只聽見江大年依然吼道：「我不同意！我不答應！鎮上的私塾我都不讓他去了，就讓他窩在村裡一輩子！」

聲音傳到院中，吃席的人都面面相覷，小聲議論起來。

江陽樹站在炕屋門口，捏著手中的門簾，眼眶赤紅，江老太從身後攬住他，小聲哄著。「莫怕、莫怕。」

羅氏不知道江大年為何發飆，卻聽出來他是不想讓兒子讀書了，那怎麼能成，她早就看透了，江大年是沒指望了，這輩子她唯一能指望的只有自己這個兒子了。

想到這兒她顧不得了，一把推開江老太躥出門來，跑到堂屋門口，仔細聽著裡面的話。

江大年像中了邪一樣念叨。「不讓，不行，不許！」

老江頭被他氣得直哆嗦，幸而張勇眼疾手快扶住他才沒摔倒。

他失望地看著江大年，江大年才不管這些人怎麼想，對江陽樹的嫉妒、老江頭的怨恨，這段時間的壓抑和上湧的酒氣，讓他控制不住自己焦灼的心。

羅氏聽到現在終於忍不住，也不管堂屋裡都是男人，掀開簾子進來。「大年，你說什麼?!小樹怎麼能不讀書！」

看到羅氏，江大年腦子裡最後一根弦終於繃斷。

憑什麼都看重江陽樹，這滿院子排場的席面、去縣城讀書的機會，還有家人的關心，都應該是他的！是他的！

他把一直握在手中的酒杯往地上一摔，對著羅氏怒吼。「我是他爹！我不讓他去，他哪兒都不能去！」

這句話被院中眾人聽得真真切切，所有人都下意識去看江陽樹。

江陽樹緊緊咬著唇，嘴角滲出血來，江雨橋驚呼一聲跑過去。「小樹，鬆開牙！」

羅氏被她這聲叫得一哆嗦，看了一眼堂屋的門簾，想像兒子的表情。

老江頭緊緊扶著張勇的胳膊，一手顫抖地指著江大年。「我自己的孫子，我願意供他讀書，今兒我話就放在這裡，我要帶小樹去縣城讀書！你願意也好、不願意也罷，沒你作主的分兒！」

江大年被這話激得兩眼赤紅，捏緊了拳頭想打人，王二叔一腳踢開眼前的空凳子，站在老江頭面前，低聲道：「怎麼，你還想動手？」

江大年好歹還有一絲理智，看著王二叔漆黑的臉，抖了一下，鬆開了手。

羅氏聽到現在才知道，原來是為了送兒子去縣城讀書鬧起來的。這可是天大的好事，只要兒子供出來了，她豈不是能當老太太了？想到這兒，羅氏不顧江大年的臉色，滿懷期待地看著老江頭。「爹，您要送小樹去縣城？」

江大年回頭怒瞪她，揮著手。「我不許！不許！」

滿堂屋沒有人理他，都看著老江頭。

老江頭心裡嘆口氣，點點頭。「確實如此，不只小樹要去，我和你娘打算一同去照顧他。」

張村長忍不住「嗯」了一聲，所有人都詫異地看著老江頭。

老江頭一憋勁，兩注渾濁的淚流了下來。「小樹……小樹是我江家唯一的希望了啊，我不能再放任不管了，就如同當年，大年說什麼我信什麼，如今……」

一句話道盡辛酸，想想老江頭和江老太這十年的日子，眾人臉上不由露出戚戚然的表情。

張村長深深地看了老江頭一眼，跟著嘆口氣。「老江叔說得對，小樹年紀尚小，一定得好好教導著。」

老江頭的心一下子安了半邊，羅氏沒想到兩個老的也要去，愣在原地不知道該說什麼；江大年更像瘋了一般，若不是王二叔上前緊緊箍住他，怕是整個屋子都要被掀翻了。

老江頭閉著眼睛，做出傷心欲絕的模樣不說話，張村長心裡暗罵一句「老狐狸」，卻用力一拍桌子。「這裡有你鬧的分兒?!」

江大年嚇得一個哆嗦停下來，村老們詫異地看著張村長，江家的私事他怎麼出頭了？

張村長想了想炕櫃裡的銀錠子和江雨橋的花樣子，如今照這個勢頭下去，兒媳婦一年可能比以往多掙一、二兩銀子，難不成江家真的白給他了？

他翹翹唇角，露出一絲不屑地看著江大年。「侍於親長，聲容易肅，勿因瑣事，大聲呼叱。你讀書這麼多年，難不成還不知道這個道理？我看你這書才是讀到狗肚子裡去了！」

院內外的人都被張村長這句掉書呆子的話鎮住了，一時間陷入安靜。

江陽樹掙開江老太和江雨橋的手，一步步走向堂屋，掀開門簾，跪在門口對江大年磕了一個頭直起身來。「事父母，勞而不怨。爹，我聽您的，不讀書了。」

羅氏霎時一身冷汗，撲到他身上。「你不讀書能怎麼辦？不行！」

江陽樹努力穩住身形一動不動，眼角的淚順著臉頰流下，心如死灰的眼神看得眾人紛紛嘆息。

羅氏見兒子這樣，覺得最後一絲希望要離自己遠去了，她拚命搖晃著江陽樹，絞盡腦汁想著怎麼才能勸兒子繼續讀書。

突然，她靈光一閃。「你、你說事父母，你不只有你爹，還有你娘啊！聽娘的話，去讀書，去縣城讀書！」

江陽樹眉頭皺了起來，臉上出現困惑的神情，遲疑道：「這……」

張村長一拍手。「就這麼定了，若是真按你說的那句話來，你爹還得聽你爺的，你爺要帶你去縣城你就去。」

江大年聽著這幾個人無視他，三言兩語就要把事情定下，恨得張嘴就要大罵。王二叔眼疾手快，從桌上撈起半塊不知道是誰咬剩的饅頭，一把塞進他嘴裡，把他堵個嚴嚴實實，「嗚嗚嗚」說不出話來。

老江頭瞇著眼睛看著這一切，眼見就要塵埃落定，他做出才緩過來的樣子，長嘆一口氣。「冤孽啊，是我造的孽啊……」

一抹滿是褶皺的眼角，回頭看著張村長。「見了這孽障今日的樣子，我更不可能把小樹留在他身邊了，不然我的孫兒怕是也要毀了。」

說完他頓了頓，像是下了什麼決心一樣。「若是我要去縣城看著小樹，那鎮上的買賣就做不得了，這買賣……就拿出來給村裡吧！」

這句話連張村長也沒想到，他震驚地看著老江頭，老江頭迎著齊刷刷的目光，繼續道：「我這個家，這陣子幾乎都是村人幫忙撐起來的，如今自然也要回報村人。原本……我打算把攤子留給這孽障，今日看來怕是留來留去留成禍患了，不如拿出給村人，只當給孩子們添塊糖甜甜嘴吧。」

誰也沒料到老江頭能說出這話來，反應過來的村民們一片譁然，這攤子能掙多少錢，他們多多少少也有些數，絕不是給孩子添塊糖的數目。

張村長半晌沒找回自己的聲音，旁邊的村老耐不住了，張三爺爺站起來緊緊盯著老江頭。「你說的可是真的？」

老江頭從懷中掏了好幾回才掏出兩張紙，遞給張三爺爺。「三哥，這是鎮上攤子的賃契，還有半個月。這張是咱們在賣的地瓜肉包的方子，我都備好了，可這不成器的，我……」

渾濁的淚隨著話音落下，他一用力，繼續道：「不只這攤子，這三畝地我也不留給他了，都賃給村人！」

羅氏目瞪口呆，她到底錯過了什麼，江大年吃錯藥了？明明兩人在家中商議得好好的，他怎麼突然又發瘋了！

她剛要開口阻攔，卻被身旁的江陽樹一把拽住，頓了一下沒出聲，就這麼錯過了最好的時機。

張三爺爺雖然不識幾個大字，但「賃」這個字還是認識的，一眼過去，喜笑顏開。

「好、好。」

張村長看到這兩張紙，才知道老江頭不是賭氣，心裡暗嘆，這壯士斷腕的決心可比他強多了。

這種好事誰還會猶豫，他伸手接過來。「既然老江叔這麼說，那村裡也不同你客套，這攤子到時候定交給最實誠的一家人來照看，得了銀錢就放在村中，既然老江叔說給孩子們甜甜嘴，那這錢就只供孩子們讀書使。」

院內眾人連席面都顧不上吃了，紛紛站起來堵在堂屋門口，那厚門簾被人掀開，一雙雙滿懷期待的眼睛盯著張村長手上的兩張紙。

江雨橋在人群後抿唇輕笑，這也是她提議的，一些帶不走的東西，何不用來報答村中眾人，順便謀取更多的好處，一石二鳥罷了。

今日這席吃得是全村人都舒心，想想那下蛋的金雞自己也有一份，除了一直被王二叔禁錮住的江大年、狼狽的羅氏，還有想要鬧騰卻被人壓制住的羅根兒一家，每個人心裡都暖烘烘的。

張村長打鐵趁熱，乾脆直接把家家戶戶當家的都叫出來，在老江家院子中投票選出張柳根家經營攤子，又選了三家賃下那三畝地。

被選出來的張柳根歡喜得滿臉通紅，看也不看，直接在張村長寫下的契約上按下自己的手印，捧著兩張紙對院中眾人傻傻憨笑。

「俺、俺一定會好好給村裡掙錢的！」

原本打算吃到下半晌的流水席，因著又添了這樁喜事一直吃到天擦黑，李牙累得直喘粗氣，那些特地多備的菜早就被吃光了，如今發麵蒸饅頭也來不及。

婦人們一商議，各自回家拿來家中的饅頭、乾糧，江雨橋和李牙手起刀落把饅頭切成指腹大小的塊，打入十來個雞蛋，撒上大半盆的蔥花，加上滿滿幾勺鹽用力攪勻，炸過肉丸子的油透著一股肉香，盛出一些倒進鍋中燒熱，倒入拌好的饅頭塊急火爆炒。

不一會兒，饅頭塊的表面開始慢慢變得焦脆，李牙兩手握著大鏟子不停翻炒，片刻工夫，鍋中的饅頭邊緣就變成了金黃色。

濃郁的雞蛋香混合著微微的焦香，還有蔥油的香氣點綴其中，誘得灶房裡的人都下意識吞了吞口水。

張嫂子感嘆道：「雨橋這手藝可真是絕了，就這粗糧都能做成這樣。」

江老太得意地笑道：「可別誇她了，外頭都等急了吧，咱們快些端出去。」又扭身對王二嬸道：「還要麻煩二媳婦，鍋中的點心也端上去給孩子們吃吧，總不能讓他們餓著肚子。」

王二嬸有些羞澀，嘴裡半真半假地埋怨。「這群不著調的，逮著一家就可勁兒吃，誰家吃席還連吃兩頓的。」

江老太還沒說話，李牙爽朗地笑出聲。「這是好事啊，那說明我做的席面好。」

江雨橋被他逗笑了，忍笑給王二嬸使眼色。「沒錯、沒錯，都是因為我們李牙哥做菜太好吃了。」

灶房裡一頓哄笑，引得覺得莫名其妙的院中眾人也跟著笑了起來。

張嫂子率先端出一大碗雞蛋饅頭。「快些嚐嚐，可是新鮮吃食呢。」

王二嬸也端了一碟鬆糕出來。「看看，還特地給你們備了點心，吃完了可得念叨一句人家的好。」

一群人起鬨道：「那肯定，江家做人可沒話說。」

老江頭在堂屋攬著江陽樹，聽到這句話，祖孫倆對視一眼，俱滿含笑意。

人聲鼎沸的席面，直到月牙爬上樹梢才慢慢散去，有張嫂子帶頭留下來，村中的婦人們手腳飛快地拾掇、洗刷碗筷，漢子們把桌椅、板凳扛在肩上，一趟趟地往各家送回。

孩子們都兩眼發昏，睏得睜不開眼，家中爹娘剛抱起來就一個激靈醒過來，馬上低頭去看手中的鬆糕，見糕點還安穩地被握在手裡，才咧開嘴笑了笑，瞇上眼睛徹底睡了過去。

江陽樹順勢留了下來，江大年夫妻和羅根兒一家在還沒開始選攤子人選的時候，就被張村長派人趕回家了，江雨橋追了出去，遞給羅氏一壺酒，匆匆說了一句「這是給我爹的」，就扭頭跑了回去。

幾個押送他們回去的人心裡感慨，江大年這麼不是個東西，閨女還這麼孝順，也不知道上輩子修了什麼福氣。

這酒可真不是一般的酒，是江雨橋特地託李牙的關係從鎮上酒窖裡買的原漿酒，味道極香，卻也極烈，讓江大年失去理智也足夠了，今日若不是這酒幫忙，江大年說不定還鬧不起來。

既然解決了後顧之憂，江家四口就開始為去縣城做準備。二月二各處私塾就要收徒了，轉過日二月初一大清早，老江頭和孫子、孫女就同李牙一起去了鎮上，賃了一輛驢車，直奔縣城江雨橋所說的私塾。

離縣城越近，江雨橋就越緊張，江陽樹敏銳地察覺到她掌心的汗，用力回握住她的手。「姊，妳放心，我一定會通過先生的測試的。」

江雨橋僵硬地咧開嘴笑了笑。「姊信你。」面上卻依然有些不安。

江陽樹抿抿唇，只道結果沒出來，江雨橋不會放下心，索性也不再說，閉上眼睛默背著文章。

不管心中再如何忐忑，縣城的大門終於還是映入眼簾。江雨橋默默地嘆口氣，若是有可能，她巴不得這輩子莫要再踏入縣城。

可……她之前突然想起兩年後一場大災，這方圓百里地界，只有縣城妥善無事，她現在還沒有本事帶著爺奶遠走高飛，只能在縣城蟄伏起來，多攢些錢。

她在心中默默地安慰自己。許遠並不常出門，縣城如此大，只要離他遠些再遠些，三、五年不被他發現也不是難事，到時候有了一定資本，再帶著家人離開。

三人給守城的士兵看了一眼戶籍就進城，也不耽擱，直奔江雨橋說的私塾，每年二月二開學前，總有三日時辰給新生報名。

今日是最後一日，想換私塾的人家早就趕在前兩日辦完了，如今那小書僮百無聊賴地坐在門口，撐著臉數著眼前路過的人，扒拉著手指頭算著吃飯的時辰。

老江頭被這七拐八彎的道路轉暈了頭，終於等到驢車停在這幽深的小巷中，才長吁一口氣，悄聲和江雨橋抱怨。「這好私塾就是不一樣，地界都這麼隱蔽。」

江雨橋忍住笑，給老江頭順了順後背，端給他一壺水。「爺先喝口水壓一壓。」

老江頭接過來，「咕嘟咕嘟」灌了大半壺，才覺得心裡那個暈乎勁過了，擔憂地看著江陽樹，想囑咐兩句，又怕說多了惹得他心裡發慌，最後搓著手跳下車。「咱們別耽擱了！」

江陽樹小臉繃得緊緊的，一言不發跟著老江頭跳下驢車，回頭伸手要攙江雨橋，江雨橋愣了一下，心裡一股暖流湧上，把手搭在他的手上跳下來。

昏昏欲睡的小書僮早就盯上這三個人了，待他們付完車錢，猛地站起來。「你們是來做什麼的？」

老江頭嚇了一跳，看著小書僮身上乾淨的長衫，有些不知所措。

江陽樹見狀，鬆開江雨橋的手往前幾步。「聽聞此處的先生博學多才，小子特地來求學的。」

誰料那小書僮聽了這話，面上一喜，顧不得招呼眼前三人，慌忙往院中跑去，邊跑邊喊：「先生，又來人了，咱們又要有肉吃了！」

被甩下的江家三人。「……」

江雨橋抽抽嘴角，眼見那一溜煙躥得沒影的小書僮又跑了回來，圓圓的臉上漾著討喜的笑容。「先生說請你們進去。」

說完一把拉住站在最前面的江陽樹。「快走吧，先生等著呢。」

江家三人無奈，只能提著拜師六禮跟在小書僮後面。今日私塾中尚未有學生，剛抽出的柳條上站著一隻鳥兒嘰嘰喳喳叫著，給安靜的院子添了幾分熱鬧。

那顧先生就站在孔聖人像前，半仰著頭不知道在想些什麼，幾人的腳步聲打斷了他的沈思，他轉過頭來，望向來人。

江雨橋萬萬沒想到，四年後中了進士、名動縣城的顧潤元顧先生竟然如此年輕，此時的他約莫不過二十一、二的年紀。她忍不住多看了兩眼，顧潤元有所察覺，把視線投向她。

二人對視一眼，江雨橋暗自心驚，顧先生的目光竟然絲毫不像年輕人，古井無波，彷彿能看透世事。

幸而顧潤元只看了她一眼就移向老江頭。「您是來送孫兒讀書的？」

老江頭從來沒和舉人老爺打過交道，哆哆嗦嗦好半日，才吐出一句「是」，再也沒有別的話。

顧潤元倒是溫和，笑了笑，看向江陽樹。「今年幾歲了？」

江陽樹面容嚴肅，上前半步，雙手一揖，行了個大禮。「回先生，小子今年剛滿九歲。」

顧潤元挑了挑眉。「可讀過書？」

江陽樹緊張得汗都快流下來了，卻繃著聲音回道：「只讀過三百千和幼學瓊林。」

老江頭和江雨橋不自覺地把心提起來。舉人先生的門定不是好進的，怕是接下來要考試了。

果不其然，顧潤元踱步走向書桌，招呼江陽樹。「寫幾個字瞧瞧。」

江陽樹閉上眼睛，深吸一口氣，抬腳跟上去，穩住微微發抖的指尖，緩緩默下了一排千字文。

顧潤元端詳片刻，點點頭。「成了，明日來上學吧。」

這麼簡單？江家三人目瞪口呆，齊齊傻愣愣地看著他。

顧潤元見三張如出一轍的臉，忍不住抿唇一笑。「怎麼，不願意來？」

這一笑宛若佛祖拈花一笑，溫暖安詳，屋內殘留的寒氣都要被這一笑驅散開來，江陽樹回過神來，拚命點頭。「自然願意！」

老江頭激動得眼淚都要出來了，舉人老爺對他們這些鄉下人還這麼和顏悅色，只讓小樹寫了幾個字就收了他，這是看中了他啊，自家孫兒要出息了！

江雨橋卻微微皺眉，隱晦地打量了一下顧潤元。

顧潤元依然一派祥和，伸手摸了摸江陽樹的腦袋。「莫要點了，小心晃笨了，明日讀不了書了。」

江陽樹被嚇得梗住脖子，一動不敢動，生怕自己真的晃笨了，逗得屋中人哈哈大笑。

兩眼冒光的小書僮早就盯上老江頭手裡的六禮了，見事情已經定下，急忙上前接過。「我來幫您拿著，可別累著。」

老江頭一臉茫然地看著他奪過去，喜孜孜地往外走，走到門口想起什麼似的，一拍腦袋。「先生記得跟人家說束脩。」說完不管屋裡眾人的表情，跨過門檻去了屋後。

顧潤元有些無奈地搖搖頭，抬頭看著尚未回過神的老江頭。「這位老漢，咱們談談束脩？」

江雨橋。「……」

頂著這張臉說錢的事，還真是太不搭了！

老江頭回過神來，急忙上前詢問道：「先生說多少束脩，咱們就給多少。」

老江頭的懇切，成功讓顧潤元頓了一下，復又笑道：「要不，一年四兩？」

四兩！這可真是超出祖孫倆想像的……低啊！老江頭一激動，拍出揣著的十兩銀子。「都給您老人家！」

顧潤元。「……」伸手接過銀子，朝外輕聲說了一句。「四喜，過來找錢。」

矮墩墩的身影「嗖」地一下衝進來，正是方才大包小包提著東西出去的小書僮，只見他滿臉笑意，輕巧地從顧潤元手中接過銀子掂了掂，狗腿地對老江頭笑開了花。「您稍等啊，我這就找錢去。」

話音剛落，他又躥了出去，一來一回快得讓人反應不過來。

小片刻工夫，他又揣著兩塊銀子跑了進來，塞進老江頭手裡。「大爺，您老看看，六兩，一點沒少！」

老江頭呆愣愣地看著手中的銀子，只聽著四喜在耳邊念叨。「這四兩銀子到了咱們手裡呀，您可就放心吧，保證把你家孩子教得知書達禮，談吐有物。我們先生，看見沒？這麼大個兒擺在這兒，可是咱們私塾的活招牌……」

四喜的話彷彿有魔力，讓人忍不住跟著他一起往外走，邊聽邊點頭，待老江頭回過神來，已經站在私塾外面。

四喜笑咪咪地朝他一擺手。「您老先回去歇著吧，明日辰時記得讓小兒來唸書。」

「咚」的一下，門在他們眼前關上，江雨橋看著還在愣神的老江頭和江陽樹，終於忍不住大笑出來，笑得腰都彎了。這麼久了，她還是第一次笑得這般暢快。

院內的四喜莫名其妙地看著顧潤元。「先生，她、她笑什麼呢？真瘆人。」

顧潤元被江雨橋的笑聲感染，眼中也染了笑意，伸出修長的手指彈了下四喜的頭。

「就你會鬧騰。」

四喜吃痛地咧咧嘴，捂住腦袋，想不通這些人到底是怎麼了？

第七章

解決心中一樁大事，祖孫三人到底輕鬆了許多，老江頭喜孜孜地揣著找回來的六兩銀子，偷偷瞥一眼江陽樹，看得江陽樹渾身不自在，下意識拉著江雨橋的手。「姊，咱們現在去看鋪子嗎？」

江雨橋笑臉上還殘留著之前大笑的紅潤，重重點頭。「自然要去看的，咱們先去尋中人。」

老江頭疑惑地看了江雨橋一眼。「雨橋，妳知道去哪兒尋中人？」

江雨橋差點咬了舌頭，隨便糊弄過去。「我聽鎮上人說這裡有一條中人街，咱們去碰碰運氣唄。」

老江頭倒是沒起疑心，跟著江雨橋直奔中人街。

江雨橋進去後東晃西晃，假裝在挑人，其實奔著一家就去了。這家住的張中人可是幾年後縣城的名人，因他不坑人，只是如今的日子過得並不好。

誰能料到幾年後中了進士的顧潤元，把所有在縣城的房產和地的買賣都託付給他，讓他搖身一變成了縣城最大的中人，背靠顧潤元活得有滋有味的。

可惜她身處後宅，只能從許遠口中聽得一二，但直到她身死時，張中人都依然是縣城第一中人，說明顧潤元在朝廷中過得定然不錯。給小樹找了這麼個先生，也算是多了一重保障。

張中人家就在眼前，老江頭看了一眼這破敗的門板心裡嘀咕，卻還是上前敲敲門。「有人在家嗎？」

話音剛落，門口被打開，一個瘦弱的男子站在門內，看著不像中人，倒像是個讀書人。

老江頭小心翼翼地瞅著他。「你就是張中人？」

張中人也小心翼翼地回瞅著他。「我……我是，老丈是來尋我的？」

江雨橋見兩人眼看就要僵住，上前一步。「我們是縣城下面張家灣村的，想在縣城尋間妥善些的小鋪子，不知張中人手上可有合適的？」

「有有有！」一聽來了生意，張中人一下子笑開了花。「我手頭自然有幾個，只不過不多，若是要求不太高，卻也夠了。」

江雨橋失笑，哪有中人說話這麼直接，把自己短處暴露出來的，還真是個實誠人。

她抿抿唇說出自己的要求。「我們剛到縣城，貴些的地方肯定沒法想，只能尋個便宜些的，最好有個小院子能住下四口人。再來就是我想做吃食生意，周圍的人要多些，但是我弟弟要讀書，晚上也要安靜著點的鋪子。」

張中人還沒反應，老江頭和江陽樹像見了鬼一般看著江雨橋。這些要求也太多了，還都是自相矛盾的……

江雨橋自然知道尋鋪子要先把自己的要求全都說完，再慢慢討價還價。果然，張中人沈思片刻，先把幾人讓了進來，坐在院中的小石桌邊，細細道：「帶院子的鋪子倒是好尋，只不知道你們是要做什麼樣的吃食？」

江雨橋讚許地看了他一眼，沒有直接急沖沖地描述，反而先問了他們的情況，看來他是真的把這件事放在心上。

隨即她也認真起來。「我們打算做些湯麵類的吃食，只需要八張左右的桌子就成，炒菜也做些，只是並不很多，那配飯和麵的醬肉、小菜反而多些。」

張中人皺眉思索著。「也就是說，你們的油煙並不像平常飯館那般多，那倒是真有個合適的。」

邊說邊從懷中掏出一個小本子，放到石桌上翻給他們看。「這家在城東和城南交界的地方，但實際還是屬於城南的，賃錢並不算多，小小的鋪子帶個院子，裡頭約莫能放下七、八張桌。

「院子有口井，原本就是做麵食生意的，像是饅頭、包子什麼的，本就有些人氣，這對老夫妻的孫兒在顧先生那兒讀書，如今想回鄉養老，兒子、兒媳都不願意接手這買賣，就打算把這鋪子轉賃出去。」

江雨橋挑眉。「您認識顧先生？」

張中人又靦覥地笑了笑。「顧先生可幫了我不少忙。」卻閉口不談二人是如何認識的。

老江頭一拍手。「那太好了，我家孫兒明日也要去顧先生那兒讀書呢，這不是同那家有同窗之情？」

張中人愣了一下，欣喜道：「那敢情好，這鋪子還是前幾日剛掛在我這兒的，地段不錯，往來的人不少，到了晚上也不吵鬧，若是你們覺得合適，咱們就看看去？」

老江頭聽他一說，心裡早就願意了，「噌」地一下站起來，一手拉著江雨橋，一手拉著江陽樹，滿臉期待地看著他。「咱們走吧！」

張中人吞了下口水，鎖上門，帶著他們往城南走去。

江陽樹看著這路越走越眼熟，小聲問：「這不是去顧先生私塾的路嗎？」

「正是，那鋪子就離私塾不遠。」張中人得意地晃晃頭。「這可真是再好沒有的地界了，顧先生可不是隨便收學生的，舉人老爺又不差錢，他收學生全憑自己喜好。」

老江頭咧咧嘴。「哎喲，那顧先生讓咱們小樹寫了幾個字就同意了。」

張中人驚訝地看著他。「這樣的可真不多見，看來您這孫子是要有大出息的啊！」

老江頭一下子得意起來，看著張中人越發順眼，三兩句就聊起來，被撇在身後的江雨橋和江陽樹無奈地對視一眼，只能搖搖頭跟上。

不一會兒工夫就到了那鋪子，張中人指著其中一間，對他們道：「房東這兩日就收拾回鄉下了，如今鋪子半開不開的，人也不多。」

江雨橋四處觀望一下，這鋪子地段還真不錯，左邊一間書畫鋪，右邊一間繡莊，正對門是一間首飾閣，前後看了看，也只有街頭街尾還有兩間吃食鋪子，只遠遠看到掛著幡，望不見是賣什麼的。

她又回頭望向那鋪子，熱氣騰騰的蒸籠擺在鋪子門口，時不時路過人來買幾個包子帶走。江雨橋琢磨一下，若是真賃下這間鋪子，生意倒也不愁。

張中人走上前同房東打招呼。「劉老漢，今日有人想來賃鋪子了。」

正在給人揀包子的劉老漢一聽，喜上眉梢。這都等了好幾日，終於有人上門了，若不是兒子說孫兒在顧先生那兒讀書，換中人是掀了顧先生面子，他早就去尋別人了。

老江頭站在門口，激動地打量著這間鋪子，果然如張中人所說，鋪子並不大，許是因為快要歇業，只開了一半的門，從門縫中瞧進去，裡面坐了兩桌人，現在還沒到飯點，說明這人氣的確還成。

劉老漢急忙給人揀完包子，把一行人迎進去，滿懷期待地看著張中人。

張中人有些不好意思，伸手對著老江頭一比劃。「就是這位老漢想要賃你家鋪子，你倆談談？」

江雨橋滿腦袋黑線，這人到底是怎麼做中人的？又看了看面面相覷的兩個老爺子，嘆了口氣，開口道：「不知劉爺爺這鋪子是怎麼賃的？」

劉老漢抹了把額頭的汗，把視線轉向這小姑娘。「這鋪子是咱家之前買下來的，如今我也打算去鄉下養老，賣的話三十五兩銀子，賃的話一個月七百錢，一年起。」

江陽樹飛快地算了起來，悄悄拉了拉江雨橋的衣角。「姊，賃的話一年要八兩多呢，比我讀書的束脩還貴！」

只花四年多賃金就能買下一間鋪子，誰都知道哪個划算。江雨橋抿唇低下頭，心中翻來覆去地打滾，到底要不要直接買下來？

她並不想留在縣城，四年內她是一定要走的，這鋪子到時候就……她嘆口氣抬起頭，卻被一左一右一老一少兩雙發亮的眼睛閃了一下。

明顯看出老江頭和江陽樹是想買下來的，她嘆口氣，繼續對劉老漢道：「不知我們可否去後面看看？」

那有啥不行的？劉老漢朝後頭一招呼，劉大娘就探出頭來。「閨女，你們隨我來。」

這後院果然別有洞天，四四方方的小院被拾掇得乾乾淨淨，有幾分農家小院的味道。靠著西邊圍牆的牆角竟然還養了一籠雞，正中央一間堂屋帶兩間臥房，東邊兩間屋拾掇一下就能住人，西邊一排三間房分別是柴房、茅房和小倉庫。

正中間一口井，平日吃用是夠了，老江頭越看越滿意，眼底的笑都要逸出來了。江雨橋和江陽樹也挺滿意，兩人繞著院子轉了幾圈，甚至還進屋裡看了一眼，處處整潔，直接就能住人。

江陽樹期待地看著姊姊，江雨橋琢磨一下，問劉大娘。「若是我們賃或者買……什麼時候能整理出屋子來？」

劉大娘沒想到第一個上門看的就定下了，歡喜得不得了，飛快說道：「就兩日，兩日就成。東西都搬得差不多了，連這包子都是在家裡做了帶過來蒸的。」

江雨橋點點頭，帶著幾人出來，又看了看門簾，摸出一把銅板塞給江陽樹。「你去隔壁的書畫鋪買些最便宜的紙。」

江陽樹機靈地領會了姊姊的意思，應了一聲，扭身出了門。

江雨橋對摸不著頭腦的幾人道：「您幾位先坐會兒，我出去看一眼。」

說完自己出門進了繡莊，那繡莊掌事的是個三十上下的婦人，見到江雨橋進來，絲毫不在意她身上洗得發白的棉襖，笑咪咪問道：「姑娘可是要買布？咱家進了許多實用的棉布，粗布、細布都有。」

江雨橋怯生生地看著掌事的，低下頭吶吶地說不出話來。

那掌事的也不催她，熱情地自我介紹起來。「我姓桑，是這繡莊的掌事，妳若是不知道想買什麼可以自己看看，那邊都是棉布。」

江雨橋像是被嚇到了，抬起眼來看了她一眼，又飛快地垂下，鼓起勇氣問道：「桑……桑掌事，我、我想買包子吃，不知隔壁包子味道如何？」

桑掌事萬沒想到她竟然是來問這個的，張大嘴巴半天才找回自己的聲音。「啊……隔壁老劉家包子不錯，挺扎實的，肉也多，那菜肉包是他家招牌，最好吃不過了。」

江雨橋滿懷感激地看著她，深深鞠了個躬。「多謝桑掌事，多謝多謝。」

桑掌事被她嚇了一跳，忙走出櫃檯扶起她。「妳這孩子怎麼如此拘束，又不是什麼大事，莫要謝了。」

江雨橋得了準信，千恩萬謝地出了繡莊。桑掌事愣在原地，懷疑自己作了一場夢，一聲輕笑從樓上傳來把她驚醒。

她斂起臉上呆愣的神色，肅起臉來對著樓上行禮。「主子。」

一個清雋的身影從樓上緩緩踱下，劍眉入鬢，雙目深邃，一眼望進去如同看入了濃郁化不開的墨，高挺鼻梁下的薄唇含著一絲笑，越顯俊美清華。「桑姨，說了多少次了，叫我掌櫃的。」

桑掌事頓了一下，依他所言喊了句。「掌櫃的。」

林景時走到她面前停下，翻了翻眼前的布，低笑道：「方才那孩子倒也有趣。」

桑掌事眨眨眼睛，想起江雨橋的樣子，眼神也溫和許多，附和道：「不知道她吃上包子沒有，聽聞劉家打算不做了。」

林景時停下手上的動作，意味深長地看了她一眼。「我看，咱們再遇到那孩子的機會不少。」

不管這頭桑掌事怎麼想的，那邊江雨橋心裡已經有了底。她回到劉家鋪子，江陽樹已經等在那兒了，見她進來，朝她一揮手。「姊，我買到了！」

江雨橋一個眼神，他就繼續自顧自地說起來。「那書畫鋪的掌櫃人很好，聽聞我是從村裡到縣城讀書的，趴在櫃子底下幫我翻出許多略染了污漬的紙，都以極低的價格賣給我。」

江雨橋長吁一口氣。「隔壁繡莊的掌事也十分不錯。」

老江頭這才明白兩個孩子是去做什麼，心底有些愧疚。自己怎麼就沒想到呢，累著兩個孩子操心。

江雨橋此時的心情十分不錯，對著張中人點點頭。「這鋪子我們賃了。」

劉老漢有些失望。「就賃啊？」

江雨橋忍笑道：「劉爺爺莫要不高興，這一下子我家拿不出來三十五兩銀子，不若先賃給我們三月，再賣給我們如何？」

劉老漢咂咂嘴。「三月之後難不成還讓我這把老骨頭再來縣城一趟？若是你們今日要買，只要三十三兩銀子，若是不買，那就一年之後契到了再提吧。」

老江頭大急，一年後誰知道還是不是這個價了，再說鎮上這段日子做生意，讓他對江雨橋的吃食充滿了信心，萬一這鋪子做得好，一年後劉家又收回了怎麼辦？

他不停給江雨橋使眼色，任誰都看出來他的迫切。江雨橋嘆口氣，怕是壓價不成了，她只能同劉老漢商議。「三十三兩銀子，這鋪子裡所有東西都歸我們？」

劉老漢看了看幾張桌椅和櫃檯，想了想後廚中的各種東西，皺緊眉。「那我可虧大了，妳添一兩，三十四兩，這東西都給妳。」

江雨橋浮現出梨渦，一拍手。「就這麼定了，咱們立契去。」

劉老漢驚得張大嘴。「就、就定了？」

張中人突然機靈起來，扶起劉老漢。「這可是大好事啊，咱們這就去趟衙門？」

劉老漢和老江頭就被張中人稀裡糊塗地推了出去，江雨橋見狀，偷偷塞給小樹一張銀票，示意他跟上，自己則留在鋪子裡幫劉大娘招呼生意，順便觀察一下即將到飯點後鋪子裡熱不熱鬧。

事情辦得極為順利，尚不到正午幾人便回來了，老江頭兩眼發直，雙手緊緊捂住胸口，面上掛著傻呵呵的笑容，一看就知道事已成了。

江陽樹揣著找回的銀子，看到江雨橋就跑過來，在她肩上蹭了蹭。「姊，咱們有鋪子了！」

劉老漢也笑容滿面，沒想到張中人雖說帶來的人不多，可這效率真高，也就一個多時辰便定下來。

提心吊膽這麼些天，晚上翻來覆去的睡不著覺，如今可算一塊大石頭落了地，劉老漢一高興，直接關了鋪子，數了數剩下的包子，留出幾人吃的分兒，剩下的分成兩份，又招呼劉大娘去後廚炒幾道小菜，自己對老江頭道：「走，咱們左右認認門去。」

江家三人跟在他後面，先去了書畫鋪，劉老漢一進去，聲音都小了幾分，對著一個文弱書生招手。「孫秀才，我這鋪子盤出去了，今日再給你送一回包子。」

那書畫鋪的掌櫃滿臉通紅，急忙擺手。「老丈莫要如此招呼孫某，孫某尚未考中秀才功名。」

劉老漢大笑兩聲，把一袋包子塞進他手中。「反正是早晚的事，這回盤下我家鋪子的人家家中也有個讀書的孩子，倒是和你對了胃口。」

江陽樹微笑地上前行禮。「孫先生。」

孫秀才定睛一看，正是方才來買紙的孩子，自己也笑起來。「這可真是巧了，莫要喚我先生，慚愧慚愧，日後你我二人互通有無也好。」

同孫秀才寒暄幾句認認人，劉老漢就帶著他們轉身去了繡莊。

桑掌事見方才的孩子跟在劉老漢後頭進來，還有些納悶，難不成她沒買到包子？卻聽到劉老漢同她說了原委，眼神一下子變了，上下打量了江雨橋兩眼。

江雨橋站在原地任她看，面上是不卑不亢的笑容，哪裡還有方才驚慌的樣子？桑掌事忍不住伸手摸了摸她的頭。「是個聰明姑娘。」

劉老漢一臉茫然，正要開口問，卻聽見一個如山泉般清冽的聲音從後面響起。「多謝劉老丈特地送來的包子。」

所有人都下意識回頭往門口望去，只見林景時提著一袋糕點站在門口，含笑看著劉老漢。

江陽樹年紀最小，瞪大眼睛看著他，林景時莞爾一笑，走到劉老漢面前對他拱手，又看向老江頭。「這位便是日後的新鄰居了吧？」

老江頭瞠目結舌半晌才回過神來，看著眼前如天仙一般的人物，話都說不出來，支吾兩句，拚命點頭。「對、對。」

江雨橋在心裡嘆口氣，看了一眼懵懵的江陽樹，只能自己站出來，對林景時行禮。「您是這兒的掌櫃？不知掌櫃的貴姓？」

林景時眼中笑意更濃，看著江雨橋的頭頂，不知為何伸手把手中的糕點遞給她。「鄙人姓林，正是這『合裕繡坊』的掌櫃。」

江雨橋呆了一下，看著吊在眼前的糕點微微晃動著，也不知道自己怎麼想的，鬼使神差地伸手接過，抬頭看向林景時如墨的眼睛，憋出一句。「謝謝……」

林景時抿唇一笑，點點頭走過她，對劉老漢道：「日後想吃您做的包子可吃不著了。」

劉老漢有些受寵若驚，這林掌櫃一年也見不了幾回，沒想到他還惦記著他老劉家的包子，笑得見鼻子不見眼的。「林掌櫃莫要擔憂，這盤下我鋪子的人家也是做吃食生意的，莫怕沒得吃。」

林景時一挑眉，面上露出幾分驚喜，回望著老江頭。「如此，日後就要麻煩老丈了。」

老江頭被他的笑容又閃了一下，除了點頭做不出別的反應來。

張中人見天色不早，人也都拜訪完了，出聲道：「既如此那咱們也不打擾林掌櫃了，日後見面的機會多得很。」

桑掌事忍不住瞄了江雨橋一眼，想到方才林景時也說過同樣的話，面上也染了笑。

直到回到劉家鋪子，老江頭依舊迷迷瞪瞪的。「我是發夢了嗎，這世上竟有如此好看的人？」

江陽樹噘起嘴來，有些不高興。「我們顧先生可不比隔壁掌櫃的差！」

老江頭瞪了他一眼。「顧先生當然也好看，就是、就是和隔壁林掌櫃不一樣。」

張中人有些頭大，打斷他道：「知道林掌櫃長得好，可您這又不是挑女婿，關注這些做啥呢？今日咱們可得好好嚐嚐劉老丈的包子，這附近可是鼎鼎有名的。」

劉老漢笑得開懷，心事一了，整個人都鬆快了，他直接把鋪子門板關上，招呼著劉大娘。「老婆子，快點上菜了。」

劉大娘歡快地端著一盤子菜出來。「喏，我時辰算得可準？快些吃，都餓了吧！」

眾人摸摸肚子，這一頭晌的確是忙得不輕，劉大娘和江雨橋一盤盤往外端菜，俱是劉家鋪子的招牌菜。

幾人也不顧男女有別，坐在一起吃了頓飯，江雨橋由衷讚嘆道：「劉爺爺這包子當真是一絕。」

劉老漢得意極了，神秘地嘿嘿一笑。「那可不？咱家呀，有秘方呢！」

劉大娘瞪了他一眼，他趕緊閉上嘴，幸而還沒傻到底，把這秘方說出來。

這小插曲惹得幾人又是一陣笑，今日可真是順利，待把張中人的錢付了，江陽樹小心翼翼抱著那疊沾了污漬的紙，三人賃了一輛驢車，喜孜孜地回了村。

江老太在家坐立難安，終於盼到下半晌才聽見門外傳來嘈雜聲，她急忙打開門，一眼看到孫兒綻放的笑臉，心裡安下半邊，探頭往後看。

江雨橋從車上跳下來撒嬌。「奶，想我們沒有！」

江老太橫了她一眼，卻把她拉進懷裡，搓著她的手。「這都入了二月，還是有些涼。」

江雨橋乖巧地在她脖子邊上蹭了蹭，老江頭這一路上笑得嘴巴都僵了，付了車錢，回頭看到門口依偎著的三人，心裡異常滿足，提高嗓門對江老太道：「老婆子，把酒拿出來，今兒是真高興！」

江老太徹底放下心來，嘴上埋怨道：「遇到點事就真不知道自己幾斤幾兩了。」卻鬆開孫子、孫女，趕忙去地窖拿酒。

進了家門，江陽樹才小心翼翼地從懷中掏出三錠銀子，長吁一口氣。「姊，這是買鋪子剩下的十五兩銀子。」

「買?!」江老太被這個字嚇得一個趔趄。「小樹你說……咱們買了鋪子？」

老江頭見她這樣，笑得得意。「是啊，那鋪子真真是好，早些買下來也好安心做買賣。」

江老太匪夷所思地盯著老江頭。這老傢伙，家裡才有錢幾日，就這麼揮霍。

江陽樹機靈地拉住江老太的手。「奶，那鋪子離私塾可近了，日後我晌午都能回家吃飯呢。」

一聽是和孫子讀書有關的事，江老太臉色一下嚴肅起來。「那不錯，這鋪子買得好！」

老江頭見她變臉變得這麼快，驚訝地翹了翹嘴角，復又想到什麼，從懷裡掏出那房契，獻寶般遞給江雨橋。「雨橋，妳收好了。」

江雨橋納悶地接過來。「這些不都是放在奶……」話未說完頓住。「這、這寫的是我的名字？」

江老太愣了一下，轉而笑著摸了摸她的臉。「咱家的銀子都是妳掙的，寫妳的名字有什麼不對的，快些收好了。」

江雨橋淚珠在眼眶中打轉，她一直下意識迴避同家人間產生銀錢利益上的糾葛，所以方才她沒有跟著去辦房契，萬沒想到家人竟然寫了她的名字……

江陽樹見狀不好，姊姊像是要哭，忙撲上去撒嬌賣癡，被江雨橋按住一頓搓揉，四人相視一望，都笑了起來。

二月初二這日，天還沒亮，老江頭就起來準備送江陽樹去縣城。祖孫倆誰也沒吵醒江雨橋，窩在灶房裡吃了點飯，就匆匆出了門。

江雨橋許久沒睡得如此舒暢了，迷迷糊糊地睜開眼睛，天光竟然已經大亮，她一下子驚醒，「噌」地坐起來，朝門外喊了一句。「奶？」

江老太早就溫好了飯，坐在炕上縫補衣裳，聽到她的聲音，掀開門簾進來。「醒了？餓了嗎？」

江雨橋摸了摸肚子，還真有點餓，沒等她說話，江老太就笑咪咪地轉身出去。等她剛穿好衣裳，江老太也端著一碗米湯和幾樣小菜進來。「晌午蒸了新乾糧，清早就別吃太多了。」

江雨橋乖巧地點點頭，跳下炕，接過來放在炕桌上，招呼江老太。「奶，陪我吃些。」

江老太坐在炕桌邊看著她，自己卻不吃，一邊給她剝雞蛋，一邊道：「妳爺和小樹大清早就出門了，如今怕是都進了私塾。妳爺說老劉家要兩日工夫收拾，他今日去幫襯幫襯，指不定一日就成了，到時候咱們也能早些搬過去。」

江雨橋配著她的家長裡短下飯，吃飽後俐落地把碗端過去洗乾淨，拉著江老太商議道：「奶，咱們若真要搬到鋪子裡，就不能只做一樣吃食，這樣的話我就一定要待在後廚，得雇個人在前頭做小二。您看看村子裡有合適的嗎？還是咱們去縣城裡再尋？」

江老太沈默下來，有些難為情，還是開了口。「其實……妳王二嬸同我說過，若是咱們要雇人，她家衝小子先排個號。可是……」

王衝？

江雨橋瞇起眼睛想了想，那個黑臉少年，看著的確還挺麻利的。聽到江老太糾結，她問道：「可是什麼？」

「唉，可是他都十五了，跟咱們去縣裡算怎麼回事。」

江雨橋納悶地看著她。「十五怎麼了？」

江老太咂咂嘴，看著懵懂的孫女，一拍炕沿。「哎喲，那小子都十五了，妳過了年剛十四，這日日在一起的……對妳的名聲不好。」

江雨橋驚呆了，自己還沒大展拳腳呢，剛剛踏上縣城第一步，奶奶想得也太多了吧！

她苦笑道：「奶，您想到哪兒去了？去縣城對村中孩子來說是個好機會，王二嬸自然會為了王三哥爭取。再說了，前頭端菜、送茶的總得是個男孩，不是王三哥也是別人，還不如尋個知根知底的。」

江老太糾結的就是這個，「哼哼」兩聲沒說話，好半晌才憋出一句。「等妳爺回來咱們再商議吧。」

待天擦黑了，老江頭和江陽樹才回來，頭一日上學的江陽樹激動的心情還沒緩過來，江雨橋拉過他略一問，就滔滔不絕地講開來。

「……顧先生可好了，他講書的時候並不像之前的先生那樣，讀一遍讓我們跟著背，而是每句話都拆開講一個小故事，且也不按照書上的順序講。姊，我今日學了兩小兒辯日呢。」

老江頭欣慰地看著嘰嘰喳喳的江陽樹，悄悄湊到江老太身邊。「這都念叨一路了，我看今晚咱們甭想睡了。」

這聲可不算低，江雨橋姊弟倆聽了個正著，江陽樹噘起嘴，有些羞澀地低下頭，沈默了一小會兒，還是憋不住心裡的喜悅，拉著江雨橋又誇起了顧先生，巴不得把從踏進私塾到出了門的一切都講得清清楚楚，生怕落下一個字。

江雨橋摸著弟弟的頭，看著他微微泛紅的臉龐，心裡感嘆。這樣的小樹，前生不知最後結局如何？但是不管怎麼樣，今生她定要給弟弟鋪出一條路來！

江老太和老江頭商議了一下，最終第二日還是去尋了王二叔。

王二叔一聽這天大的喜事落在他家頭上，一向穩重嚴肅的臉都扭曲了，緊緊握著老江頭的手，憋出一句話。「那小子若是犯了錯，老江叔只管打！」

老江頭使勁抽了抽手，愣是沒抽回來，無奈地看著他。「二小子，你老江叔這把老骨頭快被你捏斷了，還怎麼打他？」

王二叔一個激靈鬆開手，看著老江頭被凍得發紅的手上，幾個清清楚楚的青白指印，不好意思地撓撓頭笑了。

一切準備就緒，二月初五一大早，老江頭低調地在門口放了一串鞭炮，就催著提前雇好的兩輛驢車出發，也有不少村人出來送他們。

老江頭對著大家擺擺手。「咱們不過是去陪小樹讀書的，待放了假還會回來，莫要送了。」

王二嬸依依不捨地看著王衝，嘴上卻不饒他。「你若是敢給你江爺爺惹麻煩，就等著回來挨揍吧！」

王衝被她說得滿臉通紅，悄悄瞥了一眼站在驢車旁的江雨橋，嘴裡嘟嘟囔囔應付她。「知道了，娘放心，行了行了。」

王二嬸一腔慈母心被兒子澆滅，心道媳婦還沒娶就忘了娘，瞪了他一眼，轉頭拉起江雨橋的手。「雨橋啊，二嬸知道妳是個懂事的，妳就管好這小子，莫要他出去闖禍。」

江雨橋。「……」

這話怎麼囑咐到她頭上了？面上卻笑著點頭應下。「二嬸放心，我看王三哥是個俐落懂事的，您莫要擔憂。」

王衝得了她一句誇獎，一下子眼睛放光，兩隻手在身前握成拳，恨不得在空氣中揮兩下，發洩自己心中的興奮。

江老太見他這樣，皺起眉戳了戳老江頭。「我怎看著衝小子這麼不對勁呢？」

老江頭剛和村長道完別，看了一眼臉上還留著興奮紅暈的王衝，摸了摸頭。「哪兒不對勁？妳想什麼呢，十幾歲的毛頭小子，能去縣城誰不這麼高興，妳看看別的孩子。」

江老太隨著他的話，視線轉了一圈，果然所有男孩都羨慕地看著王衝，也覺得自己想多了，嚥下心底的疑惑，上了驢車。

這幾日驢車可沒少跑這趟道，輕車熟路地停在鋪子前頭，江陽樹嘴裡叼著一塊棗糕跳下馬車，含含糊糊地朝他們揮手。「我來不及了，先去上學了！」幾步就躥得沒了影，江雨橋失笑，扶著江老太下來。「我看小樹這才上了幾日就活泛了許多。」

江老太自然樂見孫子變好，笑著拍拍她的手，等著老江頭掀開門板。

王衝極有眼力見，雖說不會卸門板，也上去同老江頭搭把手，等老江頭示範卸掉一塊之後，第二塊就能自己卸了。

江雨橋很滿意他學習新東西的速度，心中琢磨起日後對他的安排。

門板剛卸下，正巧隔壁繡莊的門也緩緩打開，一襲白衣的林景時邁出門來，老江頭看見是他，興奮地打招呼。「林掌櫃。」

林景時笑著行禮。「江老丈昨日同我說要搬家，聽著動靜我就出來瞧瞧。」

老江頭咧開嘴。「林掌櫃這幾日可真是幫了大忙，今日我們收拾收拾，晚上來家吃飯。」

林景時微微一愣，像是沒想到老江頭會提出邀請，還是含笑點點頭。「那就恭敬不如從命了。」

老江頭得了準信更高興了，他本就喜歡林景時，這幾日收拾東西，他也著實幫了不少忙，回頭招呼江老太。「這就是我跟妳說過的林掌櫃。」

江老太見傳說的林掌櫃竟然是這麼個溫潤如玉的人兒，笑得合不攏嘴。這幾日老江頭可沒少說他的好，心中對他早就有了幾分熟稔，上前熱情地拉住他的手。「晚上早早過來，奶奶給你燉湯喝，看你瘦的，可得好好補補。」

江雨橋看到林景時瞬間僵住的笑臉，簡直要憋不住噴笑出來，忙上前把江老太的手拉回來，解救了懵懵的林大掌櫃。「奶，今日活兒可不少，咱們快些進去吧，晚上再同林掌櫃好好聊。」

林景時暗地鬆了口氣，正要開口道謝，卻聽見江老太問道：「林掌櫃有沒有什麼想吃的？我們也好準備準備。」

林景時恢復了一貫的溫潤，搖搖頭。「在下並不挑剔，任何食物都可入口，更何況江老丈曾贈與在下一個鍋盔，著實鮮美至極，您家做的菜式定皆美味，無須特地準備。」

江老太被他文謅謅的一通話說得有些頭暈，稀裡糊塗聽了個大概，反正是誇他們家吃食好呢。

她高興地猛點頭。「那敢情好，記得早些過來。」說完又略皺了下眉頭。「林掌櫃這白衣裳穿著是好看，可在咱們村人看來不怎麼喜慶，還不耐髒。回頭我給你做身衣裳，也多謝你這幾日幫襯我家老頭子。」

林景時何時見過這麼熱情的農村老太太，頓時頭上冒出三道黑線，低頭看了看上等蜀錦製成的精白袍服，自己突然也覺得有些不喜慶，可要麻煩江老太給他做衣裳卻是萬萬不能的。

他張嘴就要拒絕，卻被江老太一句堵住。「就這麼定了，晚上你過來，我給你量量身量，等奶奶給你做新衣裳。」自顧自定下這事後又指揮王衝。「衝小子，咱們快些搬，要來不及了。」

鬧哄哄的搬家就這麼拉開序幕，林景時突然覺得自己有些格格不入，他上去幫忙就被老江頭攔住，那大嗓門像是要同他吵架，只能無奈地站在原地，走也不是，留也不是。

江雨橋落在最後，欣賞了一番林景時糾結的臉色，才上前對他行禮。「今日還是多謝林掌櫃，若是您忙的話就不耽擱您了。」

林景時聽到這句話才鬆口氣，低頭看了看眼前只到他胸口的小姑娘，只見她明亮清澈的杏眼中透著一絲狡黠，分明是把他的窘迫看在眼裡，不禁覺得好笑，想到熱情的老江頭和江老太，笑著搖搖頭。「調皮。」

江雨橋得意地皺皺鼻子，說來也怪，他們不過第二次見面，可被爺奶這麼一摻和，竟然都覺得像相識已久一般，說話也隨意了不少。

林景時見江雨橋逗趣的樣子，掩唇輕咳一聲，遮下到嘴角的笑。「如此我便先去忙了。」

江老太搬了一趟東西出來，正巧聽到這句話，大嗓門對他喊道：「快去快去，莫要耽擱了正事，記得晚上來吃飯！」

林景時端正地對江老太一行禮，道了別回到繡莊，可江雨橋看著他的背影，怎麼看怎麼透著一股子落荒而逃的味道，心裡笑開了花。

一家子忙忙碌碌，直到下半晌才收拾完，看著乾淨的小院子以及擦得發亮的桌椅，每個人都心滿意足。江陽樹下了學，歡喜得像一隻得了肉骨頭的小狗，在鋪子前後跑來跑去，時不時跑到江雨橋面前看著她笑一陣，然後接著跑。

直到第五回跑到江雨橋面前，她無奈地捉住他。「別跑了，今晚爺奶請隔壁林掌櫃來吃飯，快些去換身衣裳。」

江陽樹這才知道晚上竟然有安排，噘起嘴撒嬌道：「為啥不請隔壁的孫大哥和顧先生？」

江雨橋屈起手指敲了下他的頭。「顧先生哪有空，孫秀才早就請過了，但他說要研讀一本書，不確定來不來。」

江陽樹「哼哼」兩聲，探過頭湊到江雨橋面前。「姊，我去請請顧先生唄？」

江雨橋沒想到江陽樹如此執著，看來顧先生在他心中地位絕對不低，抿抿唇道：「本打算今晚做些糕點，明日讓你帶去私塾，你若是能請來，那就更好了。」

話音剛落，江陽樹小小歡呼一聲，一下子直起身往門外躥，江雨橋回過神來時，他已經不見了身影。

老江頭張大嘴巴看著江雨橋，半晌憋出一句。「這孩子跑得可真快！」

江雨橋扶額嘆氣。「罷了、罷了，如今不知道顧先生會不會過來，咱們總得多備上些。」

既然要請的有先生、有掌櫃，那這酒席就不能像村中流水席一般，只看重菜量和葷肉。江雨橋到廚房看了看剛買來的食材，琢磨片刻，抓起一把乾蘑菇放進一個木碗中，加水沒過，蓋上一個稍小些的碗，確定水不會漏很多，兩手按緊，開始用力搖晃。

江老太驚訝地看著她，直到小半刻鐘，江雨橋停下來，長吁一口氣，甩了甩胳膊打開小碗，裡面的蘑菇竟然像是已經泡了許久一般，完全舒展開來。

江老太吃驚地倒吸一口氣。「還能如此？那可真是省了大事，家家戶戶吃蘑菇都得泡大半日。」

江雨橋揉了揉手腕。「這也只能應急用，還是泡著方便些。」

江老太想想也是，遂點點頭。「現在咱們做啥？」

江雨橋挑出一顆白菜，切去梆子，把菜葉剝下來，遞給江老太。「奶，把這菜葉燙軟就成了，加點油鹽，莫讓它變黃了。」

江老太摸不著頭腦，還是依言燒水燙菜葉。江雨橋把蘑菇、肉和豆腐乾都切成小丁，加入一些江老太早就泡來準備做粥的玉米粒，黑紅白黃煞是好看。調好味道後，接過已經燙軟的白菜葉，兩三下疊成一個卷。

一個個擺在盤中，就著方才燙菜葉的熱水上鍋蒸，另起油鍋把剩下的餡倒進去，翻炒出香味來再稍稍加水燉熟，倒入地瓜粉，勾了薄亮晶瑩的芡汁。

這時候鍋中的白菜卷也蒸好了，江雨橋伸手端出來，燙得直咧嘴，把勾好芡的餡往碧玉般的菜卷上一澆，真真叫色香味俱全！

江雨橋在廚下忙碌，那頭江陽樹竟然真的把顧先生請來了。

老江頭冷不防看見顧先生邁進門來，還以為自己眼花，端詳了好一陣才確定，驚訝地立刻上前。「顧先生，您、您來了！」

顧先生被激動的老江頭的喊聲嚇了一跳，面上卻不動聲色，依然含著笑。「老丈，當日一別已是多日不見，今日前來叨擾了。」

老江頭覺得縣城哪兒都好，就是怎麼人人說話都彆彆扭扭的，隔壁那孫秀才說話他都聽不懂，幸好顧先生話裡這個「擾」字他明白，笑著搓搓手。「不擾、不擾，您來了可真好，快快，進來坐。」

顧先生從善如流，帶著四喜進了屋。

江陽樹小臉通紅，殷勤地端茶、倒水，四喜有些坐不住，在凳子上扭來扭去，不停往後廚方向張望。

顧先生同老江頭寒暄幾句，看著自家小書僮如此樣子，忍住想拍他腦袋的衝動，咳了一聲提醒他，把他嚇得一動不敢動。

江陽樹心裡憋笑，壞心眼地逗四喜。「四喜哥，我姊今日說是要做蜜汁豆乾和蘿蔔糕給咱們做點心呢。」

四喜不自覺地吞了下口水。「蜜汁豆、豆乾是啥樣的？蘿蔔做糕能好吃？那不是有股辣味？」

顧先生簡直沒眼看了，輕嘆一口氣。這孩子八歲時被他撿過來當書僮，也不知前八年過的是什麼日子，好吃好喝養了三年，這嘴饞的毛病還是改不了。

看著一臉奸笑的學生逗弄著四喜，他伸手敲了下江陽樹的頭。「莫要逗弄四喜。」

江陽樹嘶嘶嘴，還是乖巧地點點頭，朝顧先生行禮後就先去了後廚，一掀開厚重的簾子，各種香氣就交雜著湧了出來。

江陽樹深吸一口氣。「姊，妳在做什麼？」

江雨橋回頭一看是他，也笑了。「不是說好給你做些蜜汁豆乾做點心？如今已經收好汁，這就能吃了。」

江陽樹還沒來得及說話，四喜終於耐不住，屁顛顛地跟了過來，聞著陣陣熱氣中的味道，用力吞口水，話都來不及說。

那副樣子引得江老太一陣心疼，遂拿個碗挑了一小碗收好汁的豆腐乾遞給他。「小心些吃，莫要燙著。」

這幾年顧先生的教導還是有用的，四喜壓抑住想要撲上去的衝動，對江老太道謝，才端著碗坐在角落裡，挾起一塊放進口中。

這豆乾鹹甜適中，乾香有嚼頭，微微爆漿，用力嚼了幾下，感覺到滿嘴都被這鹹甜的氣息包圍，忍不住想一口接一口吃下去。

四喜很快吃完了一小碗豆乾，吃得像隻花貓，赤色的醬汁沾了一嘴，眼巴巴地看著江老太。江老太一時心軟，接過碗來想再給他盛一碗，卻被江雨橋攔住。「奶，莫要給四喜吃了，馬上就要吃飯了。」

說完看著四喜瞬間垮下的肩膀忍住笑，當著他的面盛了滿滿一大碗放在食盒中，對他道：「這些你回去時帶回去，晚上可莫要吃，如今天氣還不算熱，你放在涼處，讓這汁浸滿豆乾一宿，明早涼著吃就成，配粥或飯皆可。」

四喜一下子眼睛發亮，盯著江雨橋重重點頭。「謝謝江家姊姊！」

江陽樹皺了皺鼻子，仔細在空氣中瀰漫的味道中辨認著，疑惑道：「姊，蘿蔔糕蒸了嗎？」

這兩個孩子可真是小饞貓。江雨橋一敲他腦袋。「如今可不能揭開鍋，還蒸著呢。快出去看看林掌櫃和孫秀才有沒有來？」

江陽樹這才依依不捨地拉著一臉饞相的四喜出去，兩個小的一商議，乾脆先去請不確定的孫秀才，誰料孫秀才一看到四喜就慌忙站起來。「你怎麼來了？難、難不成顧先生也來了？」

四喜壓根兒不認識他，一臉茫然地撓撓頭。「這位先生，您認識我？」

孫秀才哪裡會不認識顧先生身邊唯一的小書僮？自顧先生中舉後，他就時時想上門請教，可顧先生推掉所有詩會，只道想好好教導這些蒙童，若不是顧及著讀書人那一絲風骨，他早就腆著臉上門纏著顧先生了。

如今聽見顧先生就在隔壁，他哪裡還顧得上看什麼書，話都不多說，把門板胡亂一橫就往江家鋪子走，比後面兩個孩子腳步還快。

江陽樹和四喜對視一眼，齊齊嘆口氣，也不去管已經進了鋪子的孫秀才，直奔繡莊。

林景時正在同桑掌事交代要進的貨，看見兩個孩子進來，挑眉一笑。「難不成到時辰了？是我耽擱了。」

江陽樹忙擺手。「沒有、沒有，只是我姊姊讓我們來請您，顧先生同孫大哥都已經到了。」

「顧先生？」林景時意味深長地看了四喜一眼。「原來顧先生也來了。」又回頭朝桑掌事叮囑兩句，笑著對兩個孩子道：「走吧。」

第八章

江家小小的鋪子此時已經熱熱鬧鬧的了，江老太和江雨橋窩在後廚做最後的收尾，王衡則跑前跑後地收拾一些凌亂的小物，老江頭坐在顧先生和孫秀才對面苦不堪言，看著孫秀才眼睛都要黏在顧先生身上，嘴裡不停地「之乎者也」，問一堆他聽不懂的問題，不禁感嘆顧先生涵養好，若是他早就瘋了。

正當他聽得頭大，就見一身寶藍圓領缺胯袍的林景時信步走來，歡喜的他差點要撲上去，提高嗓音大聲喊道：「老婆子，林掌櫃來了！」

這變了聲調的喊聲差點嚇了江老太一跳，還以為出了什麼事，仔細一聽，咂了咂嘴同江雨橋埋怨。「林掌櫃來就來唄，不是本來就答應了要來，這老頭兒怎麼這麼大聲？」

江雨橋抿唇露出一個梨渦。「怕是爺等急了呢，奶先出去吧，這就能上菜了。」

江老太摘下圍裙，洗乾淨手，掀開門簾，一眼看到正被老江頭緊緊攥住手的林景時，笑了起來。「林掌櫃怎麼才來？」

林景時對她行禮。「江家奶奶莫要責怪，剛剛處理完鋪子的事情就過來了。」

孫秀才有些不高興，自小的教育讓他無法在別人說話時打斷他們，可方才他同顧先生討論得正在興頭上，林景時一來就被打斷了。

老江頭攥著林景時的手簡直就像拉著救命的稻草，不停問前問後，生怕孫秀才瞅空再插上嘴。

林景時被老江頭異常的熱情弄得有幾分好笑，看了一眼臉色有些難看的孫秀才和一臉淡然的顧潤元，配合著老江頭說起家長裡短來。

江陽樹和四喜這時候才磨蹭到門口，江陽樹顧不得小書生的體面了，對著門裡嚎叫：「爺、奶，快出來幫我啊！」

老倆口一聽，忙探出頭，只見眼前兩座布山正努力地邁過門檻，晃晃悠悠地隨時都要倒的樣子。

老江頭鬆開林景時的手，忙上前接住兩個孩子抱著的布，入手的重量讓他差點摔倒，林景時上去扶了一把才站住。

江老太抽抽嘴角看著兩孩子。「這是……你們哪來的布？」

江陽樹揉了揉手腕，小聲嘟囔。「我們請完林掌櫃本來要走了，結果被桑姨攔下非要塞給我們這一大堆，說是給咱們溫居……」

林景時乾脆抱過老江頭手中的布疋，對江老太點頭。「江家奶奶，是我讓桑姨準備的，這些搬到哪裡去？」

江老太臉都憋紅了，急忙推辭。「哪裡用得著這些，咱們就是家常吃頓飯，怎麼能要禮？何況這些料子看著就不少錢，可不能要，搬回去、搬回去。」

林景時無奈地看著她，被她推著晃了一下，懷中的布料差點掉下來，嚇得江老太縮回手，也不敢碰他，只是嘴裡還念叨著。「快拿走、快拿走。」

江雨橋做好了菜在廚房聽著不對，洗淨手掀開門簾，一眼看到滿臉無助的林景時，如朗星般的眸子此時透著幾分不知所措，忍不住笑出聲來，打破了這一室的尷尬。

林景時聞聲抬頭，看著江雨橋一雙杏眼瞇成彎彎的月牙兒，求助地看向她。

江雨橋被這奶狗般濕漉漉的眼神看得心裡一顫，雞皮疙瘩起了滿胳膊，她搓了搓胳膊，上前摟住江老太。

「奶，別說啦，您看林掌櫃都要哭了。」

聽說自己要哭的林景時。「……」

江老太這才仔細看了看林景時的臉色，突然也覺得自己過分了些，人家畢竟是好心，咧咧嘴不好意思道：「林掌櫃莫要在意，我這是……」卻也不知道如何解釋。

誰也沒想到顧潤元竟然這時候開口。「老太太無須想太多，今日我也帶了一份薄禮，雖說沒有林掌櫃的實用，卻也是我的一片心意。」

說完從懷中拿出厚厚一張疊得方方正正的紙，慢慢展開，老江頭和江老太只覺得紙上龍飛鳳舞四個大字，分外好看，臉上露出驚喜來。

其他人卻目瞪口呆，不敢置信地看著顧潤元。

江老太看到江雨橋的表情有些著急，拽了她一把。「雨橋，顧先生紙上寫的啥？」

江雨橋看了看溫文爾雅的顧潤元，又看了看他手上展開的字，一拍腦袋低下頭。

「顧先生寫的是……招財進寶……」

這和顧潤元一點也不搭。

「好！」老江頭可是發自內心地驚喜。「這好，招財進寶好！」

江老太也高興地咧開嘴。「謝謝顧先生，這字送得可真好。」

孫秀才一臉尷尬的表情。「顧……顧先生，這話是不是有些太白了？」

顧潤元又把紙按原樣疊了起來，對他一笑。「此字與此處甚為契合。」

江雨橋反應過來，自己怎麼又著相了，臉上也浮現感激的笑容，對顧潤元行禮。

「多謝顧先生。」

這邊謝過顧潤元，那邊林景時已經有些抱不動了，輕晃兩下，江雨橋心底暗笑，這林掌櫃還挺有趣的，張口招呼道：「煩勞林掌櫃跟我來吧，總是抱著也不是個事。」

林景時眼中迸出感激，看得江雨橋一哆嗦，轉身咧咧嘴帶他往後院去。

江老太正要出聲阻攔，卻被老江頭攔住。「罷了，雨橋既然答應了自然有她的想法，大不了日後咱們包了林掌櫃的飯食。」

江老太琢磨一下，的確是這麼個理，思考片刻問道：「也不知道林掌櫃喜歡吃什麼？」分明是把這件事放在心上，打算真的包下林景時的飯。

絲毫不知道自己被安排得明明白白的林景時，跟著江雨橋進了東廂一間屋，江雨橋往裡一讓。「林掌櫃受累了，放在炕上就成了。」

林景時把布山放下才長吁一口氣，甩甩胳膊、揉揉肩。「這還真挺沉，應該分幾回送來的。」

江雨橋抿唇一笑，拿起炕櫃上的水壺，替他倒了杯水。「林掌櫃莫要嫌棄，這杯子都是我今日剛刷過的。」

林景時接過來大口大口喝起來，幾口一杯水就下了肚，看著倒不出一滴水的水杯，為自己的豪邁感到有些羞澀，輕咳一聲，想了好半日，話頭才憋出一句。「這杯……我去哪兒洗？」

江雨橋沒想到初見時如神仙般的林景時竟然這麼接地氣，憋笑憋得肩膀都在顫抖，伸出手對他道：「給我吧。」

林景時有幾分無措地看著手上的杯子，還是依言遞到她手上，二人隔著杯子接觸的一瞬間，一聲怒吼響起。「你們在幹什麼！」

江雨橋被嚇得手一抖，差點把新買的杯子摔了，還是林景時一把撈住，二人下意識回頭，看看到底是誰在吼。

入眼是王衡漲得通紅的臉，和不敢置信地盯著眼前二人的眼睛。

江雨橋輕皺起眉。「王三哥，我只是在接給林掌櫃喝完水的杯子。」

王衡血氣方剛的年紀，哪裡能看得了自己上了心的姑娘同別的男人接觸？兩眼赤紅地瞪著林景時。

林景時一挑眉，了然地笑了笑，不知從哪來的壞心眼，並沒有退開，反而直起身子站在原地一動不動。二人本就站得近，從王衡的角度看林景時，就像站在江雨橋身後，緊貼著她一般。

這哪裡能忍！

王衡像小牛犢子般向林景時衝過來，江雨橋眉毛越皺越緊，在王衡還有三兩步就要抓住林景時的時候，輕聲斥了一句。「王三哥，你在做什麼?!」

王衡像是被一盆冷水兜頭澆下，止住腳步，看著兩步外的二人。男的高大俊朗，女的嬌俏可人，二人十分默契地齊齊看著他，突然覺得自己有些無地自容。

他看了一眼一臉茫然的江雨橋，又看了一眼神色自若的林景時，抖了兩下唇，卻發現自己竟然無話可說，窘迫地站在當場，直像是自己被人摑了幾巴掌。

江雨橋見他停住，緩下神色，耐心地詢問道：「王三哥，你這……」

王衝一聽她聲音就忍不住想到方才那一幕，「噌」地一下扭頭就往外跑，江雨橋話還沒說完，尚且散在半空。見他跑了，傻乎乎地張著嘴，不知道要不要說下去。

林景時見她這傻樣，忍不住低笑，如玉石撞擊般的笑聲驚醒了江雨橋，她心裡一顫，突然想到一絲不可能的事情的頭緒。

她呆愣愣地指著王衝消失的方向，又指了指自己。「他……我……王三哥他……」

話音未落，卻突然反應過來，這種話不是能同林景時說的，馬上閉緊嘴巴，恨不能把方才那幾個字吞進去。

林景時沒想到這小姑娘在男女之事上竟也這麼聰明，那少年一個舉動她就能猜出來，對她更是有幾分刮目相看，深邃的眼睛看著她的杏眼，輕輕點了點頭。「是妳想的那樣。」

江雨橋心知他明白了方才自己的未盡之言，這件事可不能傳出去，雖然有些羞澀，但是她還是憂心忡忡對林景時道：「林掌櫃，此事還請您莫要再提。」

林景時突然露出一抹戲謔的笑容，站直身子含笑看著她。「什麼事？」

江雨橋一愣，萬沒想到林景時竟然說出這幾個字來，一下子脹紅了臉，支支吾吾半晌，憋出一句。「就、就是方才王三哥突然跑了的事。」

林景時作恍然大悟狀，「哦」了一聲，認真點點頭。「妳放心，我不說。」

雖然語氣誠懇，答應得也爽快，但是江雨橋總覺得他的語氣有點不對，可又挑不出什麼錯處來，只能對他行禮。「那便多謝林掌櫃了。」

這時江陽樹跑進後院，看著自家姊姊正對著林景時行禮，以為她是在謝林景時送的溫居禮，也沒在意，上前對林景時行了禮，才笑嘻嘻對江雨橋道：「姊，爺奶讓我過來喚妳和林掌櫃到前頭吃飯去。飯菜都擺好了，快走快走，我都餓壞了。」

江雨橋抿抿唇，又用祈求的眼神看了林景時一眼。林景時笑了笑，邁步跟著江陽樹去了前面。

江雨橋無奈地看著他的背影，心裡嘆了口氣，輕輕跺了下腳，也跟了上去。

前頭果然已經擺好菜，孫秀才雖說守著祖上的鋪子，日子過得下去，可也過得頗為清苦，明知道不應該，眼睛卻死活挪不開，緊緊盯著桌上色香味俱全的菜餚，捏緊了手才控制住自己沒撲上去抓筷子。

同孫秀才一般模樣的還有四喜，沒有往日的討喜逗趣，一言不發，若不是顧先生一隻手拽著他，怕是已經要把頭埋進菜裡了。

林景時一出來就看到這一幕，顧先生一手緊緊用力抓著四喜，一邊咬著牙擠出笑來同老江頭和江老太說著話，頗為好笑。

江老太一見他出來，眼一亮，嘴角翹了起來，看得林景時打了個寒顫，只見江老太站起來三兩步上前拉住他。「林掌櫃啊，待會兒吃了飯可別急著走，我給你量身。」

然後又上下打量一番林景時的衣裳，開心地笑了。「這才對，這顏色真襯得林掌櫃俊了許多，還鮮活，回頭奶奶給你做件紅褂子，更是喜慶。」

林景時額頭上的汗都要滴下來了，江雨橋掀開簾子正巧聽到這一句，想像一下面容清冷俊美的林景時穿上紅褂子的畫面，趕緊放下簾子，躲在後面捂住嘴大笑。

林景時哪裡沒聽到小姑娘隱忍的笑聲，無奈地扶住江老太。「江家奶奶可別累著了，就給我縫個荷包吧，您家鋪子剛開，哪裡有工夫做衣裳。」

江老太還要反駁，已經笑得腰疼的江雨橋掀開簾子。「林掌櫃說得是。奶，您給林掌櫃做衣裳，難不成要把整個後廚全扔給我？若是白日照看鋪子，晚上縫衣裳，您的眼睛可受不住。」

林景時打蛇隨棍上。「還是雨橋心疼您，您若是真想給我做，那就等過段日子鋪子捋出頭緒，那時天也熱了，做件薄薄的夏衫也省事。」

江老太被二人你一句、我一句的堵得說不出話來，想想他們說的又都有道理，「嘖」了一聲。「就你們兩個孩子知道得多。」卻也不再糾結於這件事。

林景時鬆了口氣，抬眼看向江雨橋，見她小臉憋笑憋得通紅，像一顆掛在樹梢上水潤潤的大桃子，自己也搖搖頭笑了起來。

這一幕被江陽樹拉過來的王衡看了個正著，他心底一陣絞痛，垂下眼眸，跟著江陽樹坐在席上。

江雨橋將將才明白王衡的心意，還有些彆扭，斂去臉上的笑容對林景時道：「林掌櫃先坐下吧，我去灶房燙一碗麻油。」

林景時扶著江老太坐回去，自己卻站直身子，對著江雨橋拱手。「麻煩雨橋了。」

除了顧潤元和心事重重的王衡，誰也沒聽出來林景時的稱呼有什麼不對，村子裡並沒有縣城中的規矩，男女間都是直接喚名字，老江頭還笑著招呼他。「快坐下，雨橋那兒馬上就好了。」

終於等來了老江頭動的第一筷，四喜小小歡呼一聲，小心翼翼地挾起顧先生給他挾在碗中的一筷子扒全素，嘬了嘬嘴。

他想吃肉啊啊啊啊！

許是出鍋前澆了明油，白菜絲上裹著亮晶晶的汁液，引誘著四喜把它放入口中。

不提四喜驚喜的表情，只回過頭看孫秀才就知道，今日這菜做得是多麼合他的口味，顧慮著今日讀書人多，江雨橋特地做了幾道造型風雅的菜式。

誰料孫秀才雖然也愛那六色斑斕的扒全素，以及冬瓜雕刻成的竹子模樣的涼菜，卻只淺嚐一口誇獎幾句，下一筷就直奔水晶扣肉去了，看得江雨橋都愣住了。

一開始他還矜持地想要控制一下自己，裝模作樣地同顧潤元討論一下，結果一看顧潤元斯文又飛快地挾著一個白菜肉卷吃著，根本沒空理他。

他低頭看了看自己眼前有幾分狼藉的碗碟，臉上有些羞赧，環顧一周發現沒人說話，都在舞動著筷子，索性破罐子破摔，也加入了舞筷子大軍的行列。

直到眾人都吃到七、八分飽，才紛紛放下筷子。

顧潤元輕咳一聲，從懷裡抽出一塊帕子，替四喜擦了擦嘴邊的油膩，對老江頭和江老太誇讚。「……果然名不虛傳。」

江家人都一臉榮光，江雨橋看到四喜眼巴巴地看著她，站起來道：「那咱們這就上主食？」

就見四喜一下子笑開，就差沒拍手鼓掌了。江雨橋忍不住摸了摸他的頭，去後面準備起來。

顧潤元扶著額頭，輕拍了他的頭一下。「先生短你吃喝了？」

四喜鼓起嘴巴搖搖頭，沒空搭理他，兩隻眼睛緊緊盯著後廚的門簾，逗得一桌人都偷笑起來。

不多時，江雨橋就用身子頂開門簾，背對著眾人出來。林景時忙站起來想去接她手中端著的巨大食盤，卻正巧她轉過身來，差點撞到一起。

林景時急忙扶了一把，正要開口道歉，卻看到食盤中的東西，話梗在嘴邊，抿了下唇，輕聲問道：「這是……炸醬麵？」

江雨橋也不同他客氣，把食盤塞到他手中，示意他端到桌上去，一邊解釋道：「如今尚未暖春，那蘿蔔纓是沒有鮮嫩的了，黃瓜絲也尋不著，幸而香椿已經發了小芽，不然這味兒可就差遠了。」

林景時深深地看了她一眼。「雨橋今日為何做這炸醬麵？」

江雨橋卻有幾分奇怪，卻還是回答。「我聽林掌櫃說話帶著一、兩分京城的味道，琢磨著就算你不是京城人士也是附近的，就自作主張做了這京味主食。」

林景時嘆了口氣，笑道：「我在此處六年，未曾吃過這家鄉味，今日多虧了雨橋細心。」

江雨橋挽起一朵笑來。「那就快嚐嚐是不是你的家鄉味，這肉臊子已經咕嘟小半刻鐘了，麵也是鍋兒挑，再耽擱要坨了。」

說完就先挑了一碗麵遞給林景時。「林掌櫃看看喜歡什麼麵碼兒自己加吧。」

林景時也不矯情，自己挑了些麵碼兒攪拌。

一碗麵，八碗碼兒，這京中的炸醬麵吃的就是變幻無窮的味道。江雨橋做了三鮮炸醬、木樨炸醬和豆乾炸醬三種醬，任個人喜歡吃什麼就挑什麼。

澆上一勺醬，堆上幾樣蔬菜絲拌勻，幾人剛覺得七分飽的肚子一下子感覺空落落的，也不管什麼文雅不文雅了，挑起來吃得噴香。

江雨橋又去端了一盤梅花餃，餃子皮一半是用南瓜煮得軟爛碾碎和麵，黃澄澄的，新鮮至極；另一半則用上等白麵粉，裝入餡料捏成梅花狀上鍋蒸熟，黃白夾雜擺在一起，恰似那一枝黃梅，在雪白的盤子映襯下，多了幾分雅趣。

林景時不由多看了她兩眼，這心思用得極為靈巧，半點不像是剛從村中到縣城的姑娘，更何況，她竟然能聽出他的京城口音……

江雨橋絲毫未察覺他的審視，笑著招呼吃得沒空說話的四喜。「慢些吃，裡面還有蘿蔔糕呢，用的是臘肉、臘腸同特地去雜貨鋪買的海米，待會兒你可一定得嚐一塊剛出鍋的，剩下的還給你帶走，明日自己煎一下，兩皮脆脆又是另一種滋味。」

四喜嘴裡被梅花餃子塞得鼓鼓囊囊的，好半天才嚥下去，撒嬌地說了句。「雨橋姊姊妳真好。」

江陽樹一下子察覺到他話中對江雨橋的不同，警戒地看著他。「你為啥這麼喚我姊？」

四喜吐了下舌頭沒理他，又央著顧潤元給他挑了一碗炸醬麵。這次他要換個醬吃，嚐嚐有何不同？

這頓飯吃得賓主盡歡，吃到最後原本有些羞澀的孫秀才都放亮嗓音，同老江頭攀談起來，哪裡還有剛進門時清高書生的樣子，同村人盤腿坐在炕上嘮嗑沒兩樣。

老江頭見書呆子孫秀才也不是那麼不通實務，聊到興頭竟然給他講起了鄉下種菜的事，二人說著說著就要相攜往後院去，把那一小塊地給刨了種上蔥。

江老太哭笑不得，一手一個拽住。「這天黑漆漆的，你們去後院刨坑？真想刨，明兒一早再刨！」

意猶未盡的老江頭和孫秀才看了天色一眼，只能悻悻地回來坐下，長吁短嘆片刻，又熱火朝天地相約明日一起種菜。

顧潤元見天色不早了，便站起來告辭。四喜提著重重的一個食盒跟在身後，吃飽喝足了又恢復那機靈勁兒，纏著江雨橋說話。

「……姊姊，明兒我還來成嗎？我乾脆交點錢同小樹一起在妳家吃三頓吧。您家這菜……哎，真的是，我回過頭就分給做飯的嬸子一塊蘿蔔糕，讓她也開開眼，到時候……唔唔唔……」

顧潤元一手捂住自家小書僮的嘴巴，直截了當地告辭。「江家老丈、江家嬸子，今日多有叨擾，天色不早，我們就此告辭了。」

又敲了一下護食的小貓一般守著江雨橋的江陽樹。「今日雖晚，可是五十個大字也要寫完，早早去寫吧。」

江陽樹乖巧地點點頭，恭敬地行禮，同顧先生和四喜道別。

孫秀才見顧先生已經告辭，心知時辰差不多，自己也該回去了，拉著老江頭難分難捨。同老江頭才談論沒多久，他就深刻了解到自己對稼穡之事甚至連皮毛都不通。

他對老江頭深深一揖。「今日聽江老丈一席話，勝讀三年書，明日一早我來尋您，您再同我好好講講。」

老江頭那得意勁兒甭提了，笑呵呵地應下，親自牽著孫秀才送到隔壁書畫鋪裡去，乘機也好多說幾句。

江老太見他們出了門，一把扯過林景時，嘴裡對江雨橋埋怨著。「妳爺還真是人來瘋，我呀也不管他了。走，林掌櫃，同我去後頭挑個花樣子，你喜歡什麼花樣的荷包？」

林景時一時不察被她拖著走了兩步，回頭同江雨橋對視一眼，看見她眼中閃爍的幾分幸災樂禍，無奈地搖搖頭，順從地跟著江老太去後面挑花樣子。

王衝坐在桌子旁邊低著頭，一言不發。江雨橋心裡嘆口氣，直接動手開始收拾殘羹冷炙。

江陽樹乖巧地幫忙，招呼了王衝一句。「王三哥今日是不是累了，要不要先去休息？」

王衝看了一眼面無表情的江雨橋，忍住到眼角的淚，點點頭，搪塞道：「我、我是累了，我先去躺會兒。」

江雨橋只能裝作不知道。兩世為人，她還是第一次遇到這種事，閉上眼睛思索片刻，決定待會兒同江老太談談。

江老太惦記著前頭的活兒，出來得飛快。老江頭已經在收拾了，她推著林景時出門。「林掌櫃早些回去歇著，過幾日我讓小樹給你把荷包送去。」

林景時一拱手。「多謝江奶奶了，那既如此，在下先行告辭。」

許是有了共同的秘密，江雨橋忍不住回頭看了他一眼，正巧他也看過來，視線相對，被逮個正著的江雨橋有些羞澀，突然想起一件事，出聲喚道：「林掌櫃且等一等。」

林景時一挑眉，看她匆匆進了後廚，不多時提了一個同四喜那個一般大的食盒出來遞給他。「這是你的那一份蜜汁豆乾同蘿蔔糕。」

林景時被沈甸甸地塞了一手，忍不住笑道：「這是把我當四喜了？」

江雨橋沒想到他會這麼說，「噗哧」一聲笑出來。「孫大哥也有一份呢，只不過他不願意開伙，明日早晨直接熱了再舀上一碗粥，讓小樹給他送去。你這份帶回去同桑掌事一起吃。」

林景時低頭看著食盒半晌，突然冒出一句。「我怎麼沒有粥？」

江雨橋被他驚得嘴巴微張，結結巴巴道：「你、你若是也不想開伙，明日讓小樹給你順道送碗粥。」

林景時這才滿意地點點頭，又對江家人道了謝，才提著食盒翩翩而去。

江陽樹噘起嘴，小聲抱怨。「林掌櫃和孫大哥都有粥，顧先生那兒還沒有呢。」

江雨橋頓覺頭疼，一拍腦袋。「都送、都送，明日我熬上一大鍋，你們願意給誰就送給誰。」

桑掌事見林景時提著一個看著就沈的食盒走進鋪子，忙上去接過來，聞著隱隱散發的香氣，好奇道：「掌櫃的竟然從江家帶吃的回來了？」

林景時輕聲一笑。「那個孩子……還挺有趣的。」

被打上有趣標籤的江雨橋如今可以說是忐忑不安，她瞥著老江頭和江老太的眼色，試探性地問了一句。

「爺、奶，咱們若是讓王三哥回村裡……會有什麼不好嗎？」

老江頭手中的水碗差點摔到地上。「怎了，衝小子做了啥錯事？」

江雨橋為難地看了他們一眼，低下頭沒說話。

江老太拉起她的手。「雨橋，咱們一個村裡出來，妳王二叔、王二嬸對咱家是有大恩的，若是沒有明確的說法就把衝小子趕回去……那可有些說不過去。」

江雨橋長嘆一口氣。她也知道這個理，不過是不死心問一句罷了。

江老太心裡擔憂，急忙問道：「他到底做了什麼？」

她也不欲讓他們為難，編了個理由小聲道：「這不過剛來第一日，王三哥收拾完屋子就不做活了，我怕若是鋪子忙起來他跟不上。」

兩個老的這才鬆了口氣，老江頭臉上浮出笑模樣。「這頭一日許是想家了，那還是個孩子呢。過幾日看看吧，明日我同他說道說道，讓他上心點。」

江雨橋只能把滿腹心事吞下，點點頭，去後廚洗洗刷刷，心裡卻琢磨起來要怎麼躲開王衝。

第二日一大早，江雨橋果然熬了一大鍋粥，剁得碎碎的雞茸，加上鹽、油、地瓜粉調勻醃製少許時辰，倒進熬了一個多時辰的清香軟爛白粥裡攪散湯熟，再加入泡好的蘑菇切片燒煮片刻，倒上鹽調味，出鍋前撒上一片翠綠的蔥花，香噴噴地盛出來，江陽樹足足喝了兩大碗，直撐得打嗝。

他拍了拍鼓起的肚子，先去給孫秀才送早飯，回來後提著兩個食盒，揹著小書包出門。「爺奶、姊，我去私塾了！」

江雨橋站在門口目送他出門，才轉身回頭繼續準備明日開張的食材。

王衝磨磨蹭蹭地才從後院到前頭來，其實天還沒亮他就醒了，可不知道要如何面對江雨橋，只能蓋著被子裝睡，直到老江頭看不過去，進去叫他才爬起來。

許是老江頭同他說了什麼，今日的他雖然沈默，做活卻也積極。江雨橋心裡也鬆了口氣，更加迫切地想要掙錢，到時候早早帶著家人離開。

林景時不知為何一大早就起來，打量著擺在眼前已經熱好的蘿蔔糕，以及已經浸入味兒的蜜汁豆乾，不知道在想什麼。

桑掌事小心翼翼地看了他一眼。「掌櫃的，咱們要不要去熱個饅頭、煮個粥什麼的？」

話音剛落，聽到門外的敲門聲，桑掌櫃一愣。

這麼早誰會來？

林景時臉上泛起一絲笑，親自上前開門，果然看到大包小包的江陽樹站在門口，見他露了臉想行禮，卻實在沒有手，糾結片刻乾脆直接伸手遞過去一個食盒。「林掌櫃，這是給您的粥，我要去私塾，可要來不及了。」

林景時剛點了一下頭，江陽樹就飛快地轉身跑走，帶起的風把林景時的衣角吹了起來，顯得他多了幾分呆愣。

桑掌事看著他的背影偷笑一下，上前接過食盒。「大清早的小樹還特地來送粥？」

林景時笑了笑沒回答，對桑掌事道：「咱們吃飯吧。」

桑掌事打開食盒，感嘆一聲。「這雞肉粥做得可真好，光賣相……比京中的也不差了。」

二人一人盛了一碗，香滑醇厚的雞肉粥溫暖了二人的胃，在這微微寒冷的清晨，讓人忍不住變得溫暖。

江家鋪子裡，四個人一整日只吃了些昨日的剩菜墊墊，終於趕在天黑前把明日要用的食材都準備好了。

這一整日彎腰勞作，江雨橋累得腰都直不起來，胡亂洗了洗倒頭就睡，只等著轉過日開張。

顧先生知道今日江家鋪子開張，特地放了江陽樹半日假，一大清早他激動地脹紅小臉，前後跑著忙活。

終於到了吉時，老江頭意氣風發地放了一串鞭炮，引起街上眾人的注意，大聲吆喝道：「咱們江家鋪子今日開業了！包子、餃子、餛飩、麵條樣樣齊全，炸醬麵、燜麵、澆頭麵還有最便宜好吃的蒜醬麵！紅燒肉丁、蘑菇雞丁、醬豆乾、醬爆大排……想要什麼澆頭，咱們都能做！今日進店每人送一份賽螃蟹，保准配著能吞下一大碗粥來！」

這番話下來，差點沒把他憋得背過氣去，抹了抹腦門的汗，認真回味了一下，不枉自己背了一宿，一個字都沒錯。

江雨橋和江老太在後廚聽著老江頭的吆喝聲，都忍不住笑出來，對視一眼，抓緊炒著兩個鍋裡的賽螃蟹。

賽螃蟹在城南可是沒什麼人聽說過，但螃蟹是個好東西大家都知道，這賽螃蟹……難不成比螃蟹還好？螃蟹每年只有秋月才上市一個多月，價格極為昂貴，普通百姓哪裡吃得起？紛紛好奇地進了鋪子，不多時就坐滿了。

王衡擠出笑臉來給客人們點菜，忙前忙後地滿頭大汗，除了冷不防進廚房看到江雨橋的身影時心底一痛，面上已經看不出什麼來。

雖說客人們本是衝著那賽螃蟹來的，但人家鋪子剛開張，進了門自然要捧個場，熱熱鬧鬧地點了幾樣招牌麵，一嚐忍不住拍桌子叫好。

特別是那蒜醬麵，價格幾乎等於別家的一碗素麵，才三文錢，許多人衝著它便宜才點的，可味道丁點兒不差，搗得細細的蒜蓉不知道加了什麼調味，拌勻後那鮮辣撲鼻的味道能讓人一口氣吞下一大碗。

而送的賽螃蟹果然不負眾望，一個小小的碟子，底下白嫩嫩、顫巍巍的看著像蟹肉，上頭蓋了一層金燦燦的蟹黃，螃蟹特有的鮮味拐著彎繞著人轉圈，引得客人們下意識吞了吞口水。

有那吃過螃蟹的咧咧嘴。「這麼多蟹黃，可真不少錢，這種天氣怎能有如此膏肓肥腴的螃蟹呢？」

那些點了單還沒上菜的客人們，眼熱地看著別人桌上的賽螃蟹，忍不住一迭連聲催促快些上菜。

第一批吃完賽螃蟹出門的人意猶未盡地同旁人說起，一傳十，十傳百，不一會兒工夫就有幾個碼頭扛大包的漢子繞路過來，看著乾乾淨淨的小鋪子，有些不敢進去。

老江頭熱情地在門口招呼他們。「客人們想吃點啥？」

帶頭的漢子猶豫片刻，小心翼翼問道：「店家，您這兒的乾糧一個多少錢？」

老江頭笑臉不變，認真回答道：「三合麵乾糧一文一個、純白麵的兩文一個，還有那素包子五文錢兩個、肉包子三文一個。」

許是老江頭的臉上沒有絲毫輕視，那漢子嘆口氣，卻更加支吾。「那、那聽說送那個螃蟹……買啥都送嗎？」

江陽樹正巧聽到這話，笑吟吟地點點頭。「哪怕大叔們買一個乾糧，咱們也送一碟。」

一夥人這才長吁一口氣，大聲道：「一人給咱們來兩份三合麵乾糧。」

這十幾個漢子若是一進門，怕是鋪子裡就要被塞得滿滿當當的，帶頭的漢子看了一眼，索性帶著人走到鋪子門口角落的石階上坐下，也不進去排隊。

江雨橋聽聞門口漢子們的行徑，嘆了口氣，拿出一個小盆子，盛了滿滿一盆遞給江陽樹，又叮囑他揀幾個熱呼呼的饅頭送過去。

雖說是在碼頭扛大包的，但這海裡的東西可真沒吃過，一個十幾歲的少年挾了一筷子賽螃蟹，幸福得眼睛瞇了起來，激動地對那漢子道：「馬哥，真真就是這個味兒！去年秋天我撿了一個人家扔的螃蟹殼舔了舔，就是這個鮮味！」

馬哥看了一眼滿盆的賽螃蟹，敲了他一下。「快些吃完要去扛包了，人家好心給了咱這麼些，日後可得記得人家的好。」

十幾個漢子重重點頭，顧不上說話，飛快地就著盆裡的賽螃蟹吞下兩個饅頭。江家饅頭做得大，兩個饅頭已經能讓這些壯漢吃得飽。

馬哥摸出銅板，遞給老江頭。「老丈，今日多謝了。」

老江頭扒拉扒拉數了半日才數清楚，一拍腦袋。「唉，我看我不能做這收錢的活計，我還是端菜去吧。」惹得店裡店外都笑了起來。

這一日可算是忙得夠嗆，一家人累得渾身痠痛，天色一暗，老江頭就帶著王衝去卸板子，打算好好歇歇。

這時卻看到林景時從繡莊出來，笑著對兩人打招呼。「江爺爺、王小哥。」

王衝的臉色一下子難看起來，勉強對他點點頭，低下頭繼續幹活。

老江頭還以為他是剛進城害羞，也沒當回事，笑著招呼林景時。「林掌櫃快來，晌午送的賽螃蟹可好吃？我剛要叫小樹去叫你吃飯呢。」

林景時面容微僵，無奈道：「江爺爺太客氣了，昨日不過是玩笑話，哪能真的日日來您家吃飯呢？」

江老太對沒給他做成衣裳耿耿於懷，聽著他的聲音忙跑出來，正巧聽到這句話，不高興地「嘖」了一聲。「林掌櫃這話說的，定下的事哪能當作玩笑話？你不來吃我就日日去送。」

林景時對熱情過度的江老太簡直沒辦法，伸手討饒。「江奶奶說得是，不玩笑、不玩笑，我這就跟您進門吃飯去。」

江雨橋早就準備好了一家子的晚飯，醃製好的鹹肉混合著鮮肉洗淨切塊，同剛冒出頭就被挖出來的鮮筍，一起扔進砂鍋中燉煮一個半時辰，只加薑片、料酒，臨出鍋撒上一把翠綠的蔥花，直接一大鍋端上桌，一揭開蓋子，香味就溢了出來。

鹹鮮之香誘得人垂涎欲滴，湯色乳白，肉酥筍嫩，勞累了一整日喝上這麼一碗熱湯，整個人都放鬆下來。

連見到林景時心裡彆扭的王衝臉上都浮出笑意。

江雨橋見大家都吃完了，招呼江陽樹。「小樹，你去隔壁送一碗給孫大哥，我都提前裝好了。」

江陽樹乾脆地應下，把紙筆放在懷中，打算揣著順道過去同孫秀才一起讀書。

林景時被一碗熱湯撫慰得絲毫沒有方才蹭吃蹭喝的羞澀，反而笑咪咪地看著忙碌的江家人，聽著老江頭和江老太討論著今日的生意買賣、江雨橋細心囑咐弟弟去孫秀才那兒要乖巧些，只覺得這種家長裡短的溫暖如同緩緩的涓流，慢慢沁進他心裡，讓他忍不住沈溺其中。

江雨橋送走江陽樹，回身正巧瞥到他愜意的模樣，鼓了鼓腮，問道：「林掌櫃今日怎麼沒來幫忙？」

話音剛落，自己也嚇了一跳。這……這種話怎麼能對林景時一個剛認識幾日的人說，太不得體了。

林景時卻像是絲毫沒有在意她話中的隨意，以及隨後臉上浮起的懊惱，彎起唇角。「我也想過來幫忙，然而百無一用是掌櫃，做菜不成、端盤子不成，要不我來給妳算帳當帳房先生？」

這話可把江雨橋嚇得一哆嗦，誰敢用別家掌櫃的來給自己當帳房？何況看林景時身上的衣裳和送來的那些料子，就知道他的家底絕對不止隔壁一間小小的繡莊。

她抽了抽嘴角。「林掌櫃真會說笑。」看著他明顯有些戲謔的眼神到底不服氣，輕哼一聲。「若您真想出把力，那就幫忙收拾桌子。」

林景時看著她像隻河豚般鼓得圓滾滾的臉，被逗得輕笑出聲，竟然還真的站起來收拾幾個碗往後廚走。

這畫面冷不防被江老太看見，大吼一聲。「林掌櫃，放下！」

林景時差點沒把手中的碗甩出去，好不容易才拿穩，就被江老太一把奪過去，嘴裡埋怨起江雨橋。「怎麼能讓客人做這些事？」

江雨橋手裡也端著一摞碗筷，無奈地嘆氣。「奶，我就是有點忙不過來。」打死也不能承認她就是故意想讓林景時做的。

江老太想到自己吃完飯，就扯著老江頭躲在一旁絮絮叨叨個沒完，把一桌子扔給孫女，自己也有些不好意思，臉上紅了幾分，強撐著「嘖」了一聲，又一把將江雨橋手中的碗筷奪下來，自己進了後廚，不多時又探出頭來。

「你們誰也別進來，我自個兒刷就成。」

江雨橋哭笑不得地看著自己滿手的油膩，又看了看林景時同樣攤著手，笑著搖搖頭。「我先去洗洗手，林掌櫃稍等片刻，我端盆水給你。」

林景時也學她搖搖頭。「罷了，還是我與妳同去吧。」說完自己熟門熟路地往後院走去，江雨橋倒是一愣，落在後面。

王衝沈默地把店裡的桌椅、板凳擦得晶亮，見二人一同去了後院，心裡跟針扎一般，站不直、坐不下，索性拿起抹布又從頭開始擦一遍，看得老江頭直招呼他歇歇。

雖說讓林景時過來做帳房先生不現實，但現在這還真是迫在眉睫的事。要找靠得住又識字的人，江家著實不認識幾個，今日還是小樹湊合著記了帳。

江雨橋眉頭緊皺，思索著還能找誰，林景時見她這樣，不禁問道：「心中有事？」

江雨橋咬了咬下唇，看了林景時一眼，嘆了口氣。「林掌櫃說得是，我們真的需要一個帳房先生，家中識字的唯有我同小樹，小樹日日都要讀書，若是我去做帳房的話，後廚怕是就要忙不過來了。」

兩難之間更是糾結。「若是我在後廚，前頭收錢沒有個信得過的人也不是個事，總不能真的讓你過來給我們這小館子算帳吧？」

林景時深深地看了她一眼，她話中的意思是，他已經算是信得過的自己人了？他低笑一聲。「那也不是不可。」

江雨橋忍住翻白眼的衝動，哼了他一下。「林掌櫃可別說笑了，幸而如今賣的大部分都是麵，我早起把澆頭做好，也能勉強應付過來，日後再雇個可靠些的人吧。

「唉，今日剛開張送小菜，生意難免好些，這條街頭尾各有一處賣吃食的店鋪，也不知道味道如何？可惜當日來買鋪子的時候被人家看了個正著，緊緊盯著咱們一家子，只能過陣子雇個臉生的去買些嚐嚐了。」

林景時點點頭，心中卻思量起自己明日的行程。

兩個人說著話，都沒想到這可靠的人來得如此快。

第九章

第二日一大早，老江頭剛卸下一塊門板，就看見一座肉山堵在門外，快要把那一絲可憐的晨光擋個嚴嚴實實。

老江頭倒吸一口氣，抬頭窺著來人的臉才驚呼出聲。「李牙?!」

李牙低著頭，委委屈屈地應了一聲就不說話。

老江頭跟這胖孩子也是有感情了，拉著他進來塞進一張椅子裡，小心問道：「這天還涼著呢，你怎麼大清早站在門口？」

李牙吸了吸鼻子，噘起嘴來看著老江頭滿臉的關心，像是找到親人般哼哼唧唧半晌才吐出一句。「爺爺，我餓了。」

這三個字簡直如同那孫悟空的緊箍咒砸下來，箍得老江頭腦仁一疼，手忙腳亂地先給他倒了杯剛燒好的熱水遞過去。「你先喝兩口水，爺爺去後頭看看。」

李牙點點頭，滿懷期待地看著他。

老江頭突然感覺壓力如山一般大，掀開後廚的門簾，看著江老太好奇的臉，吸著牙縫說道：「快，多拿些吃的，李牙來了！」

李牙來了？

江老太腦子還沒反應過來，手已經掀開剛蒸好的一鍋饅頭，直揀了七、八個才回過神來，轉過頭問老江頭。「誰？李牙?!」

老江頭上前接過一大盆饅頭，胡亂點頭。「我看孩子在外頭凍了挺長時候，臉色都發青了，有熱湯嗎？再倒一盆來。」

江雨橋手腳麻利地舀出一小盆豆腐腦，澆上兩勺滷子，對老江頭道：「爺，咱們一起出去看看。」

李牙早就喝完了杯裡的水，他倒是不怕燙，喝完了就捧著杯子，眼巴巴地看著後廚的門簾。看到門簾一陣晃動，眼一亮，激動地差點站起來。

江雨橋一出來就看到李牙卡在椅子裡，兩隻手按住扶手往下壓，拚命想站起來，卻怎麼也擺脫不了那椅子，一下子笑出聲來，脆聲同他打招呼。「李牙哥這是大清早的來強身健體了？」

李牙被空氣中一絲絲香味勾得肚子咕嚕叫，乾脆也不跟這破椅子較勁了，一屁股坐回去，盯著江雨橋手中的盆，吞了吞口水。「雨橋快別逗我了，我天沒亮就從鎮上往縣城走，還強什麼身、健什麼體，快要餓死了。」

江雨橋順手把手中的一盆豆腐腦放在他眼前，撐著臉問道：「李牙哥這一大早過來是為啥？」

李牙拿起一把勺子舀起一大塊塞進嘴裡，哪還有空回她話，從老江頭手裡先摸起一個饅頭塞進嘴裡，就著豆腐腦大口吃起來，一邊吃一邊朝她點頭，意思是待會兒再說。

江雨橋和老江頭祖孫倆只能看著李牙一個接一個的往嘴裡塞饅頭，眼見裝饅頭的盆都見了底，忙又給他盛了一碗粥。

李牙吃光了所有東西，嚥下最後一口粥，才舒服地長吁一口氣。「總算吃飽了。」

江雨橋「哼哼」兩聲。「吃飽了就快些說來縣城有啥事。」她早就感覺不對了，李牙雖然狼吞虎嚥的，但是下意識躲避她的眼神，這裡面指定有事。

李牙見避無可避，尷尷尬尬地放下手中的碗，把蒲扇大小的大手往腦門上一蓋。「我被我爹趕出家門了！」

「啊？」老江頭萬萬沒想到是這麼個原因，急忙追問：「怎麼就把你趕出家門了？你犯什麼大錯了？」

李牙垂頭喪氣地瞄了老江頭一眼，吶吶道：「就……上回我在村裡做的席面不是挺好的嘛，我爹也挺高興的，就帶我一起去做席了，想讓我接他手。結果……那家子人真的不是人，那肉都發臭了，他們用極低的價格買來，非讓我給他做成肉丸子，還有那菜葉、豬蹄，沒一樣好的，看著和廚餘都差不離了……」

老江頭目瞪口呆。「那、那李大廚能樂意？」

「我爹當然不樂意！當場就要走，那家人仗著人多想攔住我爹，我這暴脾氣怎麼能忍，怎麼也得攪他個天翻地覆才成！」

江雨橋一聽就知大事不好，皺緊眉頭打斷他。「李牙哥，你就說你做啥了？」

李牙的氣勢一下子弱了下來，偷偷看了江雨橋一眼。

「我、我就是把他們準備的東西都搬出來扔在門外，讓來來往往的人看清楚這家子到底是什麼樣的人。我還、還把那家辦喜事的新郎官給打了……聽說掉了兩顆牙，我爹一怒之下就把我趕出家門，讓我哪兒遠滾哪兒去。」

這一聽就知道是趕他出來避風頭了，李牙那直心眼的人，若是同他直說，指定死活不走，要留在鎮上和李大廚共進退。

江雨橋心疼李大廚的慈父心腸，挑眉問道：「那李大廚就只讓你滾遠些，沒說滾到哪兒去？」

李牙搔了搔腦袋。「許是、許是說了……吧？但是那時候我也沒聽清啊，大概是什麼遠房姑姑家？反正也沒記住，我爹就扔給我十兩銀子讓我滾了。我蹲在家門口，半夜怎麼敲門他都不開，這心拔涼拔涼的，乾脆來尋江爺爺了。」

江雨橋真想替李大廚把李牙這笸籮大的腦袋撬開看看裡面到底裝的是什麼？她有氣

無力地揮揮手，也不再糾結李牙到底記不記得住那遠房姑姑的住址，認真問道：「如今你打算怎麼辦呢？」

李牙簡直要縮成一團球。「我、我留在這兒不成嗎？」

剛邁出後廚的江老太一聽這話，渾身一顫，失聲尖叫。「誰？誰留在這兒?!」

李牙也不是真的傻，早就知道因為自己太能吃，江老太對他有點意見，悶著頭不吭聲。

江雨橋上下打量著他，沈思起來。

老江頭拚命給江老太眨眼，示意她莫要再說了。

一時間小小的鋪子陷入詭異的安靜，李牙欲哭無淚地看著江家三人，感覺自己馬上就要被掃地出門了。

不知過了多久，江雨橋才開口。「李牙哥，你若是想留下也成，但是你可不能白留，得做活才成。」

李牙眼睛一亮，點頭點得快要飛起來了。「我做、我做，妳讓我做啥都行。」

江雨橋先是浮上一絲笑，馬上又壓下去。「咱們店裡像王三哥是一個月一百文的工錢，李牙哥你過來是要做廚子的，那麼就翻個番兒，一個月二百文，你覺得如何？」

李牙不管錢多錢少，小心翼翼地看著她。「那個……管飯嗎？」

「嘶……」被老江頭壓制的江老太一聽他提和飯有關的事就頭疼。

江雨橋嘆了口氣。「李牙哥，你方才那一頓飯就吃了八個乾糧、一盆豆腐腦、一大海碗粥，若是按鋪子裡的錢算，你這少說也得十二、三文了，一日三餐四十文打不住，一個月要一兩二錢銀子，哪怕按照成本算，也得六百文起了……」

李牙哭喪著臉。「那、那我少吃些？」

江老太重重地「哼」了一聲，李牙隨著她的哼聲，肥肥的身體顫抖了一下，看著甚是可憐，看得江老太都有些過意不去，抿了抿唇沒說話。

江雨橋無奈地看著他。「這話李牙哥你自己信嗎？罷了，自己家開館子的，難不成還能餓著你？吃飽是肯定能吃飽的，只是那後廚日後可就要全交給你了，你可能做到？」

能吃飽、能做菜，李牙活了這麼多年所求的不過就是這兩件事，江雨橋在他心目中此刻比那普度眾生的菩薩還慈悲。他馱著椅子堅強地站起來，伸出手去想要拉住江雨橋的手，真真切切地謝謝她。

誰料手剛伸出去還沒接觸到江雨橋，一個圓圓白白的東西猛地砸向他的手，他下意識地伸手接住定睛一看，原來是個白饅頭。

江家人都愣了一下，齊齊轉向門口，站在門口的林景時心知自己怕是出手冒昧了，臉上卻若無其事地掛上一抹笑。「手滑。」

江雨橋見他提著一袋熱騰騰的饅頭，一下子福至心靈。「這是哪家的？」

林景時讚許地看了她一眼。「街頭街尾兩家皆有，來嚐嚐吧。」

李牙一聽這饅頭能吃，二話不說塞進嘴裡，越嚼眉頭越緊，嚥下去以後臉色難看。「這乾糧也太酸了，他家不放鹼？」

半彎著腰馱著椅子挪了出來，衝著林景時伸手。「另一家的我嚐嚐。」

林景時心道哪裡來了這麼個活寶，還是依言挑出一個遞給他。

李牙嚐了一口，艱難地嚥下去。「鬆鬆垮垮的，揉麵火候不到，揣麵也沒揣夠，這乾糧吃下去不墊胃。」

說完回頭朝江老太諂媚一笑。「還是奶奶做的乾糧好，扎實有勁，咬下去一口就是一口實實在在的麵，不是這些虛的。」

江老太被他誇得有些得意，看著李牙的眼神也沒了那麼多戒備，心裡嘆口氣。其實她也看出來了，多了李牙這麼個人……雖說吃得多些，但是做的活兒也多。

江雨橋見江老太的臉色，肉眼可見地緩和下來，忍不住想笑，她忙掩飾一般看向林景時。「多謝林掌櫃了，快些進來吃飯吧。」

林景時邁進鋪子，輕咳一聲，指了指李牙。「要不要先幫這位……小兄弟，把椅子卸下來？」

所有人的目光都看向還墜在李牙屁股上的椅子，憋不住笑了出來。李牙大窘，瞪了他一眼，他怎麼覺得他是故意的呢！

老江頭喊來王衝，林景時伸出手去扶住李牙，老江頭和王衝一人一邊抓著椅子往下拽，李牙只覺得抓著自己的人手特別穩，一晃也不晃，忍不住多看了他一眼。

這頭還得配合著老江頭的號子扭著屁股往外掙扎，幾個來買早飯的客人們忍不住圍觀起來，和著老江頭的聲音一起喊起了號子，直到「啵」的一聲，李牙磨盤大的屁股終於拔出來，鋪子內外所有人竟然一同鼓起掌來，羞得李牙滿臉紫紅，話都來不及說就往後院鑽。

雖說才第二日來這兒吃飯，但是一起經歷了方才那熱火朝天拔凳子的一幕，眾人心裡都親近不少，鬧哄哄地聊著天，吆喝著點飯。

江家人一下子忙了起來，林景時四處看了看，默默走到櫃檯裡摸出算盤，鋪好紙張，準備記帳。

江雨橋忙碌地在後廚進出，冷不防看到林景時含笑站在那兒收錢，有些吃驚，同他對視一眼，不知為何下意識慌亂地又躲進後廚。

站穩之後，自己拍了下腦袋，懊惱地嘆口氣，想到林景時還沒吃飯，鼓著臉盛了一碗甜粥，又掀開簾子遞過去。「喏，喝碗粥墊墊。」

林景時一挑眉，看了江雨橋一眼，笑著接過來。「多謝。」

江雨橋磨了磨牙，從牙縫裡擠出兩個字來。「不謝。」

聽著前頭忙碌熱鬧的李牙在後面坐不住了，從井裡打上一桶水把臉擦了擦，過了那羞恥勁兒悄悄探出頭來，正巧看到林景時挑眉一笑。

他渾身的肥肉一哆嗦。這表情怎麼這麼熟悉？分明、分明是方才江雨橋逼問他為何來縣城的表情！

林景時馬上被他劃分到不能惹的行列裡，他趁江雨橋不注意，一閃身進了後廚，貪婪地看著眼前熱氣騰騰的鍋灶，霧氣繚繞中江老太忙碌的身影若隱若現，他湊上去問道：「奶奶，我能做啥？」

江老太嚇了一跳，好險沒把手裡拌的豆腐皮甩地上，氣得她重重拍了下李牙寬厚的背，把一盆豆腐皮塞進他手裡。「拌好！」

李牙樂顛顛地接過來，先找了雙新筷子嚐了下味，咂摸一下又加了少許的鹽同香油，這才喜孜孜地拌起來。

江老太知道他上手快做活麻利，把隨後要做的活兒都一一叮囑他，又盯著他重複了一遍確定沒錯後，就去角落裡坐下刷碟子和碗去了。

忙過了一陣早飯，江家人才鬆了口氣。今日一大早被李牙耽擱得大家都沒吃飯，索性擋上半個門板坐在一起吃飯，李牙磨蹭地湊過來，嘴上說著「不吃、不吃」，還是吃了四個大包子並一大碗粥才罷了。

既然李牙來了，那鋪子裡的事情就要從頭安排一遍。後廚她全權交給了李牙，只是每日清早同李牙一起做各式澆頭，順便讓他熟悉一下她的手藝和做菜的味道，以免做出相差太大的。

王衝負責跑堂，老江頭就專門在店外招呼客人，給外帶的人打包，若閒了再拿塊抹布拾掇桌子。

江雨橋最忙，先同李牙一起做菜，客人來了她就開始記帳，若是有空就同江老太一起刷碗，時不時還得想想新菜式。

這麼安排，每個人都忙碌又充實，這間小鋪子總算經營起來了。各歸各位後，小小的店裡只剩下江雨橋和林景時，她順手拿起林景時今日記的帳，一下子看愣了，指著紙上幾筆畫的表格，驚訝道：「林掌櫃記得如此清楚。」

林景時點點頭。「這都是一些老帳房總結出來的記帳方法，妳想學嗎？」

江雨橋眼睛驟然亮了起來，拚命點頭。「我想我想，還請林掌櫃教我！」

林景時見她快把腦袋點掉了，伸出修長如玉的手指點住她的額頭。「莫要再點了。」

江雨橋一下子頓住，察覺到是什麼頂住她的額頭後一下子懵了，紅暈一點點爬到她臉上，滿臉通紅說不出話來，好半晌才找回自己的聲音。「你、你先把手拿開。」

林景時見她的臉從一個白包子慢慢變成一個大紅喜包，有些訕訕地收回手，在心裡唾棄了一下自己的登徒子行為，輕咳一聲，對她輕聲道：「抱歉。」

江雨橋覺得自己臉上都冒煙了，她挪動腳步轉身就想離開，卻被林景時提前一步攔住。「妳不想學這記帳法子了？」

她一個激靈清醒過來，為難地看了櫃檯上的紙，想到方才林景時那骨節分明的手指抵在她額間，灼人的溫度似是還殘留在那裡，臉又忍不住紅了幾分。

她長長地深呼吸一口氣，鼓起勇氣抬頭看著他。「我學！」

林景時對她更是讚賞，不只聰明，還十分果斷，真是個好苗子。

他一時起了愛才之心，也不去深究自己方才為何鬼使神差做出那不合時宜的動作，拿起紙筆來，仔細跟她講起了如何做帳。

前世江雨橋雖說不通庶務，但是起碼也學了二十年的字，雜七雜八的書也沒少看，見到林景時神色變得認真，她也跟著肅起臉，方才二人之間暗暗浮動的曖昧，一下子消失得無影無蹤。

一個講得細心，一個記得用心，短短一個多時辰，江雨橋就大概明白了裡面的竅門。林景時隨意報了幾個數字，她試著記了一下，果然十分清楚明瞭，抬頭欣喜地望向他。「我會了！」

林景時眼中的笑意暈開，眸子越發深邃，第一次當面誇讚道：「妳很聰明。」短短四個字給了江雨橋極大的肯定，她抿著唇努力壓抑住內心的激動，又把視線挪向自己做帳的那張紙上。

王衝一進來就看到這一幕，覺得自己整個人都不好了，許是這幾日受的刺激已經很多，他竟然覺得心裡沒那麼刺痛了，只剩下強烈的失落包圍住他。

江雨橋同王衝這兩日除了吃飯壓根兒碰不上，算是互相躲著，今日見到王衝臉上怔忡的表情嘆口氣，主動開口詢問：「王三哥，你想識字嗎？」

王衝萬沒想到她竟然問了他這麼一句話——識字，這個世上但凡有一點點上進心的人，誰不想識字?!

見他愣愣地點頭，江雨橋才鬆口氣，繼續道：「那從今日起，晚上小樹回來後，你每日同他學一個時辰的字吧，約莫一、兩個月，常用字就學全了。」

王衝臉上浮現出奇怪的神情，自己應當是又高興又激動的，然而一看到面前的一對玉人兒又有些難過，臉都扭曲了起來，被剛進門的老江頭看了個正著，嚇了一跳。「衝小子，你這是……累著了？」

林景時也笑了起來，從江雨橋手中拿過那張紙，對著王衝示意一下。「待你學會字之後，我教你做帳可好？」

意外之喜！

王衝已經不知道該做出什麼表情了，江雨橋也驚喜地看著他。「多謝林掌櫃。」

林景時笑著搖搖頭。「莫要提前謝我，還得王小哥自己學會了字才成，若是光學字就學了好幾個月，拖得久了我可不一定還要教了。」

一句話激起了王衝的勝負心，他站直身子看著林景時的眼睛，一字一句道：「我一定會早日學會的！」

林景時不置可否地點了下頭。「那我就等著王小哥。」

王衝的精氣神一下子就變了，一掃前幾日的萎靡，眼睛都亮了起來，不停往外張望著，盼著江陽樹早早回來。

江雨橋感激地看著林景時，悄悄湊過去，小聲道：「謝謝你。」

林景時卻露出詫異的神情，也故作神神秘秘地小聲回道：「謝什麼？」

江雨橋臉色一下僵住，抽了抽嘴角，怎麼也說不出謝謝他激發了王衝的鬥志，重重地「哼」了一聲。「謝謝你教我做帳！」

這咬牙切齒的語氣可絲毫不像感謝，卻逗得林景時忍俊不禁。

江家鋪子人齊了以後果然有序許多，前幾日客人們都要等好一陣子，如今老江頭可是手腳麻利地送走一個又一個客人，到晚上一算帳，竟比剛開張那日人最多的時候掙得還多了三成。一大家子人歡欣鼓舞，只覺得前面就是康莊大道，日子充滿奔頭。

林景時依然整日在江家鋪子裡吃飯，越同他相處，王衝對他的敵意也越來越少，終於有一日他躺在炕上，在身邊占了大半鋪炕的李牙震天的呼嚕聲中，冷靜客觀地把自己和林景時從頭髮絲比到腳底跟，不得不承認自己處處不如他。想到江雨橋對他一直有禮卻不親近，流下了幾滴男兒淚，把對江雨橋最初的愛戀埋在心底最深處。

第二日一大早，江雨橋剛出屋門就見王衝也推開門，她的臉上有幾分尷尬，誰料王衝先揚起笑臉，朝她打招呼。「雨橋，妳起了。」

江雨橋一愣，這一個多月，王衝還是頭一次主動跟她說話，她察覺到王衝言語中有些不一樣，試探地回道：「王三哥起得也挺早。」

王衝咧開嘴笑了笑，像是第一次見面的那個淳樸的村中小子又回來了。

江雨橋的心驀地安了下來，又喚了一聲。「王三哥，你先去收拾一下灶房？」

王衡乾脆地應下，拿起抹布去了後廚。江雨橋在他背後鬆了口氣，這是……想明白了？

天氣越來越暖，江大年雖然沒法參加四月的院試，但孫秀才卻要拚一把的。這段日子他恨不得把一日拆成三十六個時辰來用，頭懸梁錐刺股，見天地就只有早晨過來買上幾個饅頭、包子，這一整日就窩在鋪子裡半掩著門讀書。

老江頭對這個新結識的忘年交是真上了心的，他本就對讀書人有一分敬仰與好感，見孫秀才這個樣子也跟著著急，一日要去看他好幾回，又怕打擾他讀書，只撅著屁股趴在門板上悄悄瞄一眼，見他好端端地坐在那兒才鬆口氣。

江雨橋被老江頭的舉動弄得無奈極了，在他又一次要摸過去的時候拉住他。「爺，您這過去看一眼有啥用？」

老江頭跺跺腳。「我這不是著急嗎？也不知道孫秀才今年能不能中。」

江雨橋也仔細回想過上輩子他中了沒有，可惜那時候她剛入許府，整日提心吊膽的，哪裡會去關注一個小小的童生有沒有中秀才？

想到這兒她嘆口氣。「若是您這麼關心孫大哥，不若一日三餐給他送飯過去，咱們還收他包子、饅頭的錢，回頭把自己做的給他盛一份。」

老江頭一拍腦袋。「我怎麼沒想到呢，還收什麼錢啊，帶上他一張嘴也就多雙筷子的事。」說完就要去隔壁同孫秀才說。

江雨橋差點沒扯住他，手上用了幾分力。「我的爺爺欸，人家讀書人講究的就是不食嗟來之食，你去送飯算怎麼回事，這不是幫忙，是結仇去了。」

老江頭萬沒想到讀書人的彎彎繞繞這麼多，迷迷糊糊地想了半日。「罷了、罷了，妳說的什麼食，爺也聽不懂，但是妳讀過書，約莫能和孫秀才想到一塊兒去，就這麼辦吧！」

到了晚上，老江頭果然端著一碗湯、一碗飯並兩個菜去了隔壁，回來喜孜孜地同江雨橋道：「可別說，我一送飯過去他就開始推辭，後來我說這飯是收錢的才收下，好一頓謝我呢。」

林景時一聽就知道是江雨橋出的主意，眼中星光閃碎，這小丫頭倒是會做人。

終於到了要上考場這日，大清早送走了孫秀才，老江頭就唉聲嘆氣的。「也不知道孫秀才能考上不……」

江雨橋憋著笑正要回他，就聽見門外熟悉的聲音響起。「老爺，就是這兒了。」

江雨橋渾身的血液一下子凍住，臉色霎時變得青白，老江頭嚇了一大跳，聲音都變了。「雨橋，妳怎麼了？」

門外馬車上的許遠聽到這一聲，忍不住眉頭微皺。

雨橋？這名字為何如此熟悉？

江雨橋慌亂得不知道自己該做什麼，她清楚自己應該馬上冷靜下來，可是不管怎麼樣都冷靜不了，耳邊傳來「怦怦怦」的心跳聲，感覺那顆心如同過年的爆竹一般要炸開，兩隻眼睛死死盯著門外的馬車，抖著唇不停地安慰自己。

這一日她應該早就有心理準備了，她不能逃，也不能露出馬腳。

林景時見她神色不對，顧不得避諱，靠近她低聲詢問：「妳怎麼了？若是不舒服就去後面歇著，我來算帳。」

江雨橋聽到他的聲音，心裡稍稍平穩了些，艱難地搖搖頭。「我……我沒事。」

林景時瞇起眼睛，看著她依然慘白的臉色，沒有再追問，只是伸手把她拉到身後，自己站在櫃檯前。

這時許遠已經下了馬車，站在門外上下打量著這小小的鋪子。

樸素、乾淨，是他對這小鋪子的第一印象，最近縣裡傳聞有間小鋪子能吃到許多新鮮吃食，一向自詡為老饕的他又怎能錯過？

鋪子裡三三兩兩坐在那兒吃早飯的人一看許遠就知道是招惹不起的人，兩三口吞下剩下的幾口包子，匆忙站起來結帳。

林景時麻利地結完帳，對躲在身後的江雨橋道：「妳要不要先去後院？」

江雨橋閉上眼睛深吸幾口氣，堅定地搖搖頭，睜開眼睛，眼底已經一片清明。「不用。」

王衝已經迎上去招呼，極有眼力見地同許遠道：「這位客官您幾位，裡面請。」眼睛卻看著許忠。

許遠略帶幾分妖嬈的桃花眼微微上挑，示意許忠回答。

許忠「嘖」了一聲。「給我們老爺尋個僻靜點的地方。」

王衝機靈地帶他們去平日林景時常坐的桌子，許遠坐在那兒一言不發，老江頭上前給他倒水，站在一旁的許忠倒是認出他來。「你是……你是那個？」

老江頭一咧嘴，孫女兩次見到這個人臉色都不對，他也不傻，索性裝到底。「您認識我？」

許忠死活想不起來這人賣的是什麼，指著老江頭，半天憋出一句。「你是那個賣方子的！」

許遠拿著水杯端詳的手一頓，挑起眼睛看著老江頭。他對這老頭絲毫沒有印象，但是他那個孫兒倒是給他留下幾分印象。「你孫兒呢？」

老江頭皺起眉來，心知他打探的是江雨橋，嘴上卻道：「我孫兒如今跟著顧先生讀書呢。」
許遠沒有說話，不知在想什麼，許忠窺著他看不出神色的臉，對老江頭道：「把你家招牌的、拿手的、新鮮的都來一份！」
老江頭臉上一驚。「全、全都來一份？」
許忠有些不耐煩。「全部！怎麼，怕爺給不起錢？」
王衝咬著後槽牙，擠出一抹笑。「小的哪敢這麼想，二位爺稍等片刻，菜這就上了。」
許遠不置可否地輕點下頭，見王衝進了後廚就抬頭看起這小鋪子來，一眼看到站在櫃檯後的林景時，多看了兩眼，這人看著可不像是能窩在小吃食鋪子裡的人。
林景時淡定地朝他微微一笑，低下頭去算自己的帳，身後被他完全擋住的江雨橋竟然察覺到許遠的眼神，控制不住抖了一下。林景時心中疑惑，身子直了直，靠她近一些，把江雨橋擋得更嚴實。
如此一來江雨橋與林景時挺拔的背就只有一拳的距離，她驚訝地輕輕倒吸口氣，鼻尖纏繞著林景時身上若隱若現的松柏香，也不知道自己哪來的勇氣，緩緩伸手觸上他的背。
林景時整個人一下子緊繃起來，不敢置信地微瞪起眼睛，下一刻卻察覺到江雨橋手上微微用力，似乎是想要推開他。

他隨著江雨橋的力道往旁邊移了一步，露出她半張瑩潤的小臉。

許遠一下子認出這就是那個穿著破破爛爛的小鬼，可如今看這髮飾……竟然是個女兒家？

江雨橋只覺得許遠的一雙眼睛像是兩把刀，那目光能把她切得體無完膚。她的手扶在林景時的背上，感受著掌心微熱的溫度才止住顫抖，一咬牙，一步邁出來，抬頭對林景時道：「林掌櫃，這裡還是交給我吧。」

林景時輕笑出聲，低頭看著她的眼睛。「妳怕他？」

江雨橋先是閃躲了下他的眼神，轉而又回看向他。「胡說！」

林景時伸手揉了揉她的腦袋。「不怕便好，我也無事做，在這兒看著妳做帳。」

江雨橋大驚，下意識地先回頭去看老江頭，見老江頭背對著他們正在擦桌子，才鬆了口氣，搖晃著腦袋把林景時的手甩下來，嗔了一句。「快拿下來。」

林景時低笑著拿下手，站在她身邊翻出昨日的帳，同她講了講幾處記得不是十分清楚的地方。他的聲音低沈呢喃，讓人忍不住放鬆下來，江雨橋隨著他的話，慢慢忘記了心底的恐懼，認真地看起了帳。

兩人的互動任誰一看就像一對小情人，許忠嫌棄地撇撇嘴沒說話。大庭廣眾之下，成何體統？

許遠心底一陣陣的煩躁，看著眼前的兩人捏了捏手心，忍住心底想要掀了桌子的衝動，陰沈地盯著江雨橋。

林景時察覺他的注視，輕輕彎下腰來，擋住許遠的視線，半籠住江雨橋。

正在看帳本的江雨橋詫異地抬頭看了他一眼，只見他一挑眉。「看完了嗎？那順便看看前幾日有沒有出這毛病。」

江雨橋一聽深覺有理，忙低下頭去翻看前幾日的帳。

李牙手腳麻利地下了十碗麵，澆上十種澆頭遞給王衝，又般般樣樣上了些包子、小菜和粥，擺了滿滿一桌。

許忠吞了下口水，看著這滿桌的主食，不可思議地瞪著老江頭。「你上這麼多麵做什麼！」

老江頭憨憨一笑。「您有所不知，咱家鋪子主要就是賣這些，所以方才才問您是不是要全部……」

這話許忠可沒法接，辯解道：「我說的是招牌的、拿手的、新鮮的！」

老江頭更無辜了。「咱家每一樣都是招牌的、拿手的、新鮮的啊……」

許忠額頭爆出青筋，上回買方子就知道這家人不是好東西，如今倒還越發得寸進尺了。他捏緊拳頭、磨起了牙，恨不得上去給老江頭來一拳。

許遠抬頭看了老江頭滿是皺紋憨厚的臉一眼，竟然輕笑出來。「許忠，筷子。」

許忠抿抿唇，吞下到嘴邊的話，從懷中掏出一個精緻的刺繡絲袋打開，小心翼翼拿出一套銀餐具，按順序擺在許遠手邊。

許遠在十碗麵中依次挑起澆頭嚐了嚐，最後選中了一碗蘑菇素臊子麵，攪拌均勻後淺嚐一口點點頭，又挾向一碟看起來清清爽爽的涼拌馬鈴薯絲。

整個過程筷子不碰碗碟，咀嚼聲音輕微，安靜得讓人察覺不到他在吃飯。老江頭和王衝忍不住斂起呼吸，大半間鋪子一下子安靜下來。

只是鋪子另一邊，在林景時的不停詢問中，江雨橋絲毫沒有察覺到鋪子那半邊的氣氛，在淡淡的松柏香中，放鬆下來自己緊繃的情緒。

眼見許遠吃得差不多了，許忠剛要去付錢，卻被他抬手攔住，親自站起身子，擦了擦手指，走向櫃檯。

江雨橋被眼前的身影擋住光亮，下意識一抬頭，正對上許遠那雙桃花眼，只是此時他的眼神陰鬱至極，盯著江雨橋像是在沈思什麼。

江雨橋既然站在這兒，就已經做好和他面對面的心理準備。她放下帳本，捏緊掌心，對王衡喊了一句。「王三哥，客人吃了多少東西？」

王衡愣了一下，忙小跑過來，吊著嗓子報菜名。「什錦素澆頭麵一碗、紅燒大排麵一碗……」

一長串報下來，江雨橋也算好了價格，她把算盤稍稍往前一遞。「客人，承惠一百零四文，給您抹個零，一百文即可。」

許遠勾起唇角，泛出一絲笑。「一百文？我上次給的五十兩銀子還不夠這頓飯？」

江雨橋臉色微變，暗暗吸了口氣，強迫自己笑起來。「客人真會說笑，上次那五十兩乃是您買方子的銀子，哪裡能同這飯錢混在一處？」

許遠「呵」的一聲笑了出來。「果然是妳。」

這四個字如同巨石砸在江雨橋心上，內心深處最強烈的恐懼霎時間湧了上來。她忍不住退後半步轉身想逃，林景時伸出手一把拉住她的小臂，自己上前迎上許遠。「客人這話說得有趣，是跑到咱們鋪子來認人了？」

許遠意味深長地看了躲閃著他眼神的江雨橋一眼，移開視線看向林景時。「你是這鋪子的掌櫃？」

林景時雲淡風輕地笑了笑。「我不過是來幫忙的罷了，不知客人何時想要付帳？」

這話說得極為無禮，許忠豎起眼睛瞪著他，林景時卻恍若未見，依然含笑看著許遠，像是在縱容不懂事的孩子。

許遠同他對視許久，冷哼一聲。「許忠，錢。」

許忠恭恭敬敬地掏出荷包打開遞上去，許遠從裡面捏起一小塊銀子，似笑非笑地看著江雨橋。「怎麼，不收錢？」

江雨橋在林景時背後深深吸氣，反手扯住林景時的手臂，阻止他要去接錢的手，自己伸出手去。「客人稍等，咱們這就給您找錢。」

許遠瞇起桃花眼審視了她片刻，突然莞爾一笑。「你們伺候得好，給妳的賞錢。」說完又深深看了她一眼。「下回來的時候記得多準備些新鮮的，今日吃過的我可不吃了。」

看似溫柔的話語，卻讓江雨橋雞皮疙瘩起了一身。

下次……下次?!

她握著林景時胳膊的手忍不住加重幾分力道，沒有答話。

許遠也不管她什麼表情，甩下這句話後就轉身離開鋪子，上了馬車才慢慢皺起眉來。

這個女孩為何看著如此熟悉？看見她同別的男人親近，他竟然第一次差點在外人面前壓抑不住心底的暴戾。

想到這兒，他自嘲一笑，什麼時候他也如此優柔寡斷了，既然對她感興趣，那納回家便是！

江雨橋絲毫不知道許遠心中的想法，她的後背已經被冷汗浸濕，腳底發軟，若不是還扶著林景時的胳膊，怕是已經癱在地上了。

林景時擔憂地看著她。「要扶妳去後面嗎？」

江雨橋搖搖頭。「我隨便找張椅子坐坐就成了。」

林景時也顧不得避嫌了，伸手半圈住她，連拖帶扶地把她安排在一張椅子上，這才直起身來，去給她倒了一杯溫水。

老江頭急得不知如何是好，撲上來問道：「雨橋，妳怎麼了？」

江雨橋虛弱地笑了笑。「無事，爺莫要擔憂，許是這幾日累著了。」

這話誰都看得出來是場面話，老江頭抿抿唇，也沒有追問，重重地嘆口氣，等她喝完了手中的水，才伸手扶起她，強硬道：「今日妳別出來了，去後頭歇一日，若是弄壞了身子可怎麼辦？」

江雨橋也覺得自己身心俱疲，本以為自己已經做好了心理準備，卻沒想到同許遠一見面就潰不成軍，這樣下去早晚要壞了事情，她應該要思考一下自己到底要如何面對。

林景時也開口勸道：「妳去歇會兒吧，今日的帳我來記就好。」

江雨橋感激地看了他一眼。今日若不是他在，怕是她也撐不住，終於點點頭應下。

「那就麻煩林掌櫃了。」

林景時沒有說話，走到另一邊扶住她的胳膊，同老江頭一起把她送回後院。

江老太刷完碗才從後廚出來，聽說江雨橋生病了回去休息，急忙跑回去，又是一頓灌溫水、加被子，見她沒有發燒才放下心來，叮囑她一定要好好睡一覺，才提著七上八下的心去前面忙碌。

江雨橋哪裡睡得著？翻來覆去地回憶著上輩子的事情。

舉步維艱的生活……她似乎沒睡過一個好覺，身邊所有人都是兩副面孔，沒有一個值得她信任的人。

她見過太多當面是好姊妹，背後卻下黑手的例子，後院的女人們手上動輒沾染上鮮血，她鬥不過，也不想鬥。

整日窩在自己小小的院子裡，挖空心思討好許遠。她很聰明，她知道只要許遠離不開她，誰想要她的命，都要掂量掂量自己能不能承擔後果……

可惜……她太自信了，本想安安穩穩地度過餘生，卻沒想到夫人竟然惦記她這條賤命二十年，終於被她逮到機會……

而她再睜開眼，也回到了小時候。

江雨橋苦笑一聲。時至今日，哪怕家人對她再好，她都不能全心地信任他們。這種事一時半會兒怕也糾正不過來，她只能讓自己慢慢改變。

至於許遠……江雨橋捂住被子低低哀號一聲。

前世的他真是太可怕了，她親眼看到他親手把一個十二、三歲的小丫鬟活活掐死，而原因不過是因為那小丫鬟把略燙的茶水不小心倒在他的手上……

在外面他一向是一副溫文爾雅的面孔，在府內卻如同那地獄中的惡鬼。人人都道許府是積善人家，每年都放出去一批到了年歲的丫鬟，採買新人。

而許遠除了好色些也沒有別的毛病，從來沒有傳出過逼良為娼的事情，可誰會知道城外的亂葬崗上有多少個被燒成灰燼的女人們的冤魂在哭嚎。

江雨橋忍不住有些發抖，咬緊被子一角，不讓自己哭出聲來。

這時，門外傳來林景時清冷的聲音。「雨橋，妳睡了嗎？」

江雨橋僵了一下，胡亂擦乾眼淚，深呼吸幾口氣穩住聲音，清了清嗓子回道：「林掌櫃？我沒睡。」

林景時聽出她嗓音中的沙啞，猜想她哭了，沈默一息才開口。「看時辰小樹快回來了，江奶奶在忙著做活，讓我問問妳要不要起來吃飯？」

江雨橋傻愣愣地點了下頭，才想到他在門外看不見，吞了吞口水爬起來，經過銅鏡整理了下凌亂的頭髮，看到臉上的淚痕也已經擦乾淨了才打開門。

林景時一眼看出她的眼睛有些紅腫，嘆了口氣。「去前面嗎？」

江雨橋咬著下唇，有些猶豫。她自然是不想去，可又怕家人擔心她……

林景時見她糾結的樣子，一揚眉，替她做了決定。「別去了。」

江雨橋驚訝地看著他，就見他微微一笑，揉了揉她的頭髮。「去躺著吧。」說完就轉身回了前面，只留下江雨橋傻乎乎地看著他的背影。

不一會兒工夫，就見林景時端了一個木托盤走過來。江雨橋有些疑惑，看著他問道：「怎麼是你端過來的？」

林景時突然想到什麼好笑的事情一般，眼角微微揚起，看著好奇的江雨橋，笑道：「嗯……小樹是回來喚江爺爺去私塾的，聽說他犯了什麼錯。」

江雨橋一下子把方才心中糾結的事情拋在腦後，緊張地盯著林景時問：「犯錯？小樹犯錯了？」

林景時無奈地朝手中的托盤一努嘴。「先讓我放下？」

江雨橋有些尷尬，林景時看著像是讀書人，這托盤也挺沈的，怕是累了吧，急忙伸手要去接，卻沒想到林景時繞開她直接進了屋子，把東西放下，甩了甩手腕。

江雨橋沒防備地被他進了自己的房間，一時大窘，正要把他趕出去，卻聽見林景時道：「小樹他……」

江雨橋到嘴邊的話頓時轉了個彎。「小樹到底怎麼了？」

林景時挑了挑眉。「也沒什麼大事，就是與同窗打架了。」

「打架?!」

「嗯，聽說是因為吃食與同窗打了起來，彷彿……四喜也參與了。」

江雨橋已經不知道說什麼好了，為了一口吃的打架，她這弟弟倒是越來越出息了。

看著沈默的江雨橋，林景時像是覺得還不夠刺激她一般，繼續道：「那孩子被打出了血，他爹娘帶著他去找大夫了。」

江雨橋頓時火冒三丈，磨著牙一字一句道：「如今什麼情況了？」

林景時無辜地攤攤手。「江爺爺已經去了，對方父母帶著大夫也去了，顧先生如今怕是在調解吧。」

江雨橋一拍桌子，差點把林景時剛放下的托盤震起來，林景時做出怕怕的樣子瑟縮一下，她有些訕訕地收回了手。「我想去私塾看看。」

林景時點點頭。「吃完飯，我同妳一起去。」

吃完飯？那得什麼時候了！江雨橋顧不上什麼，一把拉住林景時的胳膊把他往外一推。「我換件出門的衣裳。」說完咚地一下關上屋門。
林景時被關在門外，失笑地搖搖頭，還是這麼精神百倍的樣子適合這丫頭。
江雨橋出來得飛快，江老太和王衡在前頭也沒心思吃飯，著急地走來走去，一看到江雨橋，眼睛一亮，立刻迎上來。「雨橋，妳好些了？」
江雨橋心中一暖，扶住江老太。「奶，我去私塾看看。」
江老太皺起眉來。「妳去做什麼？天都快黑了，太危險了，打個架嘛，咱們村誰家男娃沒打過架，等妳爺把小樹帶回來，咱們再好好教訓教訓。」
江雨橋擔憂的可不是打架，而是這麼久了，對方的爹娘都去了，若是能輕易解決，現在應當已經回來了。老江頭到底是村中老漢，哪裡能同人家辯個頭緒。
她嘆了口氣正要勸，林景時從後面出聲。「江奶奶莫要擔憂，我陪雨橋一同去。」
這時候就看出家中有個正當齡男人的好處了。江老太像是一下子有了主心骨，猶豫地看了看江雨橋，見她一臉堅定，只能點頭答應。「你們早去早回。」
江雨橋匆匆安慰了她兩句，就急忙往私塾趕去。

第十章

江雨橋二人尚未進門，就聽見院中一個尖銳的女聲——

「賠錢？你們賠得起嗎？我家兒子多金貴，竟然被這鄉下小崽子打破了頭！」

又聽見老江頭略顯卑微的聲音在道歉。「實在對不住、對不住，你們說多少錢，咱們都賠、都賠。」

江雨橋簡直怒從膽邊生，一把推開私塾大門，看著幾張驚愕的臉，鎖定一個尖嘴猴腮、尖酸刻薄的女人，冷笑一聲。「我看看妳家兒子有多金貴！」

院中眾人見到她出現，都驚得說不出話來，只有江陽樹反應最快，嗚咽一聲撲上前，抱住她的腰。「姊……」

江雨橋抖了抖嘴角，附在他耳邊悄聲道：「你的帳回去再同你算！」

說完抬起頭來看著那婦人。「這位嬸子，妳倒是說說，妳這兒子有多金貴？」

那婦人仔細一看，見自己被這麼個瘦弱小姑娘嚇住，臉色有些難看，回過味來方才江陽樹那聲「姊」，豎起眉毛。「喲，我當是誰呢，原來是這小崽子的姊姊，果然上梁不正下梁歪，一個女孩子家天都黑了還出來拋頭露面，怪不得這小崽子這麼不懂禮數。」

江雨橋扶起江陽樹，把他推到身後，不屑地瞥了一眼那婦人，對坐在正中的顧潤元行禮。「顧先生。」

這動作像是一巴掌搧在那婦人臉上，她鬧哄哄地帶著男人、兒子、大夫來鬧事的時候可沒想著跟顧潤元行禮。

顧潤元面無表情的臉上浮現一抹暖笑。「雨橋，這麼晚妳還特地過來一趟。」

江雨橋也笑了起來，正要回答，卻被那婦人打斷。「顧先生，你同這家人要好，可不能偏幫他們！」

江雨橋眼見顧潤元的笑容僵在臉上，突然覺得好笑。「這位嬸子，妳怎麼知道我們家同顧先生交好？」

那婦人被這句話堵住，好半晌才找回自己的聲音。「妳、妳同顧先生打招呼，他、他還回妳了。」

江雨橋詫異地看著她。「嬸子，難不成妳見了顧先生竟然不打招呼？天地君親師，這可是我弟弟的先生！至於顧先生回我，不過是顧先生為人和藹慈祥罷了。」

慈祥……和藹……

顧潤元瞬間感覺自己同老江頭一個歲數了。

他看了眼悶在一旁的老江頭，清了清嗓子。「雨橋啊，這事說來很簡單，小樹帶了晌午的食盒，四喜嘴饞，就要同他一起吃，結果這個孩子——邢保也想吃，就上前去討要……」

話未說完，看了滿臉不服氣的邢家父母一眼，繼續道：「小樹說他討要的東西正巧妳只帶了兩個，他與四喜一人一個已經吃完了，結果邢保不相信就去翻食盒，把一整盒飯倒扣在地上，幾個孩子就這麼爭執起來。」

委屈巴巴的四喜也從顧先生身邊跑過去，拽著江雨橋的袖子。「姊姊，小樹真的沒有了，邢保就是不信。」

江雨橋抬眼瞥了那邢家大嬸一眼。「嬸子方才還沒告訴我，您家孩子到底多金貴，同別人要吃食這麼金貴？」

這話簡直像是捅了馬蜂窩，那邢婆子「嗷」的一聲叫起來。「妳這小蹄子放的什麼羅圈屁！妳家的崽子才去要飯！」

江雨橋攤攤手，心平氣和地問邢保。「顧先生冤枉你了？」

連續兩次的無視徹底激怒了邢婆子，她衝到江雨橋面前，抬起手來就想打她，誰也沒預料到在私塾這種地方竟然有人敢動手，一時都沒反應過來。

江雨橋瞇起眼睛，腦中快速思索著，幾乎一瞬間就下了決定，不只不躲，反而稍稍抬頭迎向她的巴掌。

眼見著蒲扇般的大手要呼上江雨橋的小臉，江雨橋閉上眼睛等待著，「啪」的一聲，臉上卻沒有想像中的疼痛。她緩緩睜開眼，一隻骨節分明的手擋在她眼前，順著望去，邢婆子的巴掌赫然拍在林景時的胳膊上。

江雨橋愣愣地抬頭回看站在自己身後的林景時，只覺得心跳漏了一拍。

「你……」

林景時低頭同她對視一眼，見她無事才放下心來，抿唇一笑。再抬眼看向邢婆子，目光如刀。「男女授受不親，再這樣……我可是要去報官的。」

萬萬沒想到林景時竟然能說出這麼一句，江陽樹猛地把頭埋在林景時後背不停顫抖，江雨橋吞了下口水，死死咬住下唇不讓自己笑出聲來。

四喜卻不管那麼多，笑得腰都彎了，幸好老江頭上去扶了他一把，不然非要摔倒不可。

顧潤元一向平和的臉上也扭曲起來，握拳擋在鼻前輕咳一聲，掩飾自己快要壓不住的笑意。

邢婆子一下子像是被人搧了幾巴掌，腦中嗡嗡作響，整張臉紅得發紫，掌心像是被火燎了，「嗖」地一下收回手，站在原地抖著唇，不知所措。

一直躲在她身後的邢力狠狠把她扯回去，瞪了她一眼，扭過頭來打量著林景時。他到底是做小買賣的，一眼就看出林景時渾身的氣度可不常見，那衣裳料子，以及束髮帶上繡的紋路、腰間的玉珮，光從頭到腳這一身就能頂上他全部家當了。

他眼珠一轉，堆起笑來。「不知這位是？」

林景時一挑眉，沒回答他，氣氛一下子詭異地安靜起來，尷尬漸漸爬到邢力臉上，空氣都像是凝住了，不一會兒工夫，邢力的臉上就溢出汗來。

林景時輕笑一聲。「方才那位一口一個禮數，我還以為詢問別人之前要先……嗯……」

邢力的臉色霎時變得難看起來，對上林景時一臉疑惑又略帶輕蔑的表情，只覺得臉疼。

江雨橋沒想到林景時兩句話就解決了那兩夫妻，伸手招呼邢保。「小樹帶的吃食都是姊姊做的，你想吃嗎？」

邢保眼睛一亮，顧不得他娘死命拽他，高聲喊了一句。「想！」

邢婆子一把捂住他的嘴，邢保「嗚嗚嗚」地掙扎著。

江雨橋笑了起來。「這位嬸子，妳就是這麼對待妳金貴的兒子的？」

邢力陰沈地瞪了她一眼，邢婆子嚇得手一抖，鬆開了邢保。

邢保重獲自由，殷切地看著江雨橋。「妳會給我做吃的？」

江雨橋點點頭。「姊姊會做許多好吃的，你想吃什麼就和姊姊說，只是你得告訴姊姊，今日到底是怎麼回事？」

邢保想到江陽樹帶的食盒，吞了吞口水，給江雨橋比劃。「我想吃那個圓圓的，裡面有餡的，外面一圈一圈脆皮的餅。」

江雨橋恍然大悟。「你說的是雞肉炸酥餅？」

邢保這還是頭一回知道那餅的名字，自己念叨了兩句，滿懷期待地看著江雨橋。「就要那個！」

江雨橋認真應下。「明日我就讓小樹帶給你。」

邢保一聽，頓時心滿意足。這個姊姊在他心中已經成了天大的好人，喜孜孜地幻想著明日的餅。

再往下說可就要說到今日的事了，邢力一把將邢保拉過來，對林景時道：「咱們是城南三合街賣布的，不知您是……」

話還未說完就被四喜打斷。「巧了，我這哥哥也是賣布的，同行啊！」

邢力瞇起眼睛，心裡更是害怕。誰家賣布的是這般模樣，不會是什麼大布莊的東家吧？這些人家伸出手碾死他們就像碾死一隻螞蟻一樣容易。

他心中盤算，早就聽說顧先生這兒不收達官顯貴家的孩子，大部分都是有點小家底做小買賣的，他才敢來鬧一場多要些好處，誰料竟然惹上這麼一條大魚。

想到這兒，他捏住邢保的手。「既然都是同行，那便是誤會一場，孩子玩鬧罷了。一開始我也不知道到底怎麼回事，一見孩子擦破了口子，心裡著急。保兒可是咱們家三代單傳的命根子，這股邪火著實壓不下去，這會兒我也冷靜下來了，都是誤會、誤會。」

林景時挑眉沒有答話。這畢竟是江家的事，誤會不誤會的他說的可不算。

那邢力等了片刻回過神來，狠下心推了手上的邢保一下。「去，給你兩個同窗賠個不是。」

邢保倒是好說話，惦記著明日的餅，噘著嘴上前，略帶不情願道：「江陽樹、四喜，我不該打翻你們的食盒。」

四喜有些不服氣，鼓著嘴不出聲，顯然還氣著呢。

江陽樹卻從林景時身後邁出來，對邢保拱手。「今日也是我們莽撞了，我與四喜哥也給你賠個不是。」

邢保張了張嘴，瞥了一眼江雨橋，小聲道：「我不要你們賠不是，我就要那餅。」

江雨橋摸了摸他的頭。「好孩子，明日姊姊定讓小樹給你帶來。」

送走彆彆扭扭的邢家三口，四喜踢著腳底的小石子。「就這麼放他們走了，先生你都不出聲。」

顧潤元敲了他腦袋一下。「邢保打翻食盒是真，你們推了他也是真，難不成還真明面上偏幫你們？」

四喜垂下頭，怎麼都不高興。那食盒裡裝著江雨橋特地給他帶的水晶餃子呢，他一個都沒吃就沒了。

顧潤元見不得自家小書僮這個樣子，無奈道：「下回你倆去屋裡吃不就成了？」

眾人。「……」

這是公然教導學生吃獨食啊……

這事說到底不過是孩子間的鬧劇，只是江陽樹對林景時卻突然感興趣起來，回家路上一直纏著他，想要同他學習怎麼才能一句話把人堵得半死，氣得江雨橋直磨牙，揪著他耳朵好一頓教訓，心裡泛起嘀咕來。有林景時和顧先生這兩個腹中黑的影響，小樹日後得變成什麼樣子？

江老太等得著急，一遍遍地去熱菜，終於等到一行人遠遠過來。她鬆口氣，看見江陽樹笑嘻嘻的樣子，知道沒什麼大事，趕忙催著李牙端飯。

折騰這麼一場還真是餓了，幾人匆匆吃完，林景時也該回去了。

他抿抿唇，見江雨橋就要往後廚去，突然出聲喊住她。「雨橋，妳能隨我去一趟鋪子嗎？桑姨之前說有事找妳。」

江雨橋驚訝於他怎麼才說，還是放下手中的活兒，洗了洗手，同他一起去了隔壁繡莊。

桑掌事見江雨橋來了，迎上前笑問道：「雨橋來了？」

江雨橋有幾分莫名。「桑姨找我何事？」

桑掌事愣住。「我？」

她看了一眼跟在江雨橋身後的林景時，一下子反應過來。「啊，我想讓妳幫我看看最近小姑娘們喜歡什麼花樣子？」

江雨橋苦笑道：「我整日待在鋪子裡，哪裡知道如今姑娘們喜歡什麼，桑姨可問錯人了。」

桑掌事一拍頭。「是桑姨糊塗了，年紀大了，雨橋莫要見怪。」

江雨橋忙安慰道：「桑姨還年輕著呢，哪裡年紀大了。明日桑姨想吃什麼，我讓小樹給您送來。」

桑掌事笑著拉過她的手。「妳日日往鋪子送的飯，哪一樣都合我胃口，莫要特地去做。」

林景時出聲打斷二人。「既然桑姨這兒無事，那我送雨橋回去。」

江雨橋搖搖頭。「不用煩勞林掌櫃了，也就十來步路，我自己回去就成了。」

林景時卻不容她拒絕。「走吧。」

江雨橋來得莫名其妙，走得也莫名其妙，迷迷糊糊剛踏出鋪子，林景時就停下腳步，回頭看向她。

江雨橋跟著停下腳步，看著黑夜中他有幾分模糊的身影，試探地問道：「林掌櫃？」

林景時沈默片刻，突然低啞的聲音響起。「雨橋，妳多大了？」

江雨橋不知為何有些口乾舌燥，不自覺地伸出手，撫住自己狂跳的心。「我、我十四。」

林景時彎起唇角低下頭。「十四……」

兩個字像是他的低聲呢喃，縹緲得讓人捉不住。

江雨橋已經說不出話來了，夜風吹拂著枝葉，平日極易被忽略的細微「沙沙」聲此時在她耳中放大無數倍，朦朧的月光悄悄躲在雲後，探出一絲光亮，偷偷照著地上的一對人兒。

林景時如墨的眼睛隱藏在黑夜中，讓江雨橋分辨不出他的神色，只是現在這氣氛著實有些曖昧，她悄悄拍了拍臉，深吸一口氣。「林掌櫃為何問我這個？」

林景時緩緩伸手拍了拍她的頭頂。傻姑娘，真以為在黑暗中，他就看不到她的小動作了嗎？

江雨橋被他嚇得一動不敢動，就聽林景時啟唇道：「那邢保看著也十一、二了，妳今日摸他的頭是不是有些……」

江雨橋當真是感覺一聲炸雷炸在耳邊，她無語地沈默片刻。邢保這個歲數在她心中還是個孩子呢，細細一想又覺得林景時說得有道理，自己如今……也是個孩子。

但是林景時在這個時候說這種話，她不知為何就是很生氣，用力晃頭甩開林景時的手，重重「哼」了一聲，半賭氣道：「是我錯了！」說完也覺得自己有點傻，人家也是好意，扔下一句「我先回去了」，就跑回了鋪子。

林景時站在原地，看著她沒入那亮著溫暖橘光的小鋪子中，長長嘆了口氣，低聲自語。「才十四啊……」

江雨橋躺在床上，懊惱地敲著自己的頭。

方才自己到底是怎麼了？林景時明明是提醒她注意分寸，自己卻對他發脾氣，難不成真變成一個無理取鬧的孩子了？

她輾轉反側地睡不著，腦海中一會兒出現令人恐懼的許遠，一會兒是讓她懊惱的林景時，翻來覆去折磨著她。直到天矇矇亮，她終於下定決心，什麼許遠、什麼林景時，有什麼好怕的，又有什麼好惱的！

她已經不是上輩子的她了，許遠能拿她怎麼樣？她也不是真正的孩子，又有什麼好惱林景時的呢？這些繁複的事情不應該占據她太多心思，什麼都沒有錢重要！

轉過日所有人都覺得江雨橋哪裡有些不同，只見她用力把粥碗往林景時面前一放。「吃吧！」

老江頭咧咧嘴，小心翼翼開口勸道：「雨、雨橋，那個……」

江雨橋朝他齜牙一笑。「爺，後頭還忙著，我去忙了。」

林景時覺得無奈又覺得有趣，出聲喚道：「雨橋，今日沒有小菜嗎？」

江雨橋如今看見他就想磨牙，瞇起眼睛上下打量他許久，見他神色依然淡然，一下子洩了氣，回到後廚拿了一小碟下粥小菜推給他，一言不發地去做自己的活兒。

老江頭吞了下口水，湊到林景時面前。「林掌櫃，雨橋這是？」

林景時摸了摸鼻子，心知她定是惱了昨夜的他，略帶尷尬地輕咳一聲。「許是昨日事情太多了些，雨橋沒休息好。」

老江頭一下子想到許遠同江陽樹，癟起嘴，心裡打定主意回頭要教育一下孫子，讓他莫要再惹事！

眼見江陽樹背了好大一口鍋，林景時心裡絲毫沒有愧疚，深深看了江雨橋忙碌的背影一眼才起身離開。

江雨橋忙活過一陣，下意識看了那桌子一眼，發現早已沒了林景時的影子，氣得她把帳本重重摔在桌上，咬牙切齒地在心裡咒罵了林景時一句，再抬起頭卻當作無事發生。

那幫碼頭扛大包的漢子們如今已是江家鋪子的常客，每日馬哥都會派出一人來江家買幾十個饅頭、包子，今日臨近晌午的時候，卻是他親自來了。

王衡笑著迎上去。「馬哥來了，今日要多少？」

馬哥也笑了起來。「今日裝上三十個乾糧、十個素包子。」聽見王衡應下轉身要走，忙攔住他。「別急，你們東家呢？」

老江頭如今在後院整理油紙，正巧沒在鋪子裡，江雨橋抬起頭來。「馬哥，有事可以同我說。」

馬哥看著眼前的小丫頭，也知道她能作這鋪子的主，湊到櫃檯前悄聲道：「咱們弟兄一直在妳家買吃食，妳家的乾糧個兒大管飽，價格也實惠，碼頭上早就已經傳開了。

天已經漸熱，貨船越來越多，弟兄們忙起來就沒空吃飯，如今整個碼頭有五、六十號人等著做活，我不能看著弟兄們飯都吃不上一口。妳家若是同意，送些包子、乾糧去碼頭如何？」

江雨橋沒想到馬哥竟然還是碼頭的小頭頭，眼睛一亮。「馬哥說的哪裡話，咱們開門做生意的還能把活兒往外推？只是您先說好這送的時辰和價格，咱們也好提前準備。」

馬哥點點頭，從懷裡摸出一張皺巴巴的紙遞給她。

「這都是同意在妳家定吃食的弟兄們寫的，我數著是五十三個。妳數數，每日每人按著四個乾糧、兩個包子算，也不用太早，咱們雖說卯時就開始做活，但是差不多辰時才吃飯，你們辰時中送來就成。」

江雨橋打開他遞過來的紙，上面歪歪斜斜畫著幾個「正」字，數了數的確是五十三人，心裡盤算一下，開口道：「這麼看來，馬哥每日要二百一十二個乾糧、一百零六個包子。二百一十二文的乾糧錢，二百六十五文的包子錢，加起來四百七十七文，抹個零就收您四百七十文如何？相當於多送您七個乾糧。」

馬哥雖說不識字，腦子卻也算得快，聽江雨橋這麼一說，琢磨了下就應下。「成，七個乾糧已經頂上一個人一日的飯了，都是小本買賣也不容易，那就從明日開始送吧。」說完看了一眼已經提著包子、饅頭站在一旁的王衝。「那我今兒就先回去了。」

江雨橋急忙出聲阻止。「馬哥莫急，既然涉及到銀錢，咱們還是立個字據，不然到時候萬一咱們送去的東西有什麼問題，那豈不是耽誤您的事？」

馬哥愣了一下，重新審視了一眼這個小丫頭，讚許地點點頭。「妳說得是，日子長短就先寫三個月，待到了七月再看，天熱了活計就沒那麼多了。」

江雨橋應下，提起筆來寫下一式兩份的契約。

馬哥見她竟然還識字，更是對她尊重幾分，拿起契約吶吶幾聲。「我、我不識字啊。」

江雨橋沒有嫌棄他，反而一字一句地同他講解一遍，見他了然才簽上自己的名字，又摸出一盒印泥遞給他。「馬哥按個手印就成了。」

馬哥也不耽誤，按了手印在身上一抹，從懷裡掏出一個布袋扔給她。「成了，今兒我也耽擱了，弟兄們還等著我吃飯呢。明日別忘了去送，一日一日結算，這裡頭是二百文，就當這買賣的定金。」

江雨橋接過來，認真點點頭。「明日定然一早就送去，馬哥放心。」

送走了心滿意足的馬哥，江雨橋心底的欣喜壓抑不住，蹦蹦跳跳進了後廚。「李牙哥，明日要多蒸三百來個包子、饅頭，能不能成！」

滿頭大汗的李牙抽空回道：「怎麼，突然來大買賣了？這有啥不成的，不過就是晚上多發些麵。」

江雨橋神秘地笑了笑。「不只明日，後日、大後日，一直到七月，咱們都得多做這麼些。這是方才馬哥過來同我簽的契約，咱們終於有第一筆穩定的額外收入了！」

江老太一下子站起來，顧不得手上沾滿水，跑過來激動地看著江雨橋。「可是真的？」

江雨橋把契約往她眼前一送。「奶，您看，每日咱們能多出四百七十文，除了成本能多掙二百多文，光這一項，一個月下來就是六、七兩銀子，起碼每日給李牙哥加隻雞腿是夠了。」

李牙一聽見雞腿更高興。「雞腿、雞腿，給我加隻雞腿！」

老江頭從後院聽到消息趕過來，正聽到李牙的話，大笑著應下。「今晚就給你來一隻！」

有了這樁喜事，晌午來吃飯的林景時終於得了江雨橋一個笑臉。

他挑眉看著喜孜孜的江雨橋，問道：「今日發生什麼喜事了？」

江雨橋一聽他的聲音，心跳還是漏了一拍，臉色微僵一下才揚起笑臉。「林掌櫃說得是，馬哥已經同咱們簽了契約，每日多送些乾糧去碼頭。」

林景時也替他們高興，卻馬上問了一個直擊重點的問題。「碼頭離咱們這兒來回約莫半個時辰，東西又沈，誰去送？」

江雨橋一下子愣住，她壓根兒沒想到這個問題，窘窘地在鋪子裡瞄了一圈，怎麼看也只有王衝能去，可辰時正是吃早飯的高峰期……且三百多個饅頭也不輕，王衝自己一個人拿著走小半個時辰也不是個事。

林景時見她小臉垮下來，抿起唇。「要不，我去送？」

「那怎麼能成?!」

江雨橋還沒來得及開口，林景時就被老江頭駁了回去。「不成，這種體力活你怎麼能做，我同衝小子一同去。」

江雨橋想拍自己腦袋，若王衝真同老江頭一起去，那鋪子裡可就完全運作不起來。其實若說只上飯菜，她也差不多能忙過來，可那就沒人記帳了。

林景時見她懊惱的樣子，拋出了讓她無法拒絕的誘惑。

「這樣吧，這一個時辰我來幫忙，不管上菜、記帳，我都能做。」

江雨橋咬著下唇，想拒絕卻一時想不到更好的辦法。

林景時見她這傻樣子，笑了笑。「就這麼定了吧，明日吃了早飯我就不走了，等江爺爺和王小哥回來再說。」

江雨橋見他這麼熱心，不禁有些羞愧，檢討起自己對林景時是不是有些過了。她沈悶地道了謝，回到後廚給林景時親手炸了一盤鍋包肉端過去。「你喜歡吃甜的，這是特地給你做的。」

林景時驚喜地綻出笑來，看得江雨橋一陣眼花，心裡暗呸一聲，這男人也太妖孽了！

定下來後，一家子就忙碌起來，每日多這麼多麵食，早晚自然是要多忙碌一會兒，等送走了提著大藤籃子的老江頭和王衝，江雨橋也顧不上擔憂他們二人了，轉身投入到鋪子中。

林景時的帳算得又快又好，再加上他那副皮相，不過短短幾日工夫，就吸引了許多大姑娘、小媳婦來鋪子買吃食。

明明三、五文還非得去櫃檯結帳，結帳的隊伍都要排到鋪子口了，看得江雨橋目瞪口呆，趁沒人的時候湊到林景時身前道：「這幾日我才明白什麼叫亂花漸欲迷人眼啊。」

林景時眉頭微皺，用手中的筆桿敲了下她的頭。「好好讀書，這句話是用在這兒的嗎？」

江雨橋奸詐一笑。「那林掌櫃告訴我，這句話應該用在哪兒，或者這兒應該用哪句話？」

林景時罕見地被她堵了個正著，一時說不出話來，又敲了她一下。「調皮。」

江雨橋別提多得意了，看到林景時吃癟的樣子，快樂得走路都要一步三蹦了。誰知剛走到門外，卻看到一個人影，吸口氣驚呼一聲。「孫大哥！」

孫秀才臉色慘白，一看就知道沒少受罪，他被江雨橋這聲震得差點沒跌倒，穩住身形看到她，臉上強扯起笑來。「雨、雨橋啊……」

江雨橋生怕他摔倒，心裡著急卻又不好上去扶，回頭喊林景時。「林掌櫃，快些來扶下孫大哥！」

林景時應了一聲出來，伸手扶住孫秀才。孫秀才終於有了個依靠，癱在他身上已經走不動了。林景時無奈，只能攬著他把他拖到鋪子裡，讓他坐在椅子上給他倒了杯溫水。

孫秀才喝完了水才好些，摸了摸肚子，有些羞赧，有氣無力地看了江雨橋一眼。「那個……雨橋，有吃的嗎……」

江雨橋急忙道：「有有有，孫大哥你等會兒。」片刻工夫就端出一碗紅棗粥。「你先吃點棗子補補血氣，我看你這臉色白得嚇人。」

孫秀才顧不上答話，「唏哩呼嚕」地往嘴裡灌粥。江雨橋見狀，急忙又跑回去給他盛了一碗熱呼呼的湯麵。

孫秀才大口大口吞下去，意猶未盡地看著她。「還想吃。」

林景時攔住又要去盛的江雨橋。「他餓得狠了，不能一次吃太多，讓他喝些水就好。」

江雨橋可不懂這個，點點頭給孫秀才倒了杯水，見他臉色緩過來了，才試探問道：「孫大哥，你這是怎麼了？」

孫秀才懊惱地一捶桌子。

「都怪那賴家的鋪子，賣的什麼麵說是能放上七、八日不壞，引得學子們紛紛去買，結果第三日就開始酸臭，第五日竟然都已經發霉了。這院試一進去就是九日不能進出，多少人最後幾日餓得都昏過去，被拉了出去！

「幸而臨行前江老丈給我準備了許多饅頭、包子和肉醬，前幾日倒是吃得飽飽的，後面本打算用那醬拌麵吃，可那麵……唉，無奈最後兩日只能乾吃肉醬，那東西又怎麼頂飽，如今我還能堅持考完再回來，已經是祖上保佑了。」

江雨橋眉頭緊皺。「那賴家賣的麵有人也問過我家能不能做，但這東西我家之前沒做過，又怎能賣給考試的學子們，沒想到竟然真的出事了。」

孫秀才長嘆一口氣。「早知如此，我不若多帶些烤得乾乾的乾糧，好歹後幾日雖說硬些也能充飢，也是我莽撞了。」

江雨橋給他倒了杯水安慰道：「孫大哥莫要擔憂了，好歹你答完了試題，已經比許多人強了。你家鋪子的鑰匙呢？我給你去打掃下，你趕緊回去休息吧。」

孫秀才摸了摸腦袋。「咦？我的鑰匙呢？哦！我臨出門前把鑰匙給江老丈了，江老丈呢？」

江雨橋無語了，她爺爺如今怕是還沒從碼頭回來呢，難不成讓孫秀才在這兒坐著等？看他像是下一刻就要昏過去的樣子，只能求助地看向林景時。「林掌櫃，能不能幫我把孫大哥扶到小樹房裡，讓他先好好歇歇？」

林景時無聲地點點頭，拖著孫秀才去了後院。

江雨橋站在鋪子裡思索，那賴家賣的到底是什麼麵，如今這麼多讀書人出了事，怕是不能善了了。

她搖頭嘆氣。

罷了，她自己在這兒想也無用，只能早些盼著老江頭回來，好早些把隔壁打掃出來，讓孫秀才晚上也有個睡覺的地方。

誰料老江頭還沒回來，大街上就已經鬧騰起來。

原來前幾日昏過去的那些學子醒過來後就有心要去賴家，但當時院試尚未結束，他們幾人聚在一起商討一下，就沒鬧起來。今日院試一結束，就去各處奔走，要一同去賴家麵館討個說法。

事關科舉，去賴家買這麵的人家都是普通人家，家家戶戶誰不是拿命供一個讀書人，出了這等事，那賴家還想得個好？不到一個時辰的工夫，就被考生家人團團圍住，群情激憤吵翻了天，差點要砸了賴家的鋪子。

劉知縣忙派出所有捕快才攔住憤怒的學子家人們，一再保證一定會有個交代，才把他們勸回去。鐐銬一鎖，鋪門一關，賴家全家都進了大牢，只等著挨審了。

這件事給江雨橋也提了個醒，做吃食生意可不能有半點紕漏，否則就像賴家這樣……賴家……賴、賴明？

她一下子想起來了，十年後超過許忠成為許遠最信賴的左右手的賴明，彷彿聽說在他十歲這年家中遭了難，攤上官司全家被發配，最後只有他活了下來，要回縣城復仇，重振家業。

許遠不知許了他什麼才把他留在身邊，這麼算下來，這賴家同賴明定是有什麼關係。

她已經迫不及待想要去打探，可如今事情剛剛鬧起，定是還要鬧一陣。她家就是開食鋪的，來來往往的客人們談天論地，消息應該也不難打聽。

江雨橋按捺下心底的著急，盤算起若真的是賴明，她要怎麼做才好？

林景時送孫秀才睡下就到前頭來，如今人人都去賴家門口看熱鬧了，鋪子中一個人都沒有，看到江雨橋獨自低頭沈思，開口問道：「雨橋，妳在想什麼？」

江雨橋被他打斷思緒，愣了一下，抬頭看著他，扯出笑。「只不過是兔死狐悲罷了，那賴家的麵聽說也挺好的，我尚且沒吃過，如今就這麼倒了。」

林景時倒是不置可否。「他們既然想做這門生意，就要承擔風險，這種獨一門的買賣可不是隨隨便便誰都能做的。」

江雨橋聽他話中有話，忍不住問道：「你的意思是，這賴家被人害了？」

林景時滿意地看著她，認真指點。「既然想出頭，就要有足夠的資本，若是這次真讓賴家成了，之後多少秀才、舉人甚至進士都能記得他們家，所以賴家這事必然成不了。」

江雨橋聽得滿腦門子汗。生意場上的爾虞我詐她是知道的，但只不過這麼一點剛萌芽的事，就被人用如此殘暴的手段摧殘折斷，還是大大超出了她的預料。

轉念想起自家鋪子這段日子也出了不少風頭，她指了指後廚的簾子。「那我……我們鋪子……」

林景時憐惜地摸了摸她的頭。「無須擔憂。」

聰明如江雨橋，一下子就明白了他的言下之意，不敢置信地看著他。「你在背後做了多少事情？」

林景時輕笑一聲。「莫要想太多。」

江雨橋心中的愧疚快要將自己淹沒，想到他處處真心為自己一家人著想，而自己這陣子對他的態度卻那般模樣，眼淚都要出來了。

林景時唇角漾出好看的弧度，低聲對她道：「那日是我太莽撞了，惹惱了妳。」

江雨橋此時哪裡想得到什麼這日、那日的，含著淚抬頭。「你也是為了我好，是我太孩子氣，跟你使性子。林掌櫃，我……」

林景時打斷了她，手依然沒從她的頭上移開，摩挲了兩下她的頭頂。「既如此，這件事就過去了，日後妳我都不要再提可好？」

江雨橋只剩下拚命點頭的分兒，沒看到林景時眼中閃爍的光芒。

賴家的事情果然成了大街小巷的話題，這幾日江雨橋豎起耳朵聽著客人們討論賴家，終於聽到了那熟悉的名字。

「那賴家做下這等事死不足惜，只是可憐他家中一雙兒女，那小兒才十歲，女兒才四歲。」

「對對對，我也記得那家的兒子，聽聞書讀得很好，日後一個秀才跑不了，是叫賴明嗎？」

「沒錯，就叫這個名字，可惜啊，家中出了這檔事，這孩子日後斷了科舉的路，這輩子怕是也就完了。」

「也不知道最後怎麼判，如今剛考完的書生們都一起寫信給知縣老爺，要嚴懲這一家子。」

「唉……也是他們家自己作孽……」

果然是賴明，歲數對得上，同樣是縣城的人，十歲遭了官司家破人亡，再也沒有比這更準確的了。

江雨橋心知賴明之後的能力，盤算著怎麼也得把他提前定下來，哪怕他不能科舉，但以他的能力日後待在小樹身邊，定能讓他更上一層。這件事她思來想去，只能找林景時商議，家人若知道她想救一個犯人，估計會炸了鍋。

等林景時過來吃了晚飯正要走，她出聲喚住他。

「林掌櫃等等，我尋桑姨有些事，同你一起過去。」

林景時覺得好笑，心道桑姨如今怕是明晃晃的擋箭牌了，應了一聲，等著她一起出了鋪子。

剛走到無人處，江雨橋就停下腳步，看著站在身邊一派雲淡風輕的林景時，糾結一下，還是開了口。「林掌櫃，我想救一個人，你覺得有沒有什麼辦法？」

林景時瞇起眼睛。「妳想救誰？」

話都說了，江雨橋也不再瞞他。「我想救賴家的兒子，賴明。」

「賴明？」

江雨橋點點頭。「就是賴明，今年十歲。」

林景時沈吟片刻。「妳認識他？」

算認識嗎？不管前生今世，她對賴明都是只聞其聲，未見其人，應當……算不得認識吧？

她搖搖頭。「不認得。」

誠懇的語氣讓林景時相信她是真的不認識，卻勾起他的好奇心。「那妳為何要救他？」

這話江雨橋早就想過，抿抿唇道：「我聽聞他書讀得很好，為人認真，小樹身邊正需要這麼一個人，日後也算是他的幫手。可是這種人可遇不可求，誰家攤上了不是當寶一般，如今正巧有這麼個機會，客人們都說這次知縣老爺定要嚴懲，這一家子大概鐵定要入罪了，若他被發賣為奴的話，我……想買了他。」

林景時沒出聲，江雨橋的心慢慢提到嗓子眼，澀澀道：「若是、若是你也沒法子，那便算了，我再想別的法子。」

林景時沈下聲，認真道：「其實我一直有個問題想問妳。」

江雨橋更緊張，心裡開始打鼓，是不是自己哪裡露了馬腳？林景時這麼聰明，自己又怎麼能瞞過他？

她吞了下口水。「你……你說。」

林景時微微低下頭，湊近她耳邊。「為何妳一直喊我林掌櫃，卻喊孫秀才做孫大哥？」

江雨橋以為自己耳朵失靈了，側過頭來看著他。「什麼？」

林景時湊得更近些。「我是問妳，為何一直叫我林掌櫃，卻叫他孫大哥？」

淡淡的松柏香又瀰漫了她的鼻尖，她覺得自己已經快要不能呼吸了，可又不想退開，好半天才憋出一句——

「就、就……孫大哥說讓我們叫他孫大哥的。」

「哦……看來是我失了先機。」林景時直起身來。「那麼也好，既然大哥這個稱呼已經有人叫了，妳還是暫時先叫我林掌櫃吧。」

江雨橋被他的話繞得迷糊起來，這都什麼跟什麼啊？她還沒琢磨明白，就聽見林景時說道：「過幾日吧，等賴家的事情過去，我把賴明帶來。」

嗯？為何林景時說得這麼平靜？

江雨橋疑惑地看著他，無奈黑夜中實在看不清他的神色，這傻乎乎的樣子逗笑了林景時。「看什麼呢？」

江雨橋被戳穿，一下子滿臉通紅。「沒、沒看什麼。」

林景時看著她尖尖的下巴，輕嘆一聲，拍了拍她的頭。「回去吧。」

江雨橋下意識地聽了他的話，剛邁進鋪子就被江陽樹看到。

「姊，妳不是去尋桑姨嗎？這麼快就說完話了？」

桑姨！

江雨橋一下子清醒過來，哀號一聲，她她她找的藉口果然被林景時看穿了！

江陽樹被她嚇了一跳，忙上前扶住她。「姊，怎麼了？」

江雨橋有氣無力地擺擺手。「沒事，我累了，先回去睡了，你記得把顧先生留的功課寫完。」說完拍了拍江陽樹的肩膀，長嘆一口氣，恍恍惚惚地往後院走去。

不過幾日，林景時果然帶著一個孩子來了鋪子，江雨橋看了他一眼，見他輕點下頭，眼睛一亮，仔細打量起賴明來。

許是這幾日受了罪，賴明的臉頰凹了進去，破舊的衣裳掛在身上晃蕩，背脊卻挺得筆直。

林景時帶著他上前，對他道：「這就是江家鋪子，就是這家人託我買下你的。」

賴明二話不說跪在地上，重重磕了個頭。「小姐。」

江雨橋急忙去扶他。「咱們就是間小鋪子，哪裡用得著這樣？我弟弟同你差不多歲數，你以後就跟著他叫我姊姊吧！」

賴明雖然身子瘦弱，卻跪得踏實，被江雨橋拽了一下頭也沒抬，略帶哭腔道：「還求小姐……救救我妹妹。」

江雨橋皺起眉來。「你妹妹？」

賴明忍下淚，努力要把話講清楚。「我妹妹年幼，家父母做的事情她一概不知，如今她與我一同被發賣，只是她一個女兒家，怕是要被賣入教坊了。求小姐救救她，求求小姐了。」

話音未落，他就磕起頭來，不多時地上就見了血跡。

林景時平靜地看著這一切，想看江雨橋如何處理。

江雨橋先是看了他一眼，見他輕輕頷首，才出聲對賴明道：「別磕了。」

賴明聞言馬上停下來，跪趴在地上不敢抬頭。

江雨橋見他聽話，聲音也柔和了許多。「你妹妹何時被發賣？」

賴明咬緊唇，他一個小小的犯人哪裡知道這些？但江家既然能要了他，定然有自己的路子，這是他唯一的希望了。

他的沈默讓站著的兩個人了然，對視一眼。江雨橋收回目光又投向賴明。「我救你妹妹，你能做什麼？」

賴明愣了一下，狂喜淹沒了他，他不顧自己布滿鮮血可怖的面孔，抬起頭來，堅定地看著江雨橋。「我願意為小姐做一切，哪怕讓我死！」

江雨橋抿了下唇，挽起一朵笑。「記住你今日說的話。」

賴明重重點頭。「賴明此生，永不會忘！」

林景時心裡嘆口氣。這小丫頭還是有些稚嫩，御下手段如此粗糙，幸而她遇到的是早已被他敲打過的賴明……

江雨橋喚王衝出來，讓他帶著賴明先去洗一洗，再好好歇一日，自己和林景時則走到鋪子的角落。

林景時從懷中掏出一張賣身契遞給她。「賴明的。」

江雨橋有些不好意思，偷偷瞄他一眼。「那……那他妹妹的呢？」

他無奈地搖搖頭，又摸出一張塞到她手裡。「在這兒呢。」

語氣中的寵溺簡直要溢出來了，江雨橋頓時覺得臉頰發燙，「唔」了一聲就掩飾一般低頭看那兩張賣身契。

——未完，待續，請看文創風756《福氣小財迷》2

為流浪貓狗加油 和貓寶貝 狗寶貝

廝守終生(一定要終生喔！)的幸福機會

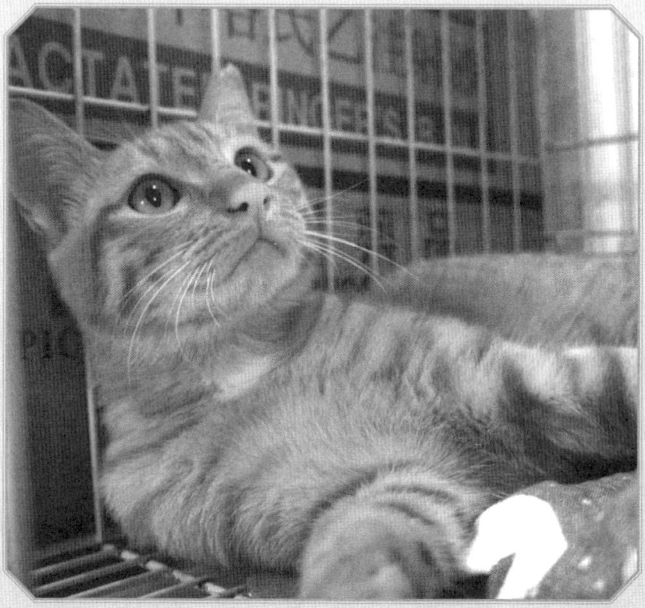

對人來說，貓寶貝狗寶貝只是生活的一部分，但妳（你）對牠們來說，卻是生活的全部，領養前請一定要考慮清楚——

▲ 等待投緣人的橘子貓　小圓

性　　別：男生

品　　種：米克斯

年　　紀：約7個月

個　　性：溫和、親人

特　　徵：全橘虎斑

健康狀況：二合一快篩陰性，已結紮、注射四合一疫苗、驅體內外蟲

目前住所：天母楊動物醫院

（台北市中山北路六段368號，02-2871-7261）

本期資料來源：台灣認養地圖

『小圓』的故事：

小圓和牠的哥哥，原本是在士林區一個靠山社區裡的兩隻流浪貓，一直以來，有一位愛心人士會來餵養牠們。但是有一天，小圓的哥哥突然不見了蹤影，此後，便只剩下小圓自己孤零零地繼續流浪。這位愛心人士考量了種種因素，於是決定請街貓志工來協助誘捕。

被誘捕到的小圓原本預定是要被施行TNR（誘捕、絕育、原放），但在醫院做完結紮手術的恢復期間，志工發現小圓其實是一隻相當親人又乖巧的貓咪，於是有了想要幫牠找家的念頭，所以TN不R，將小圓轉為安置及送養。雖然這樣的處理方式會讓好心志工的口袋又要破洞了，然而志工認為，只要小圓能找到對牠不離不棄的家人，這一切的付出都很值得！

中途說，小圓喜歡人家幫牠摸摸、按摩，且牠的個性穩定，連玩玩具時動作都很輕柔，相信即使是養貓新手，照顧起來也很快就能上手。中途進一步表示，歡迎有興趣的認養者直接至楊動物醫院相看小圓、和牠互動（醫院僅供探望與轉達，不參與認養審核），若覺得和小圓投緣，請再和中途聯繫及詳談。【謝小姐－Line：999681899、FB：Fiona Tse；郭小姐－電話：0930-088-892（下班時間）、Line：ws26651801、FB：Kuan-Li Kuo、Email：kat1234@ms11.hinet.net】

更多小圓的照片、影片，請至
https://www.flickr.com/photos/26290941@N06/albums/72157706375381971

認養資格及注意事項：

1. 認養者須年滿25歲，有工作收入，並同意門窗加裝防護。
2. 認養前須獲得全家人的同意——學生請由家長陪同前來，租屋者須室友同意、房東不反對；謝絕店面和居住超級迷你小套房者。
3. 須同意簽認養寵物切結書（請出示身分證件），以及做寵物登記。
4. 須同意送養人日後之追蹤探訪，絕不可棄養小圓。
5. 須讓小圓定期施打預防針，並給予一切必要之醫療。
6. 每日提供小圓至少一次濕食，不能只餵乾飼料。
7. 領養地區限雙北，但若有誠意及自信能說服中途，其他地區也歡迎聯繫。

來信請說明：

a. 個人基本資料：姓名、性別、年齡、家庭狀況、職業與經濟來源等。
b. 想認養小圓的理由。
c. 過去養寵物的經驗，及簡介一下您的飼養環境。
d. 若未來有結婚、懷孕、出國或搬家等計劃，將如何安置小圓？

755

福氣小財迷 1

國家圖書館出版品預行編目資料

福氣小財迷 / 風白秋著. --
初版. -- 臺北市 : 狗屋, 2019.06
冊 ; 公分. --（文創風）
ISBN 978-986-509-008-1（第1冊：平裝）. --

857.7　　108006512

著作者　風白秋
編輯　王冠之
校對　黃薇霓　周貝桂
發行所　狗屋出版社有限公司
地址　台北市104中山區龍江路71巷15號1樓
電話　02-2776-5889～0
發行字號　局版台業字845號
法律顧問　蕭雄淋律師
總經銷　知遠文化事業有限公司
電話　02-2664-8800
初版　2019年6月
國際書碼　ISBN-13　978-986-509-008-1

本著作物由北京晉江原創網絡科技有限公司授權出版

定價250元
狗屋劃撥帳號：19001626
網址：love.doghouse.com.tw　E-mail：love@doghouse.com.tw